U0454834

国家出版基金项目
NATIONAL PUBLICATION FOUNDATION

★ 科学的天街丛书

烈火焚金身

丛书主编/陈 梅　陈仁政

本书编著/陈仁政

——科学悲剧故事

四川科学技术出版社

图书在版编目（CIP）数据

烈火焚金身：科学悲剧故事 / 陈仁政编著. - - 成
都：四川科学技术出版社, 2019.1（2024.12重印）
（科学的天街 /陈梅　陈仁政主编）
ISBN 978-7-5364-9353-7

Ⅰ.①烈… Ⅱ.①陈… Ⅲ.①科学故事 - 作品集 - 中
国 - 当代 Ⅳ.①I247.81

中国版本图书馆CIP数据核字（2019）第018926号

烈火焚金身——科学悲剧故事

LIEHUO FEN JINSHEN——KEXUE BEIJU GUSHI

丛书主编　陈　梅　陈仁政
本书编著　陈仁政

出 品 人　程佳月
选题策划　肖　伊　陈敦和　郑　尧
责任编辑　王　娇
营销策划　程东宇　李　卫
封面设计　小月艺工坊
责任出版　欧晓春
出版发行　四川科学技术出版社

成品尺寸　160mm×240mm
印　　张　14.75　字数200千
印　　刷　天津旭丰源印刷有限公司
版　　次　2019年1月第1版
印　　次　2024年12月第4次印刷
定　　价　49.80元
ISBN 978-7-5364-9353-7

邮购：成都市锦江区三色路238号新华之星A座25层　邮政编码：610023
电话：028-86361770

科学的天街丛书
编 委 会

目　录

倡导科学入囹圄
——贫困潦倒的阿那克萨哥拉

"解难题啰，解难题！有赏解难题——把圆变成正方形！"在公元前5世纪的古希腊，人们经常可以听到数学爱好者们的这种吆喝声。这是怎么回事？

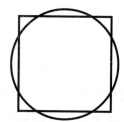

化圆为方：把圆变成面积相等的方形

在数学史上，有两组著名的"三大难题"：古代三大难题——化圆为方、三等分任意角、倍立方体；近代三大难题——四色问题、费马大定理、哥德巴赫猜想。虽然迄今只有哥德巴赫猜想没有彻底解决，但这些问题仍然被人们津津乐道；因为人们所关注的并不仅仅是这些问题本身，而是由于这些"下金蛋的鸡"引出米的大成果。我们这个故事要讲的悲剧人物，就是最早研究古代三大难题之一——化圆为方的古希腊数学家阿那克萨哥拉（约公元前500—前428）。

由于圆和正方形都是最常见的"规则"图形，因此用尺规作图法把圆化成和它面积相等的正方形——化圆为方，就引起了许多人的兴趣。当代中国数学史家梁宗巨（1924—1995）在《数学历史典故》一书中甚至认为："也许没有任何一个几何问题像这个'化圆为方'问题那样强烈地引起人们的兴趣。"

可不是么，阿那克萨哥拉在狱中还在潜心研究呢！

阿那克萨哥拉生于小亚细亚古代城市吕底亚克拉佐曼内附近的士麦那（今土耳其的伊兹密尔），那里是古希腊最早的哲学学派——伊奥尼亚学派的活动区域。这个学派是被称为数学之父和科学之父的古希腊人泰勒斯（约公元前 624—前 547）在他的出生地——米利都创立的。

泰勒斯

阿那克萨哥拉虽然出身名门望族，但对荣华富贵毫无兴趣，而对科学研究却"情有独钟"。他曾专心学习伊奥尼亚学派的安纳西门尼斯（公元前 582 或 550—前 525 或 428）的著作，继承了这个学派的思想。

约公元前 480 年，阿那克萨哥拉来到雅典，并用带来的伊奥尼亚学派的自然观和思辨方法进行数学教学和科学研究。这影响到整个希腊科学和哲学的发展，他也被认为是这个学派晚期的代表人物。

阿那克萨哥拉把全部的精力和生命贡献给科学研究，却不去照管自己的相当数量的财产，体现出古希腊人宝贵的科学精神。有人问他人生的目的是什么，他说是研究太阳、月亮和天空。他一生大部分时间住在雅典，与著名的政治家伯里克利（约公元前 495—前 429）为友，并得到伯里克利的支持。

后来，雅典在伯罗奔尼撒战争——雅典与斯巴达之间的战争中失败，伯里克利的威信下降，阿那克萨哥拉也受到牵连。这时，阿那克萨哥拉的仇人趁机指控他褻渎神灵。指控的"理由"是：阿那克萨哥拉说太阳不是一尊神，而是像希腊那样大小的一块红热的石头，也没有神灵在上面生活；月球是泥土，本身并不发光，光亮来自太阳；太阳和月亮与我们的地球一样，也有悬崖峭壁等等。

狱中研究化圆为方

阿那克萨哥拉这种"离经叛道"的无神论，当然会被看成大逆不道。于是，在公元前 450 年，他被投入监狱，罚款并被流放，还差点被处死，成为科学与迷信斗争的牺牲品。幸亏得到伯里克利的营救，才被释放。

在监狱中，阿那克萨哥拉依然研究化圆为方，并得到过一些相关的成果，但可惜没有流传下来。

虽然阿那克萨哥拉最终没能解决这个问题，但他也不必为此感到羞愧；因为在其后两千多年里，许多比他更优秀的数学家也没能解决这个问题。直到 1882 年德国数学家林德曼（1852—1939）证明圆周率是超越数之后，才使"用尺规作图法不能化圆为方"得到证明。

尽管阿那克萨哥拉没能解决化圆为方，但他仍然因为是在理论上研究化圆为方的世界上第一位数学家而被载入史册。

阿那克萨哥拉出狱后，被迫离开雅典，迁居于密细亚普姆萨斯，并在当地创立了自己的哲学流派。后来，他在此因贫困悄然辞世。有趣的"轮回"是，那些曾经迫害过他的人，后来又自称是他的信徒。

阿那克萨哥拉的主要成就是，对世界朴素的、唯物的解释和对宇宙许多现象的独特思想。

例如，前述认识到月球不发光，其亮光来自太阳的思想，使阿那克萨哥拉成为天文学中有史以来持这种清晰认识的第一人。他认为月食是由于月亮进入地球的影子里而产生的，这种认识在没有天文望远镜的时代，的确非同凡响。

林德曼

又如，阿那克萨哥拉认为天地万物之所以运动，是因为宇宙间有"灵智"存在——被灵智驱动的万物，永生不灭。

再如，阿那克萨哥拉在《论自然》一书中，对本原问题提出了"种子"学说。这标志着人们对世界万物的认识已不满足停留在感官所能接触到的事件表面，而是力图深入事物内部结构去探索世界，是后来原子论诞生的早期准备。这种没有任何实验论据的朴素思辨理论，使后人称他为现代原子论的古代先驱。

在数学上，阿那克萨哥拉把无穷小和无穷大的概念用于古希腊数学，研究过透视画法的基本原理，阐述过舞台布景的绘制问题。

可是，我们却看到，这样一位一生热爱科学、摒弃功利的哲学家和数学家，命运如此悲惨。他的朴素唯物主义的学说，为宗教当局和传统势力所不容；被关监流放，最终贫困潦倒而死。这是科学和科学家的悲剧，然而正是由于有这些科学先贤的奋斗、牺牲，在历经坎坷之后，人类的科学和文明才有现在的"九九艳阳天"。

祸起发现无理数

——希帕索斯葬身大海

毕达哥拉斯

在茫茫的大海上，一条船在另一条船的追赶下拼命逃跑，但最终还是没能免遭毒手……

遭毒手的是谁，这些施暴者为什么要下此毒手？

在古希腊，有一个很著名的毕达哥拉斯学派。它是著名哲学家、数学家毕达哥拉斯在公元前 530 年左右创立的。它集宗教、政治、学术为一体，有严密的组织、共同的哲学信仰和政治理想、严格的训练和较高的学术水平。

这个学派中的主要成员，还有毕达哥拉斯的学生、米太旁登的希帕索斯（约公元前 5 世纪），古希腊数学家阿基塔斯（公元前 428—前 365 或 347），菲洛劳斯（约公元前 5 世纪）等。

这个学派由领导人向门徒传授知识，而门徒的研究成果则由领导人加以总结，算作学派的集体成果；所以后人很难分清被称为"毕达哥拉斯学派的成果"，哪些属于毕达哥拉斯本人，哪些属于他的门徒。

这个学派区别于其他学派的一个主要特点是很重视数学，全力用数来解释一切，认为"万物皆数"，宣称上帝用数来统治宇宙。用菲洛劳斯的话来说是："如果略去数和数的性质，则任何事物及其关系都不可能被清楚地理解。"他们由此对数进行了深入研究，得到了很多结果。例如，根据简单整数比原理创造了一套音乐理论；得到"形数"（三角数、平方数、五角数等）的一些基本性质；发现了完全数。大家熟悉的这一学派的主要几何学成果之一是，在西方首先发现毕达哥拉斯定理——我们称为的勾股定理。

这个学派的许多成果在当时是最先进的。由于学派内规定新成果对外秘而不宣——否则违纪者将被处死，所以当时影响很小。后来因政事动乱，门徒散失，约在公元前 4 世纪中叶，此学派就逐渐消亡。

数学史上的一个大悲剧，就出现在"万物皆数"的信条和"秘而不宣"的规定上。

"万物皆数"的信条，错误地把数的概念神秘化——宇宙间一切现象都可以归结为整数（"万物皆依赖于整数"）或者整数的比；除此，别的什么都不存在。

公元前 5 世纪的一天，希帕索斯在研究边长为 1 的正方形时发现，正方形对角线的长 $\sqrt{2}$ 既不是整数，也不是任何两个整数的比。他对此迷惑不解——根据老师的看法，$\sqrt{2}$ 是世界上根本不存在的"东西"啊！

希帕索斯把这一发现告诉了老师。毕达哥拉斯听后惊骇不已：他做梦也没有想到，从他自己的"万物皆数"的信条出发，竟然引出了一个与之相悖的结果。于是他下令封锁这个消息，还告诉希帕索斯，不准再谈 $\sqrt{2}$；并且警告他不要忘记入学时不得泄露机密的誓言——否则将被处死。

对此，希帕索斯又反复进行了研究。在确信研究无误之后，他进行了进一步的思索：不承认 $\sqrt{2}$ 存在，岂不就等于说正方形的对角线没有长度么？这简直是睁着眼睛说瞎话！为了发现真理、坚持真理，希帕索斯将自己的发现传了出去。

毕达哥拉斯得知希帕索斯竟敢蔑视自己的权威和派规，把发现的 $\sqrt{2}$ 宣扬出去之后，恼羞成怒，决定以"叛逆"的罪名，要用活埋来

希帕索斯

对他严加惩罚。希帕索斯听到风声后，预感必将难逃厄运，于是在东躲西藏之后，乘上一只船企图逃离希腊。然而，在茫茫的大海上，他还是被毕达哥拉斯派来追杀他的同学抓到，将他砍死，并抛尸大海，葬身鱼腹。

对这一悲剧事件，5世纪的希腊数学家普罗克洛（410—485），在对欧几里得（约公元前330—前275）的《几何原本》所做的评注中说：“听说，首先泄露无理数秘密的人们终于全部覆舟丧命，因为对不能表达的和无定形的必须保守秘密，凡是揭露了或过问了这种生命的象征的人必定会立刻遭到毁灭，并万世受那永恒的波涛吞噬。”

对希帕索斯的死，还有另外几种说法：希帕索斯的同学在大海上抓住他以后，给他绑上石头抛进大海；把希帕索斯驱逐出学派，并为他立了一块墓碑，就好像他已经死了；他坐的船只遇难。

希帕索斯发现$\sqrt{2}$为“不可公度”（也称“不可比”或“不可通约”等）之后，还给出了它的逻辑证明。后来，另一位古希腊数学家西奥道诺斯（约公元前5世纪末），又证明了4、9、16之外，从3～17之间整数的平方根也是“不可比”的，而西奥道诺斯对$\sqrt{2}$“不可比”的证明方法——反证法，则与现代教科书中的方法相同。

$\sqrt{2}$及上述“不可比”的数的发现，终于使“纸”再次没能包住“火”。“不可公度量”的发现，使毕达哥拉斯学派“万物皆依赖于整数”的信条彻底破灭，造成了“逻辑上的丑闻”，从而引发了“第一次数学危机”，还造成了古希腊数学从重视“数”到重视“形”（几何）的转变，也表明在数学思维中，直觉、经验和实验都不是绝对可靠的，必须同时采取逻辑推理和证明的方法。这个重要的数学思想，对于古希腊几何学的发展和公理体系的建立都有重要意义。这些成果，也都极大地推动了数学的发展。

希帕索斯被抛进大海

后来，通过许多数学家的努力，"第一次数学危机"被克服，数学向前迈进了一大步。近代数学时期，则用更严格精确的"无理数"概念代替了含混不清的"不可公度量"概念。虽然"无理"这一沿用至今的"译名欠妥"，但将"无理"二字用在维护神权，害怕真理的毕达哥拉斯学派身上，却正好合

√2——大海不能吞噬的秘密

适——浩瀚而深不可测的大海，也不能吞噬的秘密。

无理数的确存在，典型表现是"无限不循环"。1971 年，美国哥伦比亚大学的数学家达特卡（1919—2002）用电子计算机将 √2 算到小数点后 1 000 082 位，打印在 200 页纸上，还是没有看到任何循环的迹象。

因为发现了数学上一种"新数"，就会被处死。由此看来，的确有人害怕科学真理而不敢传播。这类在现代人看来似乎不可思议的事，在科学史上却层出不穷。这些史实不但表明科学之路漫长曲折，而且表明在"利益"和"真理"发生冲突的时候，像毕达哥拉斯学派的这些人，也会抛弃"真理"而选择"利益"——这正是不少悲剧的根源所在，也是人性的缺陷所在。

铁蹄躁躏叙拉古
——阿基米德惨死刀下

1971 年 5 月 15 日尼加拉瓜
发行的纪念杠杆定律的邮票

我们认识物理学家阿基米德，是从中学时代开始的——物理学中的杠杆定律和浮力定律，就是他的杰作。

其实，作为杰出的数学家，阿基米德也是第一流的。罗马时代的意大利博物学家大普林尼（23—79）在《自然史》中称他是"数学之神"。

美国数学史家埃里克·坦普尔·贝尔（1883—1960）则在《数学人物》一书中说："任何一张开列有史以来三个最伟大的数学家的名单中，一定包括阿基米德，而另外两位通常是牛顿和高斯。不过，以他们的宏伟业绩和所处时代背景来比较，或拿他们影响当代和后世的深邃久远来比较，还应首推阿基米德。"如果我们再加上瑞士数学家欧拉，就成了"四大数学家"。此外，德国数学家莱布尼茨（1646—1716）对阿基米德也极为推崇："了解阿基米德和阿波罗尼奥斯（约公元前 260—前 190）的人，对后代杰出人物的成就，就不再那么钦佩了。"

阿基米德生于南意大利西西里岛东南的城市国家叙拉古。他的父亲是一位数学家兼天文学家，这使他从小就学到许多数学和天文学知识。11 岁时，同许多求学者一样，他也漂洋过海，来到当时世界的学术中心、希腊管辖（今属埃及）的"智慧之都"——亚历山大（里亚）。在这里，他就读于欧几里得的弟子柯农（约公元前280—约前220）门下，学习几何学。几年之后，阿基米德回到故乡，但他仍保持着与亚历山大学者们的联系，经常和埃拉托色尼（公元前275—前194）、柯农等保持书信往来，切磋学问。他与叙拉古国王海埃罗二世是亲戚，是国王邀他回去的，其后一直住在叙拉古从事科学研究。

阿基米德

然而，这样一位杰出的科学家却在战争中惨死。

公元前264—前146年，罗马与迦太基争夺地中海西部控制权的战争，断断续续共进行了118年。迦太基位于今突尼斯，原来是腓尼基人的殖民地，公元前7世纪已发展成为强国。因罗马人称迦太基人为布匿（拉丁文Poeni）人，所以他们之间的战争又被称为布匿战争。前三次战争都在公元前，分别为公元前264—前241年，公元前218—前201年，公元前149—前146年。最后以罗马灭亡迦太基告终。阿基米德就惨死于第二次布匿战争即汉尼拔战争中。汉尼拔（公元前247—前183或182）是迦太基的政治家，他于公元前221年在西班牙任迦太基军统帅，进攻萨贡罗姆城与罗马人发生冲突，导致了这次战争。

身处西西里岛的叙拉古本来一直投靠罗马，但从公元前216年汉尼拔大败罗马军队之后，新国王、海埃罗二世的孙子海埃罗尼姆就

汉尼拔

与迦太基结盟；所以，在罗马人很快恢复元气之后，就首先向叙拉古开刀。罗马军队在马塞拉斯（约公元前268—前208）将军的率领下海陆并进，攻打叙拉古。

据说，阿基米德运用杠杆原理造出了一批投石机，投出的石头把敌人打得抱头乱窜，有效阻止了敌人攻城。还说，他发明的大吊车可以把敌

人的大船提起来，使敌人的海军根本不能接近叙拉古。又说，他曾召集全城妇女老幼手持镜子排成扇形，用聚集的阳光将敌船全部焚毁。这类"新式武器"使敌人对阿基米德望而生畏。"阿基米德这个'数学魔王'，使我们出尽了洋相。"马塞拉斯也苦笑着说这是一场罗马军队与阿基米德一个人的战争，"他神奇莫测的法术，简直比神话传说中的百手巨人的威力，还要厉害好多倍"。

这些传说虽然歌颂了阿基米德的智慧，但大多数极有可能是靠不住的。举例来说，吊车要大到把船提起来，当时的条件很难做到。即使有这样大的吊车，又怎么套在敌船上而不被敌方发现呢？

围城三年之后，由于内部叛徒投敌，罗马人趁叙拉古人在庆祝女神节纵情狂欢之夜发动突然袭击，终于攻克了叙拉古。攻城前，马塞拉斯命令士兵不得伤害阿基米德，一定要活捉他。可是，命令还没有传遍军中，叙拉古就已经被攻陷。

一个罗马士兵闯进阿基米德的居室，他正在沙堆上研究一个几何问题。

"喂，老家伙，停了吧，别再自作多情了！"罗马士兵吆喝着。

"嗯，你没看见我在工作吗？"对这气势汹汹的不速之客，头也没抬的阿基米德非常反感且轻蔑地回答。

被激怒的罗马士兵对着阿基米德的几何图形一脚踩去。

"混蛋！不要踩坏我的图形！"阿基米德怒不可遏。话音刚落，更加气急败坏的罗马士兵一剑刺去……

阿基米德惨死刀下

据说，阿基米德曾要求士兵推迟几十分钟杀死他，以免为后人留下一条没有证完的定理，但没能如愿就魂归西天。

阿基米德的死，还有另外的多种说法。

一种说法是：罗马兵不由分说，想立刻刺死他。阿基米德看了他一眼，请求他等一会儿，不要让一道只研究了一半而还没有解决的问题遗留给后人，但是士兵不懂这些，终于动了手。

阿基米德："离我的图远点。"

也有说一个罗马士兵的身影，恰好挡住了他专心思考的几何问题的沙盘图形，他挥手让这个士兵离开，以免弄坏图形，结果被惹怒了的士兵刺死。

古罗马著名历史学家蒂托·李维（公元前59—公元17）的说法最早：兵荒马乱中他在沙地上画图，罗马士兵刺死了他，但不知道刺死的"他"是谁。

君士坦丁堡的诗人策策斯（约1110—1180）的《史书》（*Book of Histories*）说：阿基米德俯身画机械图，罗马士兵拖他去当俘虏，他全神贯注没抬头看是谁，就说"离我的图远点"；士兵继续拽他时，他喊"给我一个机械"，被惊吓的士兵以为要用武器对付他，就一剑刺去致死。

古罗马传记作家、伦理学家普卢塔克的说法是：突然出现的罗马士兵命令阿基米德到马塞拉斯那里去，但他回答说"没有得到答案之前不会去"。于是，被激怒了的士兵把他一剑刺死。还有说他带了许多科学仪器——例如日晷、测量太阳的工具，去见马塞拉斯，但那些罗马士兵不知道这些闪闪发光的东西是什么宝贝，就起了谋财害命之心。

…………

不管哪种说法，阿基米德为保卫祖国、研究科学而死，是确定无疑的。

阿基米德的惨死，给人以深思。

首先，阿基米德的惨死是战争造成的悲剧。

这类悲剧在历史上不胜枚举。莫斯莱（1887—1915）是一位英

莫斯莱

国物理学家和化学家，他以在1914年发现"体现元素周期表中排列原则的是核电荷数"闻名于世。第一次世界大战爆发以后，他要参加义勇军上前线。英国物理学家卢瑟福（1871—1937）等人出于对英国科学事业的考虑，劝他不要去应募，但他仍不顾生命危险，毅然参加了陆军。1915年8月21日，在丘吉尔部署的达达尼尔远征中，他不幸在土耳其的加利波里阵亡，年仅27岁。

莫斯莱的父母都是科学家，他自己也是一位正如日中天的青年科学家，他无须上前线冒战死沙场之险。他这样做，体现了他伟大的爱国主义精神，但他的惨死却表明战争的残酷和给人类带来的无穷无尽的不幸：无数财产毁灭，亿万生灵遭殃，科学的发展因为科学家的惨死而中断……

鉴于这种教训，在第一次世界大战中，包括英国在内的多数国家的政府，都明令禁止科学家上前线参战。

当今世界并不平静，那些把70多年前的投降羞羞答答说成是"终战"的"拜鬼"者，朝思暮想盼望东山再起，企图重温"大东亚共荣"的美梦。那个"世界宪兵"，依仗自认为无可匹敌的军力为南海周边的"小伙伴"撑腰，企图蚕食我万里海疆。如此种种，我们都不能掉以轻心，以免再付出几千万人的生命和无数财产的代价。只有我们强大了，才有可能避免"上疆场彼此弯弓月"。

其次，证明阿基米德不是靠天才而是靠勤奋来取得成功的。

据说，大家关心阿基米德的健康，曾给他擦上香油膏，强迫他去洗澡，但半天没见他出来。大家以为出了什么事，进去一看，他正用手指在涂满去污的香油膏的身体上认真地画着几何图形，全然没有洗澡的概念。"在整个几何学中，再也找不到比阿基米德用最简单、最直观的方法所证明的更难和更深刻的定理了，有人认为这应归功于他的天赋的智力。"对此，普鲁塔克评价说："也有人认为这应归功

西塞罗

于他顽强的工作，有了这种顽强的精神，最难的事也会变得容易……仿佛他家中有一个绝色的仙女，与他形影不离，使他神魂颠倒，忘了吃喝，也忘了自己。有时，甚至在洗澡时，也用手指在炉灰上画几何图形，或者在涂满香油膏的身上画线条。他完全被女神缪斯的魅力所征服。"

正是由于这种对科学的痴迷，阿基米德才置战争于不顾，置生死于度外，导致惨死。

再次，阿基米德的惨死，体现了古希腊气质与古罗马性格迥然不同。

古希腊人崇尚科学、知识、理性、智慧，追求真理、藐视功利，所以才出现了一大批至今依然让人振聋发聩的大哲学家和科学家等等，创造了无与伦比的古希腊文明。古罗马人在统治了这一地区之后，却几乎完全将这些宝贵的遗产摒弃；但他们却是军事奇才和政治老手，注重实际功利，不喜玄想，关注技术发明创造。阿基米德的崇拜者、罗马时代最杰出的学者西塞罗（公元前106—前43）也不得不说"希腊人在数学上遥遥领先，而我们只能做点计算和测量工作"。英国著名哲学家和数学家怀特海（1861—1947）则对阿基米德之死评论说："决然没有罗马人会在研究几何图形时死去。"

为人类做出卓越贡献的阿基米德和他的思想将与世长存——菲尔兹奖章的正面，就有他的浮雕像，并用拉丁文镌刻着"超越人类极限，做宇宙主人"的格言；奖章反面的拉丁文格言"全世界的数学家们：为知识做出新的贡献而自豪"，则体现出阿基米德无与伦比的思想。

菲尔兹奖章的正面（左）和反面

古希腊数学日薄西山
——希帕蒂娅惨遭杀戮

亚历山大灯塔电脑复原图

一群暴徒拦截了一辆马车，把一个丰姿绰约的女人拖下车来，用尖利的蚝壳把她的肉一片一片地割下……

"她躺在那里，像花蕾含苞待放，这血肉之躯不久前来到世上；她的双眼刚刚学会了眺望，就永远进入了沉沉的梦乡……"

她是谁，为什么突遭这飞来横祸？

西方科学是古希腊人创立的——数学是其中非常重要的部分。如果从古希腊数学之父泰勒斯算起，数学长盛不衰达一千年之久。欧几里得的《几何原本》、阿波罗尼奥斯的《圆锥曲线论》、阿基米德的《论球和圆柱》等众多数学著作，就是这些成果的杰出代表——至今仍光芒万丈。

然而，在泰勒斯之后大约一千年，古希腊数学的发展却悲剧性地终结了。终结的标志之一，就是本故事的主人公——希帕蒂娅悲惨地香消玉殒。

约 370 年，希帕蒂娅出生在当时被罗马帝国占领的埃及港口城市亚历山大——它附近的法罗斯岛（今已与大陆相连）上高 160（一说 180）米的灯塔（1302 年毁于地震），是古代七大建筑奇观之一，公元前 3 世纪就矗立在那里。罗马帝国之前，埃及的占领者是古希腊，后来是波斯帝国。公元前334年，古希腊兴兵打败波斯帝国，她的祖辈就是在此之后迁居埃及的。

希帕蒂娅的父亲塞翁（Theon of Alexandria）是当时著名的学者、数学家，当过研究院（相当于现代的大学）的院长。她家二楼的窗户正对着一个博学园。这个博学园是托勒密王朝政府在公元前290年出资兴建的，毗邻研究院，名叫"缪塞昂"——原意指祭祀智慧女神缪斯的寺庙，后来这个词演化成英语中的"博物馆"。虽然缪塞昂与现代意义下的博物馆相去甚远，但它内部的实验室、图书馆、艺术大厅、植物园和动物园……却造就出它浓厚的科学、文化氛围。欧几里得、阿基米德等大数学家，都曾在这里研究和教学。在这样的环境中，希帕蒂娅学习特别刻苦——虽然没有偷光凿壁，但也是目不窥园。

公元前48（一说47）年，当时的罗马大将、后来的罗马皇帝恺撒（公元前100—前44），在追杀政敌庞培（公元前106—前48）到埃及以后，就派兵焚烧了亚历山大港的埃及舰队。大火曾蔓延到城内，烧毁了缪塞昂里图书馆内的70万（一说50万）册图书——纸草书。其后的公元前30年，他的继承人屋大维（公元前63—公元14）即奥古斯都，又公开占领了亚历山大，使博学园失去了昔日的风采。即使如此，这里依然是当时各国文化交流的中心，也为希帕蒂娅提供了良好的学习环境，使她从小在这里由父亲指导得到很好的数学、天文学等方面的教育。

再见了，忠诚的桷树林！
再见了，田野上逍遥自在的平静，
还有那些转瞬即逝的日子里
所充满的轻快的欢情！
…………

大约在20岁的时候，希帕蒂娅曾乘船渡过地中海到雅典求学——我们把这首俄国诗

恺撒

人普希金的诗献给她。她在那里受到了热烈的欢迎。慕名向她请教数学和讨论哲理的人不计其数——她来此之前就已读完了几乎所有大数学家的著作，并协助父亲完成了对《几何原本》的评注和修订，已成为当时数学相对落后的雅典学者们心目中的大数学家了。

在雅典，希帕蒂娅在普鲁克当校长的学院里学习历史和哲学，并继续研究数学。她的美貌和学识赢得追求者无数，不少英俊青年和贵族子弟都向她求爱提亲。这曾搅扰了她的学习和研究，于是决心将这些求爱者一概拒之门外："我只愿嫁给一个人——他的名字叫真理。"

希帕蒂娅回到亚历山大后，该城行政长官奥瑞茨请她在博学园教数学和哲学。由于她学识渊博、教学循循善诱、擅长推理雄辩，所以被誉为"圣人"。据说，信封上写着寄给"艺神"或"哲学家"的信，都会毫无疑问地送到她家。

希帕蒂娅一边教学一边研究，曾为刁番都（约246—330）的《代数学》、阿波罗尼奥斯的《圆锥曲线论》、托勒密（约90—168）的《数学汇编》作过注释，另外还写过不少论著，所以，她被称为数学史上第一位，也是古希腊最伟大的女数学家。可惜她的论著都已散失，只是在15世纪才在梵蒂冈图书馆发现过她的《关于刁番都的天文学准则》部分原稿。

希帕蒂娅没有肖像传世，19世纪艺术家想象她美如女神雅典娜

然而，就是这样一位卓越的女数学家，却惨遭杀害！

"无意苦争春，一任群芳妒。"这样一位终身献给科学的女数学家，怎么会遭此厄运呢？

公元前30年，罗马帝国的版图沿地中海横跨欧亚非大陆——包括亚历山大。屋大维为了加强在这里的统治，就利用古罗马帝国的国教——基督教作为维持其统治的工具。

在统治者的扶持和推崇下，基督教在这里已由穷人的宗教变成有财有势、在各阶层中都有代表的宗教。罗马教皇君士坦丁一世（即君士坦丁大帝，约280—337，306—337在位）授予基督教会一系列特权。例如，教士可以免服城市徭役，免交赋税；那些信奉希腊宗教或其他宗教的人，都被斥为"异教徒"而受到歧视和迫害。

君士坦丁一世

希帕蒂娅是一位坚定的新柏拉图主义者，是亚历山大城内这一学派的领袖。她信奉希腊宗教而不是基督教，又能言善辩，积极参加社会活动，在民众中有很高的威望，这自然就成了基督教会的眼中钉、肉中刺。

这一年3月的四旬斋节到了。虔诚的基督教徒正向上帝祈祷，要求宽恕罪人。清晨，像往常一样，着一身平滑白色长袍的希帕蒂娅迈出家门，径直走到停靠在门旁的双轮马车上。她要到博学园演讲大厅去，一如既往地为早已坐在那里的"粉丝们"讲学。半路上，突然有500多个戴黑色头巾的暴徒（据说是来自埃及沙漠地区的僧侣和士兵），奉西瑞尔之命拦截了希帕蒂娅乘坐的马车。这群暴徒把她拉下马车说："你这个异教徒如果还想活下去的话，就必须去亲吻十字架，加入修道院，成为基督徒。"她严词拒绝之后，被拖进西塞隆教堂遭到残忍地杀害。

希帕蒂娅生活的时代是奴隶制开始没落崩溃的时代。奴隶主根本不会关心科学和数学的发展。其标志之一，是重建后的缪塞昂的图书馆在398年被第二次破坏，30万册书用来当柴火加热公共浴池。由此可见，酿成这一悲剧的根本原因不仅是西瑞尔或他指使的暴徒，更是统治者及其扶持的基督教为了维护和加强他们的统治，从而实行仇视科学、迫害进步科学家、排斥异己的政策。

这一悲剧还表明，没有良好的科学环境，没有优越的社会制度，科学和科学家的命运就必然悲惨。可不是么，希帕蒂娅的死就标志着

智慧与美丽的化身：
作品中的希帕蒂娅

古希腊数学发展的彻底终结，西方数学的发展开始进入中世纪的黑暗之中……

"红消香断有谁怜？"希帕蒂娅还真有不少人"怜"——她的悲惨身世，成了不少文艺作品长盛不衰的主题。例如，在中世纪意大利画家拉斐尔画的《雅典学院》中，希帕蒂娅位于左边。再如，在1853年出版的英国作家查尔斯·金斯利（1819—1875）的浪漫小说《希帕蒂娅》中，她聪明、美丽，展雄辩之才而又虚怀若谷。又如，在1885年，英国画家查尔斯·威廉·迈克尔（1854—1903）就创作了纪念她的油画《希帕蒂娅》，展现了她圣洁的形象，现收藏于泰恩与韦尔博物馆。还有，1995年，波兰历史学家玛丽亚·塞莉纳·泽丝卡（1942— ）出版了《亚历山大城的希帕蒂娅》一书，对她做了详尽的研究。进入21世纪，希帕蒂娅依然是不老的传奇：2009年，在西班牙和美国合拍的电影《城市广场》（*Agora*）中希帕蒂娅的生平被搬上银幕。

在此，我们也把一首名诗转献给希帕蒂娅，以表达对这位"消红断香"的"怜"：

"……我从未看到他离开人间。他的步伐活力无限，他的话语金口玉言。他所有的学识，将一种激情点燃……"

这首诗，由笔名为埃莉诺·玛丽·萨顿的美国诗人、小说家

《雅典学院》全图（左）和左边局部图：希帕蒂娅穿着白色长袍站立

18

梅·萨顿（1912—1995）——美国著名科学史家乔治·萨顿（1884—1956）的女儿，在1957年发表在乔治·萨顿亲自创办的科学史权威杂志《爱西斯》纪念乔治·萨顿的专号上。

油画《希帕蒂娅》

教会迫害焚禁书
——患肺炎笛卡儿早逝

纪念笛卡儿的邮票

1647 年深秋的一个夜晚，巴黎近郊。两辆疾驰的马车在一座教堂高大的铁栅门前停了下来。一群身佩利剑的士兵押着一个面容憔悴、瘦小枯槁的老头走进教堂。

教堂内，白色的烛光照在圣母玛利亚的塑像上，塑像前审判席上一批凶神恶煞的神父坐成一长排。其中一个戴着一只单眼镜的神父，用沙哑的声音宣读了对这个老头的判决：散布异端邪说，违背教规，亵渎教义；为了纯洁教义，荡涤谬误，所写的书宣布为禁书，并由本人当庭焚毁。

老头一下子愣住了，瘦削的脸上现出沉痛而愤怒的表情。他想申辩，但神父们哪里会让他开口说话。接着，老头被士兵们拉下被告席，推到教堂中央的火盆旁，火熊熊地燃烧着，他呆住了。突然，伽利略被罗马教会迫害致死的一幕在他的脑海中闪现，顿时毛骨悚然。他知道，教会的判决是不允许违抗的，他只好屈服，用颤抖的手拿起一本本凝结着他毕生心血的著作，无可奈何地投入毒蛇舌须般的火焰之中……

这个老头是谁？他的书为何被教会列为禁书而命令他焚毁？

他就是法国数学家、哲学家笛卡儿。

1596 年 3 月 31 日，笛卡儿出生在法国北部土伦郡的小镇拉哈耶的一个贵族之家，父亲是地方议会议员，母亲在他出生不久后就因病去世了。他从小就像他母亲一样瘦弱多病，是在保姆的精心照料下才长大的。他的全名——勒内·笛卡儿（René Descartes）中的法文词René（勒内），就含有"重生"的意思，包含着纪念保姆使他免于夭折之情。

梅森

笛卡儿从小就听父亲讲一些科学故事，并喜欢寻根究底，父亲因此亲昵地称他为"小哲学家"。后来，他果真当上了欧洲的哲学大师。

8岁那年，笛卡儿进了拉哈耶城一所名为拉夫雷西的天主教耶稣会学校学习。这所又称为尖塔中学的公立学校，是当时欧洲最好的教会学校。校内环境优雅、训练严格，教规很严，功课也很繁重。学校主要学神学、教会的哲学和数学。笛卡儿学习用功，是学校有名的优等生。但有趣的是，他却是一个"懒觉大王"——校长照顾他体弱多病，特许他早晨可以睡到他愿意起床上课时为止。这就养成了他早上躺在床上思考问题和晚起的习惯，这一持续终身的坏习惯损坏了他的身体，使他更加体弱多病，以致最终不能适应早起的寒冷染病而死——这是后话。

以古希腊学者亚里士多德学说为中心的经院哲学，是学校授课的主要内容，这就引起了喜欢独立思考的笛卡儿的怀疑和不满。他认为在这里求学"并没有得到什么好处，只不过越来越发现自己的无知"——与他独立思考的性格一脉相承。

1612年，笛卡儿以优异的成绩在中学毕业后，就进入巴黎普瓦捷大学学习。4年后即他20岁时，又以优异成绩毕业并获法学博士学位，成为一名巴黎的律师。

17世纪的欧洲还处于教会势力的控制之下，但近代科学的发展已初露端倪，显示出一些和宗教教义背道而驰的倾向，伽利略就是先行者。笛卡儿不会感受不到这种气息，因此在大学毕业后心情很不平静。"我从小就喜欢科学，因为我确信科学明确而真实地给生活带来美好，所以我非常勤勉地研究它。"他在回忆录中写道，"但当我毕业时，我的见解完全改变了，我陷入了疑惑和错误混乱的状况。"为了探求人生的真谛，他一会儿在他上中学时的好友、后来成为法国数学家的梅森（1588—1648）家中讨论科学的发展，一会儿又在他位于巴黎偏僻的住所阅读"自己认为最有趣而不寻常的各种书"……

就这样，年轻的笛卡儿得到了不少的好处，积累了丰富的经验，让他受益终生。

当时的社会风气是，有志者不是参军就是献身教会。例如，梅森就进了修道院，成了一名神甫。后来，梅森曾不止一次地利用这一身份，把笛卡儿从教会的迫害中解救出来。

笛卡儿家的几代人都曾参军。当时一些不满法兰西政治状况的青年人都投奔荷兰奥伦治公爵莫里士的队伍，笛卡儿也在 1617 年参加了这个部队。笛卡儿出国的另一原因是，他要周游欧洲，浪迹天涯，去读"世界这本大书"。

提起直角坐标系和解析几何，很多人都知道它的两个发明者之一是笛卡儿（另一个是法国数学家费马），但很多人都不知道，笛卡儿投身数学研究，则完全是出于一个偶然的机会。

1617 年 5 月，笛卡儿所在的部队进驻荷兰南部小城布勒达。1618 年秋的一天，笛卡儿在布勒达的街上闲逛，看见一群人围住路旁的一张招贴议论纷纷，他也带着好奇心凑了上去。

招贴是用佛来米文写的，笛卡儿一点也看不懂。不过从人们的议论中，他还是大致听出这是解数学难题的公开挑战。他心里痒痒的，多么希望了解题的意思啊！

笛卡儿这种跃跃欲试的心情被他近旁的一位中年人发现了。中年人就主动用法语问他："小伙子，愿意解这几道数学题吗？"

"我很想试试，尊敬的先生，可是我看不懂这种文字。"

"这不难，我替你翻译，如果你愿意拿去解答的话。"中年人用怀疑的目光从上到下扫视着年轻的士兵笛卡儿，从笛卡儿闪光的双眸中看到了一种自信的力量，于是他迅速用法文译出招贴上的全部内容，交给了笛卡儿。

第二天，笛卡儿兴冲冲地把答案交给那个中年人。中年人看后非常吃惊：巧妙的解法和无误的计算表明，笛卡儿的数学造诣不浅，绝非等闲之辈。

原来，这位中年人就是当时荷兰有名的数学家、物理学家艾萨克·比克曼（1588—1637），也是出这几道难题的人。笛卡儿很早就读过他的著作，但一直没有机会认识他。从此，笛卡儿就在比克曼的指导下开始对数学进行研究。后来，虽然他没有接受比克曼要他结束戎马生涯到他的学院从事专业数学研究的邀请，但由于这次解题成功，激励了他的信心，确定了他与数学结下不解之缘的一生，并最终做出重大贡献。

由此可见，是一个偶然的机会，由比克曼"把一个离开科学的心灵，带回最正当最美好的路上"的。

然而，像笛卡儿这样一位杰出的人物，一生中也不乏悲剧，其中主要有两个。

一个是他的科学思想为当时的教会所不容。他说，"科学的出发点，是方法论上的怀疑""要想追求真理，我们就必须在一生中尽可能地把所有的事物都怀疑一次"。这与中世纪的神学家们的观点正好背道而驰。因为他们主张信仰第一，特别是信仰像古希腊学者亚里士多德那样的权威，因此，教会必然担心载有新说的笛卡儿的著作会对他们的统治构成威胁。这样，笛卡儿的著作有的无法出版，有的被列为禁书遭焚。这些著作中还有《形而上学的沉思》（1641）、《论心灵的各种感情》（1649）、《音乐概要》（1650）等。

事实上，科学研究既需要怀疑，也需要信仰——这不只是适合于科学领域。没有任何信仰的怀疑，是无本之木，无源之水，因为怀疑一种信仰必须依据另一种信仰，否则一切都无从谈起。没有怀疑的信仰，犹如一潭被严重染污而有毒的死水，不但会毒害小树，使其不能长成参天大树，而且还会腐败新学说的种子，使其不能发芽成长。倒是法国大文豪罗曼·罗兰（1866—1944）有神来之笔："怀疑和信仰，两者都是必需的，怀疑能把昨日的信仰摧毁，替明天的信仰开路。"真理是不怕被怀疑的，怕怀疑或一怀疑就倒下的绝不是真理。于是，笛卡儿的"我思故我在"成了流传至今的经典名言。

罗曼·罗兰

教会之所以反对由怀疑来探索真理的方法，或者反对像哥白尼的日心说这样的真理，或者对发现真理的笛卡儿加以迫害，恰好证明他们并不持有真理，因而惧怕真理。为了维护自己的统治，教会不择手段，将真理冠以"异端邪说"之名加以围剿，而这正是科学之所以会跋涉艰难的重要原因之一。

在这种情况下，受迫害的笛卡儿没有像意大利天文学家、哲学家、思想家乔尔丹诺·布鲁诺（1548—1600）、西班牙生理学家塞尔维特（1511—1553）那样被宗教法庭活活烧死，已经是很幸运的了。

笛卡儿的第二个悲剧是他一生体弱多病，并且没有像牛顿那样，用好的习惯和体育锻炼等方法来改变身体状况。

笛卡儿睡懒觉的习惯是当初的中学校长"照顾"养成的，至死也没有改变，甚至他在 1647 年访问他的同胞帕斯卡（1623—1662）时

笛卡儿（右一）为瑞典女王（右二）授课

还说："为了写一部好的数学书，要保持身体健康，就不能起得太早，使睡眠不足。"这种坏习惯，最终成为"要了他的命"的重要原因。

瑞典女王克里斯蒂娜（Christina，1626—1689）对哲学很有兴趣，通过她的朋友皮埃尔·坎特

（1601—1662）与笛卡儿取得联系后，从 1646 年起与笛卡儿通信，并最终邀请笛卡儿为她讲授哲学。1649 年 10 月 4 日，很不情愿的笛卡儿盛情难却，从荷兰到达瑞典女王所在地斯德哥尔摩。当时 23 岁正年轻体健而生性古怪、刚愎自用、终生未嫁的女王，要求笛卡儿每周用三天从早晨 5 点钟开始为她授课。有着晚起习惯、年过半百、长年患有气管炎的笛卡儿，不得不在清晨 4 点爬进冰冷的马车，冒着北欧刺骨的寒风，赶赴王宫不生火取暖的图书馆，为女王授课。然而，他经受不住斯堪的纳维亚半岛的寒冷和睡眠不足，终于在 11 个星期后不幸身患感冒转成肺炎，1650 年 2 月 1 日病倒。最终，在 10 天后的 2 月 11 日与世长辞——正值 54 岁的盛年。年轻的女王闻讯后悲痛欲绝。

英国哲人弗朗西斯·培根说过："习惯真是一种巨大的力量，它可以主宰人生。"它应该成为我们从小拒绝恶习、陋习，养成好习惯的座右铭。我们切莫像那位溺爱笛卡儿的中学校长，溺爱孩子而让其养成哪怕是小小的恶习、陋习——"祸患常积于忽微"啊！

笛卡儿辞世后，教会控制下的学术界对其去世不予理睬。由于教会的阻止，仅有几个友人为笛卡儿送葬，并按教会的禁令没有致悼词。只有比利时一家报纸刊登了这件事，还讽刺说："在瑞典死了一个疯子。"甚至在他死后 13 年的 1663 年，教皇还把他的书列为禁书，大学里也不准讲述他的著作。

不过，由于笛卡儿的哲学思想和数学思想的影响日益深远，他的《论世界》终于在他逝世后十多年得以正式出版。1667 年，法国政府将原来安葬在斯德哥尔摩的笛卡儿遗骨运回国内，葬于潘提翁法国伟人公墓——神圣巴黎保卫者和名人公墓。1799 年，笛卡儿的遗骨又被盾置在历史博物馆供人参观。1819 年，又移入圣日耳曼圣心堂中，墓碑上镌刻着：笛卡儿，欧洲文艺复兴以来，第一个为人类争取并保证理性权利的人。 法国人终于认识到它的伟大儿子的价值。而笛卡儿创立的解析几何让"数形结合"，则是留给我们的巨大财富。

误解宗教，天才受害

——病魔夺去帕斯卡性命

帕斯卡

走进巴黎的圣爱基纳教堂，你会看到一个小老头——又是一个小老头的墓地。

学过物理的人都知道帕斯卡定律，它是制造液压机的理论依据，所以帕斯卡被称为"液压机之父"。帕斯卡还为射影几何、概率论和微积分做过开创性的奠基工作。数学归纳法也是他最早提出来的。他还造出了世界上首台数字计算机 —— 一台能计算 6 位数加减法的手摇机械计算机，这台计算机现在仍保存在巴黎国立工艺博物馆。作为哲学家的帕斯卡，在他去世以后，1670 年出版的《沉思录》，显露出他突出的哲学和文学天才。他的类似于笛卡儿"我思故我在"的名言，被原封不动或变形为多种版本流传至今。

然而，帕斯卡的一生，也是悲剧性的一生。

1623 年 6 月 19 日，帕斯卡生于法国克勒芒，1631 年举家迁往巴黎。他的父亲埃特内·帕斯卡（1588—1651）是当时知名的科学家，曾任克勒芒法院院长。他的母亲也很有教养。在这种环境中，帕斯卡从小就受到良好的家庭教育，虽然他从来没有受过系统的高等教育。

不幸的是，帕斯卡从小就患有软骨病和肺病，从 18 岁以后几乎没有一天不被病魔缠绕。他的父亲深知儿子病情，为了不让他由于思考过度及过度紧张而加重身体负担，所以不希望他在十五六岁之前学习数学，只希望他打好古代语言基础。他在家亲自为帕斯卡授课的时候，就以希腊文、拉丁文为主，而将数学书籍全都藏起来，不让他读。

埃特内·帕斯卡的这一切都是"瞎子点灯"。当好学不倦的帕斯卡问父亲"几何是什么"父亲采取搪塞态度之后，他就自行钻研。他在 12 岁时就自行定义、独立证明了"三角形内角和等于二直角"。这时，惊喜交加的父亲再也不能，也不想阻拦他了，就把欧几里得的《几何原本》等数学书读给他听。

由于勤奋好学，善于钻研，帕斯卡在 16 岁就发现帕斯卡定理——"神秘六边形定理"。这竟使法国数学家笛沙格（1591—1661）不相信是出于"小小少年"之手，而笛卡儿认为是帕斯卡的父亲的作品。

从此，帕斯卡就开始了数学和物理学等自然科学的研究，在数学、物理、文学、哲学和神学等许多领域都做出了重要贡献。

就是这样一位杰出的科学天才、哲学家和神学家，却在 39 岁就悲惨地离开了人世。

帕斯卡因病英年早逝，给我们以难忘的启示。

身体的确是"革命的本钱"，但是，要献身科学，有时就要损害身体——这是一对矛盾。事实上，许多科学家、发明家等，就是为科学而英年早逝的。这就告诉我们，如果你选择了科学，就意味着在选择了光荣的同时，也选择了献身。这正如牛顿所说："科学是一个吝啬的女人。对为她献身的人，只给予很少的报酬。"

帕斯卡的第二个悲剧是盲目选择并误解了宗教。

帕斯卡曾把一条有尖刺的腰带缠在腰上——当他头脑中认为对宗教不够"虔诚"的时候，就用手去打腰带来惩罚自己，这也加重了病情。宗教在许多国家都是合法的，然而这并不意味着这些国家都提倡有神论。事实上，宗教并不是救苦救难的

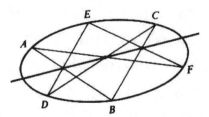

帕斯卡定理：六边形内接于圆锥曲线时，每两条对边相交而得的三个点共线

"观自在"（观世音）菩萨——盲目信教就等于吃了"精神鸦片"，许多罪恶都假宗教之名而行。曾有信教者集体自杀的报道，其实也是盲目信教的一种表现。2000年10月1日，梵蒂冈教皇把一些对中国人民犯下血腥罪行的人封为"圣人"，更是假宗教之名的实例。

1646年，23岁的帕斯卡皈依冉森教派，这一教派属于天主教。他们全家都是天主教的信徒，浓厚的宗教氛围使他曾三度放弃科学研究。

第一次是在1650年。这时体弱多病的帕斯卡放弃在科学上的工作而献身于宗教的沉思，中断了此前三年多（1646—1649）对计算机、流体静力学和真空的科学研究。

第二次是在1654年年底。帕斯卡在1653年恢复数学和物理学研究之后，仅仅过了一年，他又中断了研究。事情的大概经过是这样的。1654年11月23日夜，他心神不宁，对基督教（天主教是它的三大教派之一）"真谛"冥思苦想，仿佛听到了上帝的召唤，说他重新从事科学和数学活动得罪了上帝。一次他乘马车外出时，马受惊狂奔，失去控制的马冲过纳伊桥栏杆，但由于最后一分钟缰绳被拉断，他才奇迹般地活了下来。这件事本来属于偶然事件，但帕斯卡却认为是上帝的警示。于是他用小羊皮纸把这件事写成充满激情的祷文，缝在衣服衬里胸前的部位，表示随时不忘"主"的警示。科学活动再次中断，他坚定地回到了宗教沉思之中。

1657年前后，帕斯卡又恢复了科学研究，在1658年到1659年初又回到数学世界——主要研究微积分中的一些问题。这段时间，除了严重的胃病和长期的失眠，糟糕的牙痛也使他备受折磨。1658年的一天深夜，牙痛使他不能入睡，一气之下，他就起床思索有关摆线的问题。说也奇怪，紧张的研究使牙也不痛了，于是他把这解释为"神意"。这样，他连续拼命地干了8昼夜，完成了对摆线的研究，先后写出《论摆线》及两次续论等论文。为此，他还在罗安奈公爵的支持下，把自己研究的成果归纳为6个问题，以假名公开向全欧洲悬赏 300（一说 600）法郎征解，期限为 3 个月。但包括荷兰数学家惠更斯（1629—1695）、英国数学家华利斯（1616—1703）等名家在内的络绎不绝的应征者，却无一人能圆满解答。最终由帕斯卡公布解答获奖。由此可见他非同一般的杰出的数学才能。正是："慈恩寺下题名处，十七人中最少年。"（白居易）

第三次是在 1659 年以后。1659 年初，帕斯卡再次病重——此时他看上去像一个年过半百的小老头。为了致力于祈祷和慈善活动，他几乎完全放弃了所有的科学研究。

1662 年 8 月 19 日，小老头帕斯卡在巴黎的皇家道德会辞世。

可以看出，帕斯卡在 23 岁以后，宗教几乎主宰了他的思想，使他在黄金岁月里反复放弃科学研究。

可是，帕斯卡临终还说："上帝，但愿您永远不要抛弃我。"由此可见，宗教对他的影响是多么深。也可由此设想，如果没有宗教的影响，帕斯卡的科学事业会更加辉煌。

由此，我们得到了又一个启示：要从事科学并取得更大的成就，必须坚持辩证唯物主义，反对唯心主义。于是，美国数学史家伊夫斯（1911—2004）在《数学史上的里程碑》一书中评论说："帕斯卡也许本来能成为数学史上最伟大的数学家……不幸的是他一生的大部分时间中身体为剧烈的疼痛所折磨，精神又被宗教所困扰。"

白手起家创立新世界
——惨遭扼杀的亚诺什

罗巴切夫斯基

"有几何兮，名为非欧，自己嘲笑，莫名其妙！"

德国著名诗人歌德（1749—1832）在他逝世前一年，用德文完成了著名的悲剧《浮士德》，书中曾用诗歌嘲讽俄国数学家罗巴切夫斯基（1792—1856）的非欧几何。中国数学家苏步青（1902—2003）把它翻译成上述中文诗。

罗巴切夫斯基为什么会遭到歌德的这种"临死围剿"呢？

原来，是当时的数学家们都不敢打破欧几里得几何平行公设（假设两条平行线永不相交）的传统观念。例如，德国数学家高斯在1816年就基本上确立了非欧几何，但他至死也不敢公开。

高斯在哥廷根大学学习的时候，有一个名叫伏尔冈·波尔约（又名法卡斯·波尔约，1775—1856）的同学，后来成了他的好朋友。伏尔冈对平行公设也有浓厚的兴趣，然而在花费了不少时间除仅仅找到几个相似的命题，毫无收获之后，这位思想保守的数学家就放弃了这类研究。

伏尔冈有一位不怕虎的、继承他的数学事业的"初生牛犊"——他的儿子亚诺什·波尔约（1802—1860）。

亚诺什于1802年12月15日出生在克劳森堡——1918年前属奥匈帝国，即今罗马尼亚布鲁日。在父亲的熏陶和指点下，酷爱数学的亚诺什13岁就掌握了微积分，中学毕业后于1817年考入维也纳皇家工程学院。1822年毕业后被分配到特梅斯瓦尔要塞任军职，成为奥地利军队中的一名匈牙利军官。奔波、紧张的军旅生活没能泯灭他对数学的酷爱，他曾上书要求专门从事数学研究，但未能如愿以偿。1833年，才因车祸退伍。

早在大学期间，亚诺什就继承了父亲对欧氏平行公设研究的热情，醉心于平行公设的证明，并找到了通往非欧几何的道路。伏尔冈鉴于自己的认识，曾多次写信给儿子说："希望你不要再做克服平行公理的尝试了……"但是，素有"勇敢军官"之称的亚诺什却"执迷不悟"。在军队中任职的1823年11月3日，年仅21岁的他，就写信给父亲说："我已经白手起家创造了另一个新奇的世界。"1825年，他的非欧几何已基本完成，于是请求父亲帮助发表。父亲却并不相信儿子的那套"歪理邪说"——拒绝了儿子的请求。

4年过去了，父亲仍然是"我心依旧"的拒绝态度。亚诺什只好在1829年把自己所创立的理论用德文写成论文《绝对空间的几何》，寄给维也纳工学院的数学教授、他的老师艾克维尔，可惜抄本被遗失了。后来，经过再三请求，在1831年，他的论文才被父亲狠狠压缩，作为附录发表在父亲的著作《对青年学生进行初等数学和高等数学入门教育的试验》第一卷中，题名为《绝对空间的科学》。他父亲的这部两卷本著作，于1832—1833年在马洛斯发沙黑利（今罗马尼亚的特尔古穆列什）出版——而这离罗巴切夫斯基于1826年2月23日在喀山大学物理 - 数学年会上公开非欧几何的论文，已经6年了！

这篇附录的打样及一封信，曾在1831年6月寄给高斯，征求高斯的意见，但不幸也在途中遗失。1832年1月再寄去一份，高斯收到信和附录后非常吃惊。同年2月14日，高斯给伏尔冈回信说，亚诺什具有"极高的天才"，但却又说他不能称赞这篇论文；因为"称赞他

伏尔冈·波尔约

亚诺什·波尔约

等于称赞我自己，因为这一研究的所有内容，你的儿子所采用的方法和所达到的一些结果，几乎全部和我在 30 至 35 年前已开始的个人沉思相符合"。高斯还说，"关于我自己的著作，虽只有一小部分已经写好，但我的目标本来是终生不想发表的"，因为"大多数人对那里所讨论的问题抱着不正确的态度"，因而"怕引起某些人的喊声"，而"现在，有了老朋友的儿子能把它发表出来，免得它同我一起被湮没，那是使我非常高兴的"。

这位"数学王子"很可能做梦也没料到，他的这封推心置腹的信竟一举扼杀了一颗初露光芒的数坛新星！

原来，高斯虽然高度赞赏亚诺什，但并没有任何支持的实际行动，这已经使亚诺什感到十分失望。更为悲惨的是，不知情的亚诺什还误以为高斯这位"贪心的巨人"企图剽窃他的成果，或者有意抢夺他创立非欧几何的优先权。为此，他悲愤交加、痛心疾首、抑郁寡欢，严重阻碍了他的进一步研究，他的身体也受到损害。

当亚诺什在 1848 年看到罗巴切夫斯基于 1840 年用德文写的、载有非欧几何成果的小册子《关于平行线理论的几何研究》之后，更加恼怒，怀疑人人都与他作对，决定抛弃一切数学研究，发誓不再发表任何数学论文。事实上，他于 1848 年参加了反对哈布斯王朝的斗争后，就主要从事写作，呼吁社会改革，在数学上就没有任何新的研究了。

一颗新星的光芒，就这样过早地被遮蔽了！"江声不尽英雄恨，天地无私草木秋"。

亚诺什的不幸和悲剧，还远远不止这些。1832 年，即他的论文作为书的附录发表的那一年，他遭遇了车祸，差点成了半残废，第二年只好从军队退役回到老家。就在他 1848 年看到罗巴切夫斯基的著作之前的 1837 年，在莱比锡专门为虚量学说的研究设置了奖金，他也寄送了自己的作品——基本思想与后来英国数学家威廉·罗恩·哈密顿（1805—1865）的虚数表示法即四元数理论一致，然而得到的却是评定委员会否定的答复。他的这一工作受到的冷遇，与其后哈密顿

哈密顿

工作引起的轰动，形成了天壤之别的鲜明对照。

在挫折、悲愤、贫困之中，亚诺什于1860年1月27日因肺炎在马洛斯发沙黑利悄然辞世。

亚诺什的不幸和悲剧给我们许多教训和启示。

之所以发生亚诺什的悲剧，很可能有一些偶然因素，例如论文抄本被丢失，这无疑少了一次"千里马"被"伯乐"相中的机会。这实际上仅仅是一次"可能"，因为正如我们下面要说的，传统观念太顽固了，即使艾克维尔看到了抄本并能看懂，他也未必予以支持。

必须从必然规律方面去寻找原因。

酿成悲剧最主要的原因是严重地束缚着常人思想的传统观念太顽固，毫不给任何异于欧氏几何的学说以立锥之地。

举例来说，1826年罗巴切夫斯基创立非欧几何后，得到的依然是淡漠、攻击、嘲笑，于是有前面歌德的"临死围剿"。

另一种非欧几何——黎曼几何，在1854年由德国数学家黎曼（1826—1866）创立后，也依然遭到被埋没、冷落的厄运。直到他死后50年，爱因斯坦在广义相对论中用到它的时候，才得到人们的承认和理解其价值所在。

由此可见，要"毁掉传统的信念，破除千百年来的思想习惯"，是多么的困难。只有迎着困难上，才能取得科学上的发展和进步——像罗巴切夫斯基和黎曼那样。相反，如果像高斯那样因循保守，其成果只能成为死后的遗物，科学发展则会被推迟多年。

此外，除了通常的传统势力，宗教、哲学这些传统势力也不可忽视。凶残的教廷势力，容不得半点异于欧氏几何的"离经叛道"之说。当时欧洲流行的、在科学界影响很深的康德哲学和黑格尔哲学，都把欧氏几何说成是唯

黎曼

一可能的几何。

酿成亚诺什悲剧的另一个重要原因，是"大人物"高斯对待"小人物"的错误。

高斯的第一个错误，是忘记了提携"小人物"的任务——亚诺什是多么渴望得到高斯的支持啊！

高斯的第二个错误也是囿于传统观点，缺乏一种伟人的魄力去冲破束缚，他没有支持亚诺什，也不敢发表自己类似的学说。

高斯的第三个错误，在于他成为大数学家后背上了"名人"的包袱。不敢公开自己的新说和公开支持亚诺什的新说，这都是怕受到嘲笑。这些"名人"为私欲背上的包袱，不但会损害个人形象，而且会压制新人的崛起，推迟科学的进程。

高斯的第四个错误是缺乏一种"让贤"的气度。瑞士数学家欧拉（1707—1783）为了使年轻的法国数学家拉格朗日（1736—1813）有机会发表自己的成果，特意把自己有关的成果压下暂不发表。比起欧拉这一非凡的气度来，高斯应该汗颜：要是他在给伏尔冈的回信中不提自己类似于亚诺什的成果，而像欧拉那样去提携年轻的亚诺什，那亚诺什既不会怀疑高斯"剽窃"，也不会丧失信心。

然而，光从上面的"外因"角度来剖析亚诺什悲剧的原因是远远不够的。缺乏坚定不移的科学信念、坚持到底的科学精神、横绝一世的魄力斗胆，是亚诺什不幸和悲剧的根本原因。而同样未被当时承认的罗巴切夫斯基坚信："新几何学总有一天可以像别的物理规律一样用实验来检验！"黎曼的学说也没有得到立即承认，但他也笃信"用某种不同于欧氏几何的研究物理定律的日子必将来到"！

真理从来都不是靠少数服从多数才存在、才诞生的，只有那些百折不挠的攀登者，才有可能达到光辉的顶点！怯懦者只会铩羽而归！

那为什么亚诺什和罗巴切夫斯基的结局会不同呢？这主要和心理素质有关。

本来，"勇敢军官"亚诺什在21岁的时候，还豪情万丈地宣称

"创造了另一个新奇的世界"，这表现了他"初生牛犊不怕虎"的凌云壮志；但是，当他受到挫折的时候，就不能处变不惊，反而一蹶不振了。

罗巴切夫斯基则始终意志坚强、思想生龙活虎。例如，他的上述"喀山论文"宣读以后，被学术委员会的"权威"们否定，《喀山大学学报》拒绝刊登——直到3年多以后的1829年年底才刊登他类似的论文《论几何的原理》。喀山大学校长马格尼斯基说他的学说"狂妄"，彼得堡科学院说他的理论是"邪说"……但是，他依然"痴心不改"，甚至在几乎完全双目失明之后仍然口授完成自己的最后一部著作……

1830 年的喀山大学

由此可见，人生如果缺乏了健康心理这颗"定海神针"，就会在逆境时乱"方寸"，在顺境时忘乎所以；而有了它，就会在逆境时百折不挠，在顺境时保持清醒的头脑。

不过"白云出岫浩日开，一颗明珠出土来"，非欧几何最终还是得到了公认。亚诺什仍被誉为非欧几何的创始人之一。匈牙利人也开始认识到这位天才而怯懦的儿子的价值。1894 年，匈牙利数学物理学会在马洛斯发沙黑利那座久久被遗忘的墓地上，竖起了一座亚诺什的石像。1905 年开始，匈牙利科学院以他的名字设立了一种每 5 年颁发一次（名额只有一个）的数学奖——法国科学家庞加莱（1854—1912）、德国数学家希尔伯特（1862—1943），以及爱因斯坦就分别荣获前三届奖。再后来，把 1937 年发现的 1441 号小行星，以及月球上的一个陨石坑以他的名字命名。1959 年，匈牙利的一所大学也以他的名字命名。1960 年，世界和平理事会举行了亚诺什逝世 100 周年的纪念仪式。亚诺什的《附录》，也被列入世界第一流的科学经典而与世长存。

两考大学不中又二进监狱
——伽罗瓦决斗惨死

伽罗瓦的画像，由弟弟
阿尔弗雷德 1848 年绘

"哎哟，吓死人了！"一个农民突然看到一个昏迷不醒的年轻人躺在绿草丛中，大声惊叫。

这事发生在 1832 年 5 月 30 日早晨，巴黎郊外冈提勒的葛拉塞尔湖畔。

后来，大家才知道年轻人是在别人用短枪打穿肚子后遗弃在那里的，就把他抬进附近的科钦医院（Hôpital Cochin）。经查找，伤者的弟弟（后来成为画家）阿尔弗雷德·伽罗瓦（1814—1849）来到伤者的病床前。

第二天 10 时，伤者死去。临死前，奄奄一息的伤者拒绝了牧师的神文祈祷，躺在哭泣着的弟弟怀里说："不要哭，我需要我有足够的勇气在 20 岁的时候死去。"他死后的 6 月 2 日，被埋葬在公墓的普通壕沟之内——虽然后来他的亲戚在他的衣冠冢前立了墓碑，但尸骨已无处可寻。

这位不幸的死者是谁，为何因伤致死？

他，就是有史以来 25 位大数学家之一的法国数学家埃瓦里斯特·伽罗瓦（1811—1832）——是在"爱情决斗"时，被对手击中要害（可能还加上腹膜炎）受伤而死的。

"司法决斗"从 501 年勃艮第王国（Burgundian Kingdom，首都

里昂）国王（474—516 在位）冈多巴德（约
452—516）明令使用以来，就逐渐被欧美各国
普遍采用。1547 年，亨利二世（1519—1559）
法国国王（1547—1559 在位）在目睹他的一位
重臣在决斗中惨死后下令禁止司法决斗，加之
它一直严重干扰着教会行使裁判权，所以才逐
渐被官方废弃。尽管如此，私下的决斗之风并

法国国王亨利二世

未稍减——基于欧美"名誉高于生命"的观念。据说，在法国国王亨
利四世 1589—1610 年在位期间，死于"名誉决斗"的绅士、贵族就
多达 4 000 多人。直到第一次世界大战之后，这种决斗才销声匿迹。
在 19 世纪上半叶伽罗瓦为爱情决斗，并非不可理喻——我们熟知的
俄国诗人普希金（1799—1837），就是在 38 岁时死于这种决斗的。

　　1811 年 10 月 25 日，伽罗瓦生于现在巴黎郊区的拉赖因堡
（Bourg-la-Reine，当时叫埃尔加利堡——Bourg-Égalité）。他的父
亲尼古拉斯·加布里埃尔·伽罗瓦（1775—1829）是拿破仑的支持
者，是一位热衷民主共和、参与政界活动的政治家，曾在"百日复
辟"期间当选为该镇镇长。其母亲阿德莱德·玛丽·德曼特（1788—
1872）是一位当地的法官之女，聪明而有教养，当过教师。母亲对他
严格要求，亲自为他上课和批改作业，如果作业有错，必须重做到正
确为止；她还给儿子讲古希腊文学中的英雄故事。1789 年起法国爆
发轰轰烈烈的资产阶级大革命，后来转入波旁王朝复辟时期，耳濡目
染的伽罗瓦对科学和政治有双重兴趣。

　　1823 年 10 月，12 岁的伽罗瓦考入路易－勒－格兰皇家中
学——巴黎的名校，法国资产阶级革命家罗伯斯庇尔（1758—1794）
和作家雨果（1802—1885）都曾在此校就读过。入学的前几年，伽罗
瓦曾几次获得希腊语和拉丁语奖金，但三年级时因修辞学成绩差而留
级一年。因为他在 14 岁时开始对数学产生了浓厚的兴趣，"被数学
的鬼迷了心窍"之后，忽略了其他课程，修辞学老师在成绩单的评语

中说他"胡闹""孤僻""脾气古怪"。

伽罗瓦在没有学完通常的数学预备课程的情况下，没有听老师的劝告，贸然在1828年报考法国最著名的多科综合大学——巴黎高等理工学院。结果可想而知——因为明显缺乏一些基本训练而落选。

受挫后，他于1828年秋在路易-勒大学（Louis-le-Grand）选学了数学课。这时，他遇到了一位好数学老师路易斯·保罗·埃米尔·理查德（1795—1849）。在理查德的指导下，他顺利地学习了更高年级的数学课程，唤起了他的数学天才。他的才华得到理查德等数学教师的好评，受到诸如"学习努力，成绩优良"之类的评语。

然而，伽罗瓦认为他没有考上巴黎高等理工学院并不公正，这进一步加深了他对权威的敌视态度，也进一步坚定了他勇攀数学高峰的决心。在理查德的指导下，他开始研究当时的一个世界著名难题——高次方程的求根公式问题。这是一个什么问题呢？

原来，22岁的挪威数学家阿贝尔（1802—1829）在1824年就从理论上证明了一般四次以上的方程没有求根公式，但是阿贝尔的研究并不彻底。例如，为什么有的特殊高次方程能用公式求解呢？如何准确判断哪些高次方程可用公式求解呢？伽罗瓦企图解决这些问题——实际上开始研究的是方程论和群论。群论是一门研究代数系统的结构和性质的数学分支学科，在数学中占有非常重要的地位——"群论的天使和拓扑的魔鬼，就是数学的核心"。

1828年，17岁的伽罗瓦写成了他的第一篇数学论文，实际上是涉及群论的初步理论，题目是《关于五次方程的代数解法》。1829年3月，他的论文《循环连分数的一个定理的证明》，在法国《纯粹数学与应用数学》年刊上发表。这是他一生仅发表的5篇论文中的第一篇，其余4篇是：《分析的某些要点短评》《剖析一篇关于方程的代数解法的论文》《关于数值方程解法的注记》和《数论》。《纯粹数学与应用数学》年刊是数学史上最古老的数学杂志，于1810年创刊于法国，但到1831年就停刊了。

柯西

1829 年 5 月底，伽罗瓦将自己的《关于五次方程的代数解法》提交给了法国科学院评判。这年 6 月 1 日，法国科学院讨论了伽罗瓦的论文，决定由当时法国最著名的数学家柯西（1789—1857）主审。

1829 年 7 月，伽罗瓦决定第二次报考巴黎高等理工学院。就在 7 月 28 日，身为小镇镇长且具有自由主义倾向的父亲，却因为不堪忍受诬陷、诽谤而跳楼自杀，这对伽罗瓦产生了很大的刺激。考场上主考教师对伽罗瓦介绍自己方程论的研究成果毫无兴趣，相反却故意提出一些人为制造出来的错综复杂的问题来刁难他，使伽罗瓦十分恼怒。他请求主考人注意他的发现，但回答他的却是大声狂笑。伽罗瓦怒不可遏，不顾一切将擦黑板的抹布扔向主考官的头部——结果，当然是第二次被巴黎高等理工学院拒之门外。

1829 年 10 月 25 日，伽罗瓦转而考上了巴黎高等师范学校预科生。当时该校的生活方式就像修道院一样：早餐前、上课前都要大声朗读祈祷文，晚睡前要听宗教训话，每月要忏悔一次——如果连续两个月不忏悔，就要被开除。这对从小就具有自由思想的伽罗瓦来说，实在是一种折磨——但生活费总算有了着落。

1830 年 1 月 18 日，柯西曾计划对伽罗瓦的研究成果在科学院举行一次全面的听证会。"今天我应向科学院提交一份关于年轻的伽罗瓦的工作报告……"他在一封信中曾这样写道，"但我因病在家。我很遗憾地未能出席今天的会议，希望你安排我参加下次会议以讨论已指明的问题。"具有戏剧色彩的是，当第二周柯西向科学院宣读他自己的一篇论文时，却没有介绍伽罗瓦的论文。为什么这样奇怪？很值得研究。

此外，由于伽罗瓦的论文中有许多新概念，文字也过于简略，柯西希望伽罗瓦重写，详述他的理论。于是伽罗瓦第二次写了一篇更详细的论文，于 1830 年 2 月底呈交给科学院。这时柯西即将离开法国，论文就由另一位法国数学家傅立叶（1768—1830）主审。傅立叶把论文带回家中，但不久

傅立叶　　　　　泊松

就于 5 月 16 日因黏液性水肿病辞世，论文也不知所终……

　　这次论文不知所终的挫折，使伽罗瓦十分恼怒。他写信质问法国科学院，为什么"小人物"的研究成果被如此轻视？

　　在这种情况下，科学院只好让法国数学家泊松（1781—1840）出面，让伽罗瓦再次提交论文供审查。1831 年 1 月 27 日，伽罗瓦第三次提交了论文《关于用根式解方程的可能性条件》。主审泊松认为，论文的一部分内容可在阿贝尔的著作中找到，其余内容则"不可理解"。事实上，泊松并没有完全看懂伽罗瓦的论文。这样，伽罗瓦的成果历经"再而三"之后，最终被埋没。

　　当伽罗瓦的前述关于群论的研究接近完成之时，他的生活开始卷入政治活动之中。1830 年 7 月，法国发生了"七月革命"，迫使波旁王朝复辟后的第二位国王查理十世（1757—1836）（1824—1830 在位）下台，巴黎高等理工学院学生在斗争中起了积极作用，而伽罗瓦所在的巴黎高等师范学校的同学们却被校长关闭在校园内。伽罗瓦愤怒地试图越墙而出，但没有成功。他还在《学校公告》上发表长文揭露校长的两面派行为。校长恼羞成怒，于 1830 年 12 月宣布，开除进校仅一年的伽罗瓦的学籍。

　　不过，伽罗瓦在正式被开除之前已经离开学校，并没有因此改变自己的主张。离校后，他参加了拥护共和的国民卫队炮兵队，并加入了当时资产阶级共和派最激进的秘密革命组织"人民之友社"，积极参加革命宣传集会和游行。

不久，政府解散国民卫队炮兵队，逮捕了其中的 19 名军官，指控他们阴谋推翻政府。这些军官后被无罪释放。

1831 年 5 月 9 日，"人民之友社"举行的一次庆祝这些军官获释的宴会上，伽罗瓦一手举杯，一手持刀为继任的新国王路易·菲利浦（1773—1850）（1830—1848 在位）"干杯"。第二天，伽罗瓦就因"煽动谋害法兰西国王未遂罪"被捕。只是由于证据不足，经律师尽力辩护，才免去了牢狱之灾，在一个多月后被无罪释放。

同年 7 月 14 日的"巴士底日"（后来的法国国庆节），伽罗瓦在纪念攻占巴士底狱的时候，"非法"穿着新国王路易·菲利浦已下令解散了的国民卫队炮兵队的制服，携带步枪、手枪和匕首，与巴黎高等师范学校法律系的学生、他的好友——"人民之友社"成员欧内斯特·杜沙特雷（Ernest Duchatelet），一起带领群众在街上示威。这被认为是向新国王的挑衅行为，又一次被捕入狱。一起被捕的，还有杜沙特雷等。伽罗瓦在狱中曾遭暗枪射击，所幸没有被击中。在狱中，他仍坚持数学研究。因监狱流行传染病，服刑九个多月之后的 1832 年 4 月 29 日，他才被释放出狱……

一个月之后的 5 月 29 日，年轻气盛的伽罗瓦在别人的挑唆下，决定捍卫"爱情与荣誉"——因为争夺在狱中结识的一位医生的女儿斯蒂芬妮·菲丽西耶·波特琳·杜·莫特尔（Stéphanie-Félicie Poterin du Motel），在 30 日早晨和他人进行爱情决斗。这个人是谁？至今没有搞清楚。一种说法是炮兵军官佩斯彻克斯·德赫尔宾维尔（Pescheux D'Herbinville），另一种说法是他的好友杜沙特雷。

伽罗瓦知道自己极有可能命归黄泉。于是在这最后的夜晚，他用飞逝的时间焦躁地写出

巴黎"七月革命"，1830 年 7 月 28 日进攻市政厅

他的遗言。他不时中断，在纸边空白处写上"我没有时间，我没有时间"，然后又接着写下一个极其潦草的大纲，想尽可能地在死前把他丰富思想中最伟大的东西留在人间。

伽罗瓦在天亮之前那最后几个小时写出的东西，一劳永逸地为一个折磨数学家们几个世纪的难题找到了真正的答案——他和阿贝尔创立的群论。它不但使高次方程求根公式问题得到了彻底的解决，而且让阿贝尔定理和古希腊三大几何作图难题，都变成了明显的推论或简单的练习题。不但如此，其后人们还逐渐认识到，群论在代数学上具有划时代的意义：方程论已不是代数学的全部内容了。伽罗瓦的理论被公认为是 19 世纪数学最伟大的成就之一，对物理学、化学等学科也有重大影响。

伽罗瓦还写了两封信。

一封信是写给他的革命战友的。"我请求我的爱国朋友们不要责备我不是为自己的祖国而献出生命……"他在信中说，"苍天作证，我曾用尽办法试图拒绝这场决斗，只是出于迫不得已才接受了挑战……别了，我为公共的利益已经献出了自己的大部分生命。"

另一封是写给他的朋友奥古斯特·舍瓦列（Auguste Chevalier）的。"我在分析方面做出了一些新的发现。有些是关于方程论的，有些是关于整函数的……"他在信中写道，"（请您）公开请求雅可比或高斯，但不是对于这些定理的正确性——而是对于它的重要性发表意见。此后我希望某些人将会发现清理这种一团混乱的状况是有益的。"

舍瓦列按照伽罗瓦的遗愿，将他的信——数学史上最悲壮的作品发表在《百科评论》上。而他的主要论文《论方程的根式可解性条件》，直到他死后 14 年即 1846 年，才在法国数学家刘维

伽罗瓦在决斗中腹部中弹

尔（1809—1882）于 1836 年创办的《纯粹与应用数学》杂志上发表，由刘维尔作序向数学界推荐。1844—1846 年伽罗瓦的大部分论文发表后，一些数学家才开始对他的理论感兴趣。1852年，意大利数学家贝蒂（1823—1892）发表文章，开始介绍伽罗瓦的理论，但对其重要性的完全理解，则是在伽罗瓦死后 38 年即 1870 年法国

刘维尔

数学家约当（1838—1922）和德国数学家菲利克斯·克莱因（1849—1925）的有关著作问世之后。

纵观伽罗瓦辉煌而悲壮惨烈的一生，让人感慨万端。

伽罗瓦是智慧的天才。在弱冠之年或之前对数学做出贡献的大有人在，但做出像他这种开创性划时代数学成果的却寥若晨星。

伽罗瓦是豪气干云的化身。在遗信中，他无比自豪地要求当时最著名的数学家们对自己成果的"重要性"发表意见，但只有认识和理解的份——没有对其"正确性"发表评论的份。虽然他的发现在生前没有获得法国数学权威们的承认，但这无关紧要——因为迟早会有人别具慧眼；也无须德国数学权威们的批准——他笃信自己超越时代的发现的正确性，只是同时代的人跟不上他的脚步。他态度平和而不狂傲，但信念坚定；语言朴素，但豪气充盈。犹如将军胸中雄兵百万、手中长缨万丈。人之将死，其言也善，其声亦微。常人往往在此时没了底气，所缺的就是伽罗瓦这种万丈豪情——虽然伽罗瓦没有，也不会像李白那样"飞扬跋扈为谁雄"，但他却有中国"万能科学家"钱伟长（1912—2010）的感悟："生命的价值，不在于外部，而在于自身。"

伽罗瓦是无畏的斗士。不管是在政治斗争中，还是在与邪恶、保守势力的斗争中，他不怕开除和坐牢；在面对我们并不提倡或认同的爱情决斗中，他不畏枪法更好的对手，勇往直前、死而无悔。

伽罗瓦是尊严的战神。为了"价更高"的爱情，他宁愿舍去"诚

可贵"的生命，永别"为自由"奋斗的战友去决斗。这并不是他一时的冲动，而是为了捍卫自己的尊严——荣誉、人格、信仰、胆略交织在一起的尊严。这种决斗，无论在别人看来是否值得，但在伽罗瓦的心中，绝对认为这捍卫尊严之举高于一切。"记住我吧，为了祖国知道我的姓名，我的生命是太不够了。"他在遗信中的这段话，道出了他对生命的留恋，对生活的渴望；然而，这比起重于泰山的尊严来说，都轻于鸿毛。

是拘泥于某种格式的考试制度，剥夺了伽罗瓦进巴黎高等理工学院的机会——替代它的应该是"不拘一格选人才"的机制。是黑暗的社会，使他两进监狱——替代它的应该是尊重人权的光明社会。是应该摒弃的"决斗"陋习，夺去了他的生命——替代它的应该是不致造成伤害的和谐模式。

然而，这一切假设都无法改变一个简单事实：一个人类的精灵连同他的伟大数学理论，一起溶入浩瀚无垠的宇宙之中……

在距巴黎18千米的郊区的宁静小城拉赖因堡——伽罗瓦的出生之地，城里那几条用玫瑰色岩石砌成的马路依旧，在伽罗瓦大街两旁几幢完好地幸存下来的、门上有宽檐的19世纪初叶的尖顶房屋依旧。但也有一个变化。在大街第54号房正面的一块纪念碑上写着："法国著名数学家埃瓦里斯特·伽罗瓦，生于此。卒年20岁，1811—1832年。"它是小城的居民为了对全世界学者公认、曾有特殊功绩的卓越数学家伽罗瓦表示敬意，在1909年6月设置的……

拉赖因堡蒙帕纳斯公墓竖立着伽罗瓦的墓碑，但尸骨已无处可寻

成果埋没二十载
——韶华早逝的阿贝尔

"尊敬的阿贝尔先生：

本校聘请您为数学教授，一个月之内就能发出聘书，望万勿推辞为幸。"

这是一张柏林大学的聘书的部分内容。

阿贝尔何许人，值得柏林大学下聘书？

挪威数学家尼尔斯·罕利克·阿贝尔是19世纪伟大的数学家之一。他最早（1824年）

阿贝尔

证明了四次以上的一般方程不存在代数解，攻克了这一困扰数学家们达300多年的难题。他还是椭圆函数论的最早创始人之一——在1826年写成的划时代论文《论一类极为广泛的超越函数的一个一般性质》，至今仍使当代数学家们忙碌着……

总之，用法国数学家埃尔米特（1822—1901）的话来说是，阿贝尔"丰富的数学思想可以使数学家们忙上150年"。

埃尔米特

可是，这样一位伟大的数学家，不但其成果在生前得不到承认，还因心力交瘁、贫困潦倒导致疾病和营养不良而英年早逝，酿成了数学史上重大的悲剧之一。

1802年8月5日，阿贝尔出生在挪威的首都克利斯蒂安尼亚（Christiania，今奥斯陆）西南角海岸斯塔万格附近的芬多村，父亲瑟伦·乔治·阿贝尔是位村镇教会的贫穷牧师，曾两度进入议会。阿贝尔幼年时，父亲给了他良好的教育，15 岁时入中学——奥斯陆的一所教会学校。这时，一位一生关爱他的年仅 22 岁的数学老师——波尔尼·迈克尔·霍尔姆博（1795—1850）激发了他的数学求知欲和才华。霍尔姆博学过一些纯数学，曾当过挪威著名天文学家、物理学家、奥斯陆大学教授克里斯托夫·汉斯丁（1784—1873）的助教，是一个不是很有才气的数学家。但是，他很称职——例如采取让学生发挥独立思考能力的教学方法，并且给出一些适合学生的数学问题鼓励他们去解决。霍尔姆博还特别给阿贝尔"开小灶"：让他学习了不少数学大师的著作和高等数学。阿贝尔也勤奋好学，因此数学成绩特好。这是他一生难得的一个"黄金时代"。

天有不测风云。阿贝尔 18 岁那年，其父去世，从此家境急剧恶化——他也不能按部就班地继续求学了。

过了一年的 1821 年秋，贫穷的阿贝尔在霍尔姆博和亲朋好友的资助下，才得以进入克利斯蒂安尼亚的皇家弗雷德里克大学深造。这所大学没有数学系，而阿贝尔的兴趣和特长是在数学方面，于是他在完成学校规定的课程之外，把全部时间和精力都用于数学研究。他的努力终于开始绽花结果：1823 年，他就在一个不太出名的杂志上发表了他的第一篇数学研究方面的论文。在潜心数年研究一般四次以上代数方程的解之后，终于在 1824 年写出了论文《高于四次的一般方程的代数求解之不可能性的证明》，从而解决了困扰数学家们达 300 多年的难题。

阿贝尔的这一重大成果，的确是"潜心数年"，不但有多方援手，而且来之不易。早在读中学的最后两年，他就认为得到了这个成果并写出相关论文。霍尔姆博和汉斯丁既没有看出论文中的"所以然"，也没有发现破绽。奥斯陆也没有发表论文的适当刊物，只好寄给哥本哈根的丹麦数学家卡尔·费迪南德·德根

霍尔姆博

（1766—1825），请他在丹麦科学院出版。德根惊叹阿贝尔的数学才华，也没有发现错误，只是回信要求阿贝尔举例说明他的方法，并鼓励他研究椭圆积分。在收到德根的答复后，阿贝尔立即构造解五次方程的例子，结果失望地发现自己的方法是错误的，但也有收获：接受了德根研究椭圆积分的建议，在几年内他基本完成了关于椭圆积分的研究。进入皇家弗雷德里克大学之后，他在 1822—1823 年冬写成的关于椭圆积分的论文，在提交给大学学委会时，竟被学校当局弄丢了！不过，到了 1823 年初夏就由"冷"转"热"了：也没有发现论文中有错误的热心教授瑟伦·拉斯穆森（Soren Rasmussen），资助了阿贝尔 100 挪威币，让他得以前往哥本哈根，拜访德根和其他数学家。赏识阿贝尔的德根给了他有效的指导。阿贝尔返回奥斯陆之后，采用了与原来相反的观点，终于取得成功……

阿贝尔必须自费印刷他的这一论文，而这对穷得上学都要别人赞助的阿贝尔来说，几乎等于要公鸡下蛋。于是他只好勒紧裤带、节省开支，并把这一论文压缩成仅有 6 页的小册子，再印刷发表。这样，他得到了一小笔报酬。有了这一成绩，他的老师和朋友们建议学校向政府申请了一笔经费，使他能从 1825 年大学毕业之后的 8 月开始，进行历时两年的德、意、法等国的欧洲之行。此时，他豪情万丈，希望他出色的小册子能作为向大数学家们求教的见面礼，从而得到他们的指教，并由此带来深造的契机和施展才华的天地。

1825 年，阿贝尔在出行的第一站——柏林结识了德国的铁路工程师克列尔（1780—1855）。在阿贝尔和出生在瑞士的德国数学家施泰纳（1796—1863）的建议下，克列尔于 1826 年创办了专门发表创造性数学论文的德国版的《纯粹与应用数学》杂志，通常又称为《克列尔》杂志。

阿贝尔一方面在《克列尔》杂志上发表关于方程论、无穷级数和椭圆函数论方面的论文（头 3 卷就有 22 篇之多），一方面把他的论文递给大数学家高斯，等待高斯的接见，以便使自己的成果得到更广泛的承认和高斯的指点。令人遗憾的是，高斯在看到他的论文后却惊呼："太可怕了，竟写出这样的东西来""又是一个怪物"，并拒绝了与阿贝尔见面。后来，在高斯死后，人们在他的遗物中，发现了当年阿贝尔寄给他的前述缩印成 6 页的小册子——连拆都没有拆开！

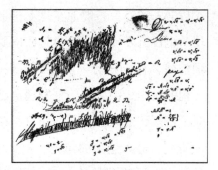

阿贝尔的数学笔记

在德国无望之后，阿贝尔转而寄希望于法国，因为当时那里有许多著名的、至今仍如雷贯耳的法国数学大师：拉普拉斯（1749—1827）、勒让德（1752—1833）、傅立叶（1768—1830）、柯西（1789—1857）、泊松（1781—1840）……于是，他辞别克列尔等人前往巴黎。

巴黎法国科学院的数学大师们也没有给阿贝尔带来幸运。他递交给科学院的上述椭圆函数论方面的论文，科学院秘书傅立叶仅看了引言就转交给柯西和勒让德。柯西把论文带回家中，就把它扔到一边，到想看时却又不知放在何处了。勒让德却以"论文无法阅读""它用几乎是白色的墨水写的""字母拼得很糟糕"，没有"提供一个较清楚的文本"等为由，不予理睬。

就这样，阿贝尔椭圆函数论方面的开创性论文直到 1841 年才得以发表，而这离阿贝尔向巴黎科学院递交论文已有 14 年之久。

就这样，阿贝尔的四次以上代数方程无代数解的成果，被埋没了大约 20 年。只是在 1846 年法国数学家伽罗瓦的相关遗作发表之后，数学家们才对这类问题发生了兴趣，而这时，阿贝尔已死去 16 年多了。

那为什么阿贝尔不像在柏林求助于高斯个人那样，求助于法国的数学家个人，转而寄希望于科学组织呢？其实，这也是出于无奈。

原来，阿贝尔在巴黎已拜见了几乎所有著名的数学家，但除了彬彬有礼的接待和例行的客套话，没有人仔细倾听他的详细介绍。

就这样，阿贝尔在巴黎又满怀希望地空等了近一年。他寄居的房东又特别吝啬刻薄，每天只给两顿饭而又收取高昂的租金。真是祸不单行，心力交瘁的阿贝尔此时又得了肺病。他只好拖着病弱之体，怀着一颗饱尝冷酷而又孤寂的心，告别花天酒地的西方文化之都——巴黎，在1826年圣诞节之际万念俱灰地启程返回柏林——此时已身无分文。幸好恩师霍尔姆博及时汇来一些钱，才解了他的燃眉之急，得以在柏林暂住下来。虽然老朋友克列尔等人一直设法帮助阿贝尔在柏林谋职，以便糊口，但未能如愿以偿。

贫病交织的阿贝尔彻底绝望了——在1827年5月20日返回克利斯蒂安尼亚。

回到挪威后，阿贝尔依然"穷得像教堂里的老鼠"。在朋友的帮助下，他被汉斯丁教授推荐到一所军事学院代数学课，也为私人授课。这样，他的生活才勉强维持下来——但贫困和疾病依然与他形影不离。

阿贝尔的病情在急剧恶化。1829年1月6日，他给克列尔写了最后一封信并附以简短的论文后，就不断大量咯血——当时没有发明青霉素，肺结核是不治之症。1829年4月6日11点，年仅26岁零8个月的数学天才阿贝尔在弗鲁兰寂寞地离开人世。大风雪中，几个朋友把灵柩安葬在佛罗兰德教堂边的墓地里。

轻轻地他走了，正如他轻轻地来。他什么也没有带走——却留下够忙150年的浓墨重彩！

两天后的4月8日，克列尔迟到的信件到达阿贝尔家中——信中附有前述柏林大学的聘书……

在此之前的1828年9月，4名法国科学院院士曾上书给挪威国王，请他为天才的阿贝尔提供合适的科研位置。勒让德也改变了看法——于1829年2月25日在科学院的会议上对阿贝尔大加赞赏。这多少给重病中的阿贝尔一点安慰："当我看到自己的工作能值得本（19）世纪的大数学家之一的注意，是我一生中最快乐的时刻之一。"

然而，这一切都为时已晚。

阿贝尔逝世后，深感悲痛的霍尔姆博慨然整理他的遗著，在阿贝尔逝世 10 周年时，出版了《阿贝尔文集》。

雅可比

1830 年 6 月 28 日，在"天堂"的阿贝尔和在"人间"的德国数学家雅可比（1804—1851），因为各自独立创立和发展了椭圆函数理论，同获法国科学院的大奖……

阿贝尔的爱情也因他的疾病、早逝而没有得到圆满的结局。1829年初，他的病情已恶化到不时大口吐血、经常昏迷的程度。他最后的日子是在一个英国人的家中度过的。他的未婚妻——纯洁、善良、勤劳的穷人家女儿克里斯汀·肯普（Christine Kemp）小姐，是这家的家庭教师兼女管家。在他生命的最后几个星期，已知道今生今世无法与肯普比翼齐飞，但他仍牵挂着她的归属和前途。于是，他写信给他最好的朋友基尔豪（Kielhau）："她并不美丽，有着一头红发和雀斑，但她是一个可爱的姑娘。"虽然基尔豪和肯普此前从未见过面，但阿贝尔却希望他们能相恋结婚。泪眼婆娑的肯普一直守护在骨瘦如柴的阿贝尔身旁，坚持一个人独自照看他的最后几天，要"独占这最后的时刻"。

在阿贝尔的葬礼上，肯普与专程赶来的基尔豪相遇了。基尔豪帮助她克服了失去恋人的悲伤。后来，他们真的就相爱并结婚了——就像阿贝尔所希望的那样。婚后两人十分幸福，他们也常到阿贝尔墓前

肯普

悼念。随着岁月的流逝，他们发现越来越多的人从世界各地赶来，为阿贝尔在数学上的贡献表示迟到的敬意，而自己只是这个朝圣队伍中的一对普通朝圣者……

印度诗人泰戈尔（1861—1941）有著名的诗句："让生者有不朽的爱，让死者有不朽的名。"为了让伟大的数学家阿贝尔"有不朽的

名"，在奥斯陆的皇家公园的一座小山前，挪威人为他竖立了纪念碑——碑的底座上有他的雕像。这座山也被命名为"阿贝尔丘"。此外，在挪威皇宫等地也有纪念他的几座雕像。至于纪念他的邮票、钱币等更是不止一起。例如，在1929年（逝世100周年）和2002年（200周年诞辰），都各发行了4枚纪念邮票。又如，在1978年和2002年，分别发行了一枚印有他头像的500

阿贝尔的雕像

挪威克朗纸币和20挪威克朗硬币。再如，月球上的一个陨石坑，用他的名字命名。2002年8月5日，出席北京第24届国际数学家大会的奥斯陆大学数学系教授斯托默，再次重申挪威王国政府在2001年8月宣布的决定——从2003年起，每年6月3日前后将在奥斯陆颁发奖金高达600万挪威克郎（当时约合87.5万美元）的"阿贝尔奖"……

一位至今仍可在数学史上占有里程碑地位的伟大数学家，不但成果被埋没多年，而且差点客死他乡，最终悲惨地英年早逝于贫困和疾病。这是有关人员对理论研究不太重视造成的，是没有科学的评价体系造成的，也是高斯、勒让德和柯西等"大人物"忽视或嫉妒"小人物"造成的。这幕数学史上最大的悲剧之一给我们的警示是：重视基础科学的研究、建立科学的评价体系和机构，老一辈成名科学家发现、扶持、奖掖来者和弱者的工作，是多么重要！

1978年发行的500挪威克朗纸币

学说受打击精神崩溃
——康托尔半世悲凉

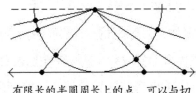

有限长的半圆周长上的点，可以与切于半圆的无限长直线上的点一一对应

"全体大于部分"，这是《几何原本》中的一条公理。谁能否认公理呢？难道你能说全世界的人不比一个国家的人多吗？

可是，到了十六七世纪，伽利略却表示了怀疑——看一看下面两组数的对应关系就明白了：

正整数：1 2 3 4 …

↕ ↕ ↕ ↕

正偶数：2 4 6 8 …

你看，通过上述"一一对应""全体"（正整数）竟和"部分"（正偶数）一样多了！怎么这时"全体"不再大于"部分"了呢？伽利略对此悖论百思不得其解，经研究之后终以"不可理解"而放弃。

到了 19 世纪，又有一位数学家说，"全体大于部分"成立的条件是"全体"的个数必须是有限的，不能是无穷大；如果"全体"是无穷大，那"全体大于部分"就不一定成立——有可能"全体大于部分"，也有可能"全体等于部分"。

研究这类问题的数学，叫"无穷大算术"。在这种算术里，"实数的全体大于整数的全体"。这个结论我们也可以用上述一一对应法来证明：全体实数中的整数，就可和全体整数一一对应，而剩下来的非整数就是多出来的数了。事实上，由全体实数组成的数轴也可以看出，全体整数仅仅是这一数轴上十分"稀疏"的一些点，而其他"稠密"的点则是非整数。

康托尔

用这种颇有创造性的——一一对应来比较无穷集合大小的方法，是由德国数学家康托尔（1845—1918）创立的。他的结论是：如果两个集合元素之间可以建立某种一一对应的关系，则这两个集合就定义为等势的即等价的，意思是"大小一样"的。他就是前述提出在无穷大集合里，有可能"全体等于部分"的数学家。

这种结果或者类似的结果，有时康托尔本人也感到困惑："我得到了它的结果，但我不敢相信它。"其实，不但他本人不敢相信它，而且当时许多数学家也不能接受它——毕竟传统观念太根深蒂固了，于是引出了康托尔后半生的悲剧。

1845年3月3日，康托尔出生在俄国圣彼得堡，双亲都是丹麦人。母亲出生在卡托里克；父亲是先信犹太教、后信新教的犹太富商，原住哥本哈根，年轻时移居彼得堡。康托尔11岁时即1856年，全家迁到德国法兰克福。年轻时的康托尔对中世纪神学及其关于连续和无限的艰深辩论产生了浓厚的兴趣，结果把父亲要他好好学习工程技术的意见丢在一边，专心致志地学习数学、物理学和哲学。

1872年，康托尔在《数学年鉴》上发表论文《三角级数论中的一个定理的推广》，奠定了点集论的基础。1874年，他在《数学杂志》上发表了关于无穷集合理论的论文，这标志着集合论的诞生。

康托尔创立的集合论，从本质上揭示了无穷的特性，使无穷这一概念发生了革命性的变化，是整个现代

罗素

希尔伯特

数学一切分支的基础——最多范畴论除外。它促进了数学的严格化，深入到数学的每个角落。英国数学家、哲学家罗素（1872—1970）称赞这一思想"或许是我们这个时代可引以为自豪的最伟大的事件"。德国数学家希尔伯特在1926年的《数学年鉴》上撰文指出，康托尔的超限算术为"数学思想最惊人的产物，在纯粹理性的范畴

克罗内克

中人类活动的最美的表现"，其集合论"是数学精神最值得惊叹的花朵，是人类理智活动的一个至高成就""没有任何一种力量能够把我们从康托尔所创造的伊甸乐园中驱逐出去"。

由于康托尔的理论，引出许多违反传统观念、意想不到、难以理解的结果，所以引来了反对、指责的声音。

首先对他发难的是他的老师、德国数学家克罗内克（1823—1891）。他凭借手中的权势，长期扣押康托尔的文章，污蔑康托尔的思想是"近十年来最具有兽性的见解""康托尔走进了超限数的地狱"。他宣布康托尔是"骗子"，不是他的学生，刻意伤害其自尊心。说康托尔的研究是得了非常危险的数学疯病，用各种尖刻语言粗暴地、连续不断地公开攻击了十年之久。他甚至在所任教的柏林大学学生中公开攻击康托尔，连这种其他数学家看来很丢脸面的事也不顾了。

此外，法国数学家庞加莱还把集合论当作一个有趣的"病理学的情形"，并预测："后代将把康托尔的集合论当作一种疾病，而人们已经从中恢复过来了。"

无穷大的头3级

德国数学家、物理学家赫尔曼·克劳斯·雨果·韦尔（1885—1955）则认为，康托尔的集合论是雾中之雾。

更有甚者，德国数学家施瓦兹（1843—1921）原来是康托尔的好

友，但因他反对其集合论而与康托尔断交。

德国数学家菲利克斯·克莱因也不赞成康托尔的新观点。

总之，"万山不许一溪奔"——康托尔及其集合论受到许多数学家的反对和围攻，并且康托尔面临的逆境还远远不止这些。

康托尔任教的哈雷大学所在地哈雷是个小地方，他的薪金微薄，没有多余的钱供他从事更多的科学活动，所以一直希望到柏林去谋得一个薪金更高的教授职位，以改善自己的研究、生活条件，但早已在那里工作多年的老师克罗内克却堵塞了他立足柏林的所有通道。在这样的背景下，虽然他也为捍卫自己的集合论和超限数理论进行了长期的斗争——用苏联数学家柯尔莫哥罗夫（1903—1987）的话来说是："康托尔的不朽功绩在于他敢向无限大冒险迈进，他对似是而非之论、流行的成见、哲学的教条……做了内外的斗争。"沉重的打击使康托尔喘不过气来；加之他天性神经敏感，容易激动，经受不住这种疾风暴雨般的长期折磨，终于在1884年春即他39岁时患了严重的忧郁症，精神极度沮丧，神态不安，成了"疯子"。他经常自言自语地说："我是对的！你们是错的！"于是被送进精神病医院。

1887年，经过治疗后的康托尔基本康复，他又拿起了笔，继续求索和写作。

直到1891年克罗内克去世后，数学界才逐渐对康托尔的理论消除了疑虑，他的工作才开始得到公正的评价。例如，1897年在苏黎世召开的第一次国际数学家大会上，德国数学家赫维茨（1859—1919）和法国数学家阿达马（1865—1963）就指出了超限数理论在分析学中的重要作用。又如，希尔伯特重点在德国宣传康托尔的思想，勇敢地捍卫集合论。再如，德国数学家戴德金（1831—1916）、瑞典数学家马格努斯·古斯塔夫·米他格·莱夫勒（1846—1927）、法国数学家埃尔米特也支持康托尔的理论。

柯尔莫哥罗夫

1918 年 1 月 6 日，一代数学大师康托尔，在哈雷大学附属精神病医院惨别人寰，要了他的命的，依然是那个挥之不去的"精神病"。

康托尔的悲剧以及克罗内克死后康托尔的理论才逐渐得到承认的史实，给我们许多深刻的启示。

首先，传统观念是何等的顽固，以致人们对两千多年来任何关于无限问题的"标新立异"都无法容忍，污蔑为"无病呻吟""信口开河"。容不得康托尔"数学的本质在于其自由"的思想，从而在学术上加以围剿，致使康托尔生病。如果当时数学界多一点对学术自由的宽容，少一点传统观点、保守思想，甚至再给一点支持和关怀，康托尔的悲剧就不会上演。这是酿成康托尔悲剧的外因。

其次，如果康托尔对科学的荆棘之路的认识再深刻一点，面对反对局势再沉着一点，科学信念再坚定一点，对冷嘲热讽的思想准备再充足一点，听到异议时襟怀再宽广一点，完全可能"挺过来"——等到曙光来临的那一天。可见心理素质差，是他酿成悲剧的内因。

再次，早于康托尔的德国数学家、物理学家普吕克（1801—1868）曾经说过："一个新的科学真理的确定，往往不是声明自己成功了并说服反对者，而是因为反对者逐渐死去，新的一代则从一开始就接触这个新的真理！"康托尔的悲剧和他的理论在克罗内克死后才逐渐被人们承认这两个事实，是普吕克这段话的有力诠释。由此可以看出，"学阀"的确是科学和科学新人的拦路虎。

与其他新生事物一样，康托尔的集合论也不完善。经过其后许多数学家的努力，其中一些问题已得到部分解决。

歧视迫害加贫困
——英年早逝的索菲娅

"只要土星环依然放射光辉，只要地球上还有人类，全世界将铭记您不朽的英名，那荣誉的桂冠，您永当无愧！"

这是一首赞美诗的结束语，它的作者是斯德哥尔摩大学教授弗里茨·列弗勒。1950年，莫斯科和斯德哥尔摩分别举行了隆重的纪念俄国女数学家、物理学家、天文学家索菲娅·柯瓦列夫斯卡娅100周年诞辰大会，人们耳边再次回

少年索菲娅，初露数学才华

响起59年前索菲娅辞世之时这首热情洋溢的挽诗。

索菲娅1850年1月15日生于莫斯科，她的父亲是俄国陆军中将克鲁柯夫斯基（1801—1875）。为了让索菲娅和她的姐姐安娜享受良好的家教，父亲请来一位英国小姐玛格丽特·史密斯当家庭教师。1858年，父亲从军队退伍，全家迁居立陶宛边界位于今大卢基市东南17千米的巴里宾诺庄园。在颇有数学修养的伯父和又一位家庭教师约瑟夫·马莱维奇的调教下，索菲娅从小就对数学产生了浓厚的兴趣，也学得了不少文学、历史和地理等知识。

索菲娅在12岁时已经显露出数学才华。当她看到《物理学基础》中"光学"一章时，遇到了没学过的三角函数，以及马莱维奇

《旷代女杰：柯瓦列夫斯卡娅》

老师出于要她循序渐进的考虑也推说"不懂"这两个困难。她就独自思索和研究，最后终于弄懂了。这本教科书的作者尼古拉·基尔托夫是她父亲的朋友，当他来她家偶然发现12岁的索菲娅竟读得津津有味，并能独立推导出书中某些三角函数公式时，十分惊讶，连连称赞索菲娅是"新帕斯卡"。她童年在家里的"数学墙"上贴满了各种写有数学公式的纸条，以便默诵记忆。"第一个不讲话的数学老师，"成人后，索菲娅称赞这堵墙时说，"一切都是它教的"。"当一些小姑娘醒来看到她们育婴室墙上娇嫩的花朵时"，索菲娅的"房间却糊满了……微积分课程的讲义"。——《旷代女杰：柯瓦列夫斯卡娅》一书这样描述索菲娅的勤奋和数学才华。

1867年，17岁的索菲娅和安娜随父母一起到圣彼得堡过冬，父亲请来了著名的教育家、海军学校的数学教师亚历山大·斯特朗诺留勃斯基当索菲娅的私人教师，教她学习解析几何与微积分。

1869年春，索菲娅进入德国海德堡大学学习。学业未完，她就在1870年8月去了柏林，最终用真诚和执着感动了对妇女有偏见的德国数学家、柏林大学数学教授魏尔斯特拉斯（1815—1897）——每周日单独为她开"小灶"。从当年起至1874年秋，除1871年索菲娅因惦念为巴黎公社从事革命活动的安娜去过巴黎，从未间断过。

1873年，魏尔斯特拉斯任柏林大学校长，在他的举荐下，索菲娅以三篇重要的数学论文，荣获德国的数学中心——哥廷根大学在1874年7月破例授给她的"最高荣誉哲学博士"称号。于是，她成了历史上第一个女数学博士。三篇数学论文中的一篇以严密的数学理论，修正了法国数学家拉普拉斯（1749—1827）关于土星光环的理论，这就有了前面"只要土星光环依然放射光

魏尔斯特拉斯

辉"的诗句。接着，她和一起出国的弗拉基米尔·奥努弗里耶维奇·柯瓦列夫斯基（1842—1883）正式结婚，于1874年秋回国定居于圣彼得堡，期望为祖国和人民效力。

纪念柯瓦列夫斯基的邮票，苏联于1952年发行

后来，柯瓦列夫斯基果真成了一位著名的古生物学家，也是在俄国最早采用英国生物学家达尔文（1809—1882）的生物进化论的学者之一。1952年，苏联政府在他110周年诞辰时发行了纪念邮票。

索菲娅的另一光辉成就是1888年在瑞典工作的时候，写出了论文《关于刚体在重力作用下绕定点转动》，解决了困惑数学界100多年的难题，从而荣获法国科学院的波尔迪奖金。她的论文是如此出色，让科学院把原来悬赏的3 000法郎增为5 000法郎。这项奖金，是法国科学院用法国律师波尔迪捐赠的财产设立的。她应悬赏者要求所写的格言"说自己知道的话，干自己应干的事，做自己想做的人"，流传至今、脍炙人口。

功成名就、立业安家，"直挂云帆济沧海"，似乎她一生都很顺利。

然而事实是，索菲娅的一生悲剧连台，奋战逆境，颠沛流离、染病早逝。

索菲娅的第一个悲剧，是终生压抑、孤独。

索菲娅的母亲叶利查维塔·费多罗夫娜（1820—1879），本来是一位性格活泼、才华横溢且有"音乐细胞"的女性，但因为比丈夫小19岁，所以经常感到很压抑。加之丈夫独断固执，挥霍无度，靠纸牌、赌博等消磨时光，还不允许妻子参加各类社交活动，使她几乎与世隔绝。这种窒息的婚姻生活，让家庭笼罩的不愉快气氛给索菲娅带来心灵创伤：经常郁郁寡欢，不敢和其他的孩子一起玩，随时被害怕与恐惧的情绪笼罩……

索菲娅的第二个悲剧，是终生遭受对妇女的歧视之苦。

彼得堡所有大学的大门对青年女子一律关闭，迫使她父亲不得不如前述请来私人教师斯特朗诺留勃斯基。1867 年，以斯塔索娃为首的几名女青年组织了包括索菲娅在内的 400 多人签名，请愿开设女子大学，但沙皇政府置之不理。索菲娅还请俄国大数学家切比雪夫（1821—1894）设法让她进入彼得堡大学，但也无济于事；切比雪夫甚至慑于当局和大学内歧视妇女的保守分子的压力，没敢让她听他讲课。

这样，索菲娅只好选择西欧像瑞士苏黎世大学、德国海德堡大学这样少数几所接收女生的大学。出国留学却遭到政治上保守的父亲的反对，而未婚女子没有家庭同意是不能成行的。为了摆脱家庭控制，她只好和莫斯科大学古生物系的柯瓦列夫斯基在 1868 年 10 月举行假婚礼。这样，"妻子"就不再受父母约束而出国，还可带上自己的姐妹。然而，柏林大学也歧视妇女，无意为她破例，于是有前述魏尔斯特拉斯单独为她授课 4 年的美谈佳话。

索菲娅夫妇回国后在圣彼得堡没有找到固定工作，就在 1880 年移居莫斯科。索菲娅曾向教育部门申请应考俄国学位，这非但没有得到批准，反而受到官气十足的教育部长沙布罗夫恶狠狠的斥责："不只是索菲娅，就是她的女儿也休想等到妇女进大学的时候！"

1883 年 11 月，索菲娅被迫只身来到瑞典。瑞典首都斯德哥尔摩大学（1881 年建校时名斯德哥尔摩大学学院）后来的校长（1891—1892 在任）、数学教授莱夫勒，是魏尔斯特拉斯的学生。在他的推荐下，索菲娅成为这所大学的数学讲师。第二年，索菲娅就成为任期 5 年的数学教授——世界上第一位女数学教授。1889 年任期满后，她成为终身教授。

此时，索菲娅的任俄国陆军中将和沙拉托夫省省长的表哥哈依尔·柯西奇，向俄国科学院院长康斯坦丁公爵写了一封信，想说服他安排索菲娅回到俄国科学界，但科学院永久秘书维谢诺夫斯基却虚伪地搪塞说："鉴于国内规定妇女不能担任大学教授，我们无法为索菲娅找到一个像她今天在斯德哥尔摩那样光荣而报酬优厚的位置。"她只好仍然留在异国瑞典。

可喜的是，对妇女的歧视，并没有使索菲娅低头。在海德堡大学，她影响、帮助过许多女青年，不仅为她们争取受高等教育的权利，而且希望开辟俄国妇女通向科学的道路。下面就是这方面的一则佳话。

索菲娅的同学尤里娅·莱蒙托娃是一位俄国姑娘。尤里娅的老师本生（1811—1899）是著名的德国化学家，以发明"本生灯"和光谱分析法闻名于世，但他却是一个大男子主义者，连家里的仆人都全用男性。当尤里娅申请听他的课时，他宣称："我的实验室永远不允许任何女人，特别是俄国女人进来！"索菲娅听后火冒三丈，立即去找本生。她义正词严地痛斥了本生的大男子主义后，又以令人折服的技巧和雄辩的口才，说服本生收下了尤里娅。有趣的巧合是，尤里娅与索菲娅同一年获博士学位，也成了"第一个"——俄国第一个女化学家。

在切比雪夫 1889 年 10 月 24 日的建议下，俄国科学院终于在当年 11 月 16 日修改了不让女子入选科学院院士的章程。几天以后，仍在瑞典的索菲娅当选为俄国科学院的第一位女院士——也是世界上第一位获得科学院院士的女科学家。

这两个鲜有的反歧视妇女的小小的胜利，给我们悲凉的心增加了些许暖意。

歧视妇女是世界的通病——当时俄国还有另一个病因。那就是，妇女解放是俄国民主运动的一个组成部分，沙皇政府害怕妇女受到高等教育后会更加觉醒，于是妇女学习只能在私人家中进行。例如，化学家门捷列夫（1834—1907）、植

切比雪夫

物学家贝克托夫（1825—1902）、物理学家尤素福等，都曾免费为妇女授过课。

索菲娅的第三个悲剧，是半生受经济拮据之苦。

索菲娅本来出自名门望族，不愁钱花。在海德堡上学时，她父亲每月给她汇的1 000卢布生活费也够用。由于姐姐安娜从海德堡去巴黎支持巴黎公社，没有得到家庭的同意，固执的父亲一气之下就停止了对安娜的生活供养。于是，索菲娅不得不瞒着父亲把自己的生活费的一半给安娜用，持续了几年。这样，索菲娅就囊中羞涩了。

1875年即索菲娅夫妇回国的第二年，父亲就去世了，只给索菲娅留下了一笔为数不多的遗产。由于夫妇俩没有固定工作，柯瓦列夫斯基就用这些钱在圣彼得堡经营办女子学校和建造公房这样的实业。这两个"书生"根本不是经营管理的料——特别是在沙俄那样恶劣的环境之下。在耗尽为数不多的钱财之后，缺乏社会经验的夫妇俩还陷入债权人的包围圈，导致房产也被抵押出去，最终到了破产的边缘。

索菲娅的第四个悲剧，是同情、参加革命，饱受迫害之苦，并由此引发丈夫受骗自杀。

19世纪60年代的俄国，处在奴隶制向封建制过渡之时，反对沙皇的革命如火如荼。索菲娅和安娜经常阅读《同时代人》等进步杂志。《同时代人》是曾于1862年被捕的车尔尼雪夫斯基主办的。安娜后来成了职业革命家，这位被索菲娅视为"精神母亲"的姐姐，不幸在1886年的一次手术后突然去世，她悲痛不已。因巴黎公社起义失败，姐夫扎克良被捕。索菲娅曾和安娜于1871年成功地将他营救出来，同时她们也救护过起义伤员。为此，索菲娅也付出了很高的代价：1878年索菲娅在圣彼得堡期间，沙皇政府在舆论的压力下，勉强同意办了一个由当地一些教授私人资助而开设的别朱佐夫高等女子学校，但教育机构拒聘索菲娅，原因是——她同情革命。

1880年春移居莫斯科的索菲娅，被教育部长沙布罗夫拒绝应考学位后，不得不在同年10月去柏林大学寻求魏尔斯特拉斯的帮助。

她的丈夫因此大为恼怒，"终止"了两人的夫妻关系。她于 1881 年 1 月回俄国后不久，发生了沙皇（1855—1881 在位）亚历山大二世（1818—1881）被彼得堡民意党人炸死的事件。他的次子、沙皇（1881—1894 在位）亚历山大三世（1845—1894）继任以后，变本加厉地扼杀革命力量。夫妇俩一直是沙俄政府眼中的危险人物，她只好带着女儿去西欧避难，柯瓦列夫斯基则去敖德萨哥哥家避难。

青年索菲娅，历史上的第一个女数学博士

此时，又一灾难发生了。

原来，到了敖德萨后，柯瓦列夫斯基受聘于一家靠诈骗和投机起家的私人炼油企业——拉柯辛兄弟公司，担任董事。后来公司被揭发，拉柯辛兄弟则把他当作挡箭牌，使柯瓦列夫斯基无辜受控告。他不但被弄得身无分文，无力供妻养子，而且最终于 1883 年 4 月 27 日含冤自杀。这使远在他乡的索菲娅悲痛欲绝，连续 4 天未进茶水，最终竟昏厥过去。她抄的一首诗说出了她的悲痛：

我们怀着
　　崇高的理想奋发向前，
但周围
　　却找不到同情。
死成了我们唯一的希望，
　　就像那凋零的落叶，
被肃杀无尽的秋天毁灭。

好在索菲娅终于坚强地从绝望中走了出来。她回国后亲自调查，以充分的事实证明丈夫是无辜的，痛斥了拉柯辛兄弟和沙皇法庭的无耻行径，为丈夫恢复了名誉。又好在此时她收到莱夫勒邀她到瑞典工作的信。莱夫勒很早就从老师魏尔斯特拉斯那里知道索菲娅的才能，并于1876年访问彼得堡时与索菲娅首次见过面，所以两人成了好朋友。于是索菲娅就有了前述1883年11月那次瑞典独行，并在那里工作到生命的终结。

莱夫勒

1890年冬，索菲娅访问柏林回斯德哥尔摩的途中，不幸受了风寒，回校当晚在吉尔登的家庭晚宴上就头痛发热，回家后卧床不起。第二天医生诊断为感冒引发的肺炎，最终医治无效，于1891年2月10日仅41岁就英年早逝。

在索菲娅的葬礼上，莱夫勒致悼词，列弗勒则朗诵了本故事开头的那首关于土星的挽诗。

1896年，俄国妇女自发集资，在斯德哥尔摩为索菲娅造了一座雕像，上面写着："她是女性的骄傲，她的形象和业绩，永远地留在人们心中。"

2012年，"卡西尼"号无人飞船在太空拍摄的有史以来最清晰的土星照片

是的，索菲娅的业绩永垂不朽，她战胜众多困难追求科学的精神催人奋进。她的悲剧，使人们对歧视妇女的偏见、反动势力的迫害等丑行深恶痛绝，对妇女解放和光明的社会等美景无限向往。

"仙女"也会背井离乡

——被歧视，诺特远涉重洋

　　"数学星空的七仙女。"这是美国数学史家伊夫斯在他的名著《数学史概论》中对历史上著名的七位女数学家的褒称。他说的这七仙女是希腊希帕蒂娅、意大利阿妮丝（1718—1794）、德国吉尔曼（1776—1831）、英国萨默维尔（1780—1872）、俄国柯瓦列夫斯卡娅（1850—1891）、英国杨格（1868—1944）和德国爱米·诺特，其中有一个仙女最夺目。然而，这个最夺目的"仙女"，也同样命运多舛。

　　"她"是其中的哪一个呢？

　　1935年5月3日，美国《纽约时报》刊登了一篇爱因斯坦的声明："一位女士是自妇女开始受到高等教育以来最重要的富于创造性的数学天才……她的这套方法，使纯粹数学成了一首逻辑概念的诗篇。"

　　抽象代数是数学的一个分支。奠定现代抽象代数基础，使它真

阿妮丝

萨默维尔

杨格

正成为这个分支的就是这位女士——她也因此被称为"抽象代数之母"。以这位女士的名字命名的定理,是量子物理学的基石——爱因斯坦也坦然承认:"的确是通过她才使我在这个领域(指广义相对论)开始游刃有余。"

瓦尔登

"她"是谁,能赢得爱因斯坦如此盛赞?

1932 年,在风景如画的瑞士苏黎世,召开了第 9 届国际数学家大会。这届大会做出了从 1936 年开始评发菲尔兹奖的决定。在会上发言的都是男性。突然,从讲台上传来了一个嗓音浑厚的"男中音"。一眼望去,此人头发短短,身躯粗壮——样子像个拳击师;又看其肥大的衣服很不合身——样子又像个洗衣妇。此人就是"全由男性做报告"的唯一例外——被德国哥廷根大学幽默的学者称为"男士"的一位女数学家。在她一个多小时的总结性发言之后,全场掌声雷动。

"她"是谁,能成为第 9 届国际数学家大会的"万绿丛中一点红"。

1919 年 6 月,一位女士经过 5 月份的面试后破例进入哥廷根大学,任数学讲师。后来,她和她的学生们组成的德国数学学派,进行了开创性的工作。丢林、韦特、费廷、乌利逊、帕维尔·谢尔盖耶维奇·亚历山德洛夫(1896—1982)与巴泰尔·莱德特·范·德·瓦尔登(1903—1996)等数学家,都是这个学派来自不同国度的成员,她则是领袖。这个学派的影响有多大呢?以下仅举两例来说明。

第一例。上述瓦尔登是一位荷兰数学家,也是在 25 岁就得到格罗宁根大学(University of Groningen)教授职位的数学史家。他系统总结这个学派的成就之后,在 1930 年 27 岁时出版了《近世代数》(*Moderne Algebra*)一书,顿时风靡了全球数学界。一位著名数学家在回忆年轻的时候见到这本书的震动:"看到这个在我面前展示的新世界，我简直惊呆了。"是的，代数学之所以发展到今天这样完善，这个学派功不可没。

第二例。上述亚历山德洛夫总共发表了300多篇论文，对集合理论和拓扑结构都做出重要贡献。在这两个数学分支领域，不少专用名词都以他的名字命名。

"她"是谁，能"吹皱"这两千多年以来代数学的"一池春水"？

数学本来是很有趣味的，可是经常被一大堆枯燥的数字和令人头痛的公式掩盖，加之在教材编写和教学方法中存在的"板着脸说话"等问题，使许多人视为畏途。一位女数学家却有一套称之为"散步教学"的教学方法——通过散步交谈等生动活泼的教学方法，因而在哥廷根大学培养出了包括巴泰尔·莱德特·范·德·瓦尔登、日本的正田建次郎（1902—1977）、法国的雅克·厄布朗（1908—1931）、中国的曾炯之（1898—1940）这样的优秀数学家。这些数学家又将她深邃的思想传播到世界各地。

"她"是谁，能在数学教学中这样开拓创新，还数学的"本来面目"？

把前面的5个"她"，来一个"五合一"，就得到一个响当当的名字：艾玛莉·爱米·诺特（1882—1935）——世界历史上最伟大的女数学家。

亚历山德洛夫

1882年3月23日，诺特出生在德国埃尔兰根的一个犹太人之家。父亲马克斯·诺特（1844—1921）也是一位数学家——"19世纪最杰出的数学家之一"，曾于1888年晋升为埃尔兰根代数几何学教授，在数学上有在1873年证明"马克斯·诺特定理"等贡献。马克斯14岁就患小儿麻痹症，并留下行走不便的后遗症。不过他的奋斗精神却"遗传"给了视力不好的长女诺特——使她在埃尔兰根市立高级女子中学学习三年之后，就能于 1900 年 4 月在激烈的竞争考试中取得中学语言教师的资格。1903 年 7 月，她顺利通过大学考试后，又到哥廷根大学听希尔伯特、克莱因、闵科夫斯基等德国数学大师的课。1904 年 10 月二进埃尔朗根大学学习，在德国数学家哥尔丹（1837—1912）等的指导下，于 1907 年 12 月 13 日获得了数学博士学位。看来，父亲的"数学基因"也"遗传"给了她。

一帆风顺从来不垂青任何人，诺特也不例外。

诺特的第一个不幸依然是妇女歧视。由于诺特的最大兴趣在数学，所以在 1900 年冬成了埃尔兰根大学的学生。由于她是女性，所以不能注册，只能是大学的"编外"学生，且每听完一门课之后，要经讲课老师的特许，才能参加考试。这样，该校当年上千名学生中，就只有包括她在内的两名女生旁听。好在 1904 年该校取消了这一对女生歧视的规定，她才如前述第二次入校深造，成为哲学系（当时德国大学的数学专业设在哲学系）的正式学生。即使 1907 年得到了博士学位，她也没能找到工作。因为当时德国大学严格的晋级制度规定：博士不能立即开课，要另有论文才能当讲师，并且，要等到学校所设的两三个固定数学教授退休或病故"下课"之后，等待已久的几十个讲师才能"竞争上岗"，加上对女性的歧视，诺特的工作也就成了镜花水月。

当然，坏事有时也能变为好事。这样，诺特才会在其后几年有时间师从保罗·果尔丹（1837—1912）和恩斯特·费希尔（1875—1954）等德国数学大家，在他们的指导下开始对不变量和抽象代数等方面的研究——为其后的硕果耕耘播种。

马克斯·诺特　　　艾玛莉·爱米·诺特

不过，这一"好景"不长。第一次世界大战爆发后，诺特的父亲退休，母亲爱达·阿玛利埃·考夫曼病故，弟弟从军，此前依靠家庭的她不得不另谋生计。她于1916年再次来到哥廷根大学找到希尔伯特。

　　希尔伯特是一位成就卓著、学识渊博、正直开明、主张种族平等和男女平等的德国大数学家。他和他的学生、当时在瑞士苏黎世大学的德国数学家、物理学家赫尔曼·克劳斯·雨果·韦尔（1885—1955），答应帮诺特在哥廷根大学谋到一个讲师职位。这所大学虽然是德国第一所准许给女性授予博士学位的高等学府，但却依然拒绝让女人当讲师。在讨论此事时，一位哲学系教授说："如果让她当讲师，以后她就会成为教授，甚至进入大学评议会。难道能允许一个女人进入大学最高学术机构吗？"另一位教授则附和说："我们的战士从战场回到课堂，发现自己将拜倒在女人脚下读书，会有什么感想呢？"

　　"先生们，候选人的性别绝不应该成为反对她当讲师的理由。"听到这些荒谬言论，希尔伯特激动地站了起来，以坚定的口吻批驳说，"大学评议会毕竟不是洗澡堂！"

　　不过，希尔伯特的反驳无济于事，歧视妇女的旧势力占了上风，诺特当讲师的提议被否定了。

　　没有职业，诺特如何生活呢？希尔伯特又出高招——自己张贴告示，让她以他的名义开设不变式论这门课程。

　　其后两年，诺特根据克莱因的建议进行研究，发表了一篇为广义相对论给出纯数学严格证明的论文，和一篇从数学角度导出物理中守恒定律（称为"诺特定理"）的论文。这两篇出色的论文，加上第一次世界大战后德国内部掀起的那场民主运动，多少解脱了一些套在妇女身上的枷锁，终于如前所述，迫使哥廷根大学于1919年让诺特成为该校第一个女讲师——此时，她已37岁！

　　然而，对妇女的歧视远未根本消除。当大家对才华横溢、年已 40 的诺特仍然是讲师愤愤不平并要求提升她为副教授时，校方依然坚持"男女有别"，在 1922 年仅给了她一个"非官方副教授"的头衔——她不对学校承担义务，学校也不发给她固定工资，工资从学生学费中支付。对这点仅能维持俭朴生活的微薄收入，诺特只是淡然一笑。

韦尔

诺特的第二个不幸来自法西斯的迫害。在法西斯眼里，犹太民族是"劣等民族"，自然诺特也备受歧视。

1929 年，一些人声称不愿同"犹太女人"生活在同一座屋顶下，竟将诺特赶出了她居住的公寓。1933 年 1 月，希特勒被大资产阶级拥上总理宝座后，对犹太人开始了更为残酷的歧视和迫害。希特勒立即颁布法令，把犹太人从政治、经济和文化等一切领域清除出去。1933 年 4 月，当局就剥夺了诺特的教书权利，并将一批犹太教授赶出校园。即使以希尔伯特为首的大批非犹太科学家联名上书教育部长，呼吁政府留用诺特，都遭到无情的拒绝。

20 世纪初开始流行"打起背包，到哥廷根去"的口号，因为哥廷根大学是当时世界的数学中心——那里有 20 世纪最伟大的数学家之一的希尔伯特。可此番盛景，在希特勒的魔爪下，已不复存在——哥廷根大学也从此一蹶不振。

"抽象代数之母"诺特

诺特再次走投无路甚至面临生命危险之际，在韦尔的推荐下，在哥廷根大学留过学的美国宾夕法尼亚州的布兰·毛恩（Bryn Mawn）女子学院数学系主任安娜·惠勒伸出了援手。这样，诺特就被迫于 1933 年 9 月背井离乡，远涉大西洋流亡并定居美国。她于当年 10 月起在布兰·毛恩女子学院担任教授，同时在临近的普林斯顿高等研究院每周讲学一次。在高等研究院，有用一半时间在这里讲学的韦尔（另一半时间在苏黎世兼职），与在 10 月 17 日到达美国并定居普林斯顿，其后在此高等研究院任职的爱因斯坦。这样，诺特在布兰·毛恩女子学院找回了久违的幸福时光——"盼望长大的童年"才有的人际之间的亲善情感与纯真的友谊……

好景不长，不到两年，诺特就病倒了。1935 年春，她被医生诊断患有癌症，同年 4 月 14 日手术失误后引发综合征，几小时后就在布林莫尔与世长辞，年仅 53 岁。

歧视妇女的制度和法西斯的迫害酿成了诺特的悲剧，这的确使人慨叹、惋惜。不过，诺特面对苦难的坚毅和科学探索精神，却给我们留下比她卓越的成就更加宝贵的财产，永远激励着我们奋斗不已。正如希尔伯特的"数学儿子"韦尔满怀深情的悼词所说：

普林斯顿高等研究院

"她曾是充满生命活力的典型，她曾如此坚定和健壮地屹立人间；面对生活的考验，她刚毅不屈、勇气十足……"

穷病折磨天才早夭
——奇才谜人拉马努金

　　1 729——一个枯燥而不起眼的数字，它不像 8888 或 666 那样"吉祥"，也没有 2000 那样"引人入胜"。然而，当一位数学家来到医院看望一个印度青年病人，闲谈中说他就是乘"倒霉透顶、有不祥之兆"的车牌号是"1 729"的出租马车来医院时，青年人立即表现出对这个数字的浓厚兴趣，眼中闪烁着异样的光芒。"我能用两种方法把它表示成两个数立方的和——"，青年人毫不犹豫地说，"$1 729=1^3+12^3=9^3+10^3$"。于是枯燥的 1 729 就被称为"出租车数"，顿时成为抢眼的"大明星"———切能用两种方法表示为两个数立方之和的自然数中最小的一个。下一个能用两种方法表示成两个数立方的和的自然数，是 4 104（$=2^3+16^3=9^3+15^3$）。当然，1 729 的"明星特色"不止这一个，例如 1+7+2+9=19，而 19×91=1 729。

　　这个数学家是谁，这个印度青年病人又是谁，为什么他对数字情有独钟且有如此的灵感？

哈代

李特尔伍德

　　哈代（1877—1947）是一位一生从事数学研究和教育，终身未婚的英国数学家。他说他一生中最愉快的事情有两件：一是与另一位英国数学家李特尔伍德（1885—1977）长达几十年的合作研究，另一是发现了拉马努金。

拉马努金

1913 年，哈代突然接到一封来自印度的信。打开一看，信是一个印度青年写的——时间是 1913 年 1 月 6 日。信中附有 120 个自称是自己独立发现的定理，请哈代审阅。这 120 个定理实际上是 120 条公式——大体上属于无穷级数、椭圆积分、无穷乘积范围。哈代是这一领域的权威，对这些内容和最近的进展当然十分熟悉。看了这些定理之后，他震惊了！

在这些定理中，有的已是当时著名数学家们在 1908—1910 年间发表过的，有的表述是有问题的，但是，还有一些是异常深刻、具有开拓意义的，还有的是从来没有发表过的，等等。总之，这些问题都是近百年来第一流的数学家们致力解决的问题。这个青年在信中自我介绍说，他只有 23 岁（实际 25 岁），大学没毕业，只受了有限的教育，而仅在业余研究数学……

当哈代进一步了解到这个青年的情况后，他更加惊奇了！

1887 年 12 月 22 日，拉马努金出生于印度东南部泰米尔纳德邦埃罗德地区的一个贫困商店职员之家。年轻时，他靠奖学金接受了初等教育。他从小就有对数字的特殊记忆力，并有异常的计算技能。他学习数学时，总是喜欢丢开书本独立思考，并把自己发现的新结果记在随身携带的笔记本上，直到他后来成为大数学家后，仍然是这样。

命运对拉马努金是苛刻的。1904 年，他得到了政府的大学奖学金，进入贡伯戈纳姆大学学习。由于他英语成绩很差，不久就失去了奖学金而被迫辍学。在 1907 年以后的好几年中，尽管他到处奔波努力，却再也没有争取到奖学金。

1909 年拉马努金结婚之后，就更得为养家糊口而奔忙。当他拖着虚弱的身体，向一个地方税收官玛希德拉·劳寻求工作时，唯一的企求只是得到最起码的钱或食物，以便满足衣食必需和继续从事他钟

73

情的数学研究。好在这位税收官是位真诚的数学爱好者，虽然他的知识还不能完全理解这个青年的发现，但他完全可以肯定，面前这个夹着笔记本走路的青年，有着杰出的数学才能。于是，他资助拉马努金回校继续学习了一段时间。1912 年，他终于在马德拉斯港口托拉斯事务所找到了一份工作，得以维持生计。

虽然贫困的生活极其艰难，但拉马努金却从来没有放弃过数学研究。1911 年他就在《印度数学会月刊》上，发表了他的第一篇数学论文《关于伯努利数的一些性质》。雅各·伯努利（1654—1705）是一位瑞士数学家、物理学家。

1913 年，拉马努金受朋友们的怂恿，就给哈代写了前面提到的那封信。

从这段经历看，拉马努金没有受到完整的正规教育，也没有诸如丰富的图书资料、安定的生活环境和有经验的教师辅导等优越的学习与研究条件。那么，他又是怎样走到当时数学领域的前列的呢？不但当时的哈代无法明白，就是今天人们也没弄清。不管怎样，还是请拉马努金到英国剑桥来一趟吧。

拉马努金并没有立即接受邀请——由于婆罗门教的教规和母亲的反对，他不愿离开故乡。不过，由于哈代的重视（当时印度是英国的殖民地），他总算得到了马德拉斯大学两年的奖学金。接着，哈代的同事纳维勒应邀到印度马德拉斯大学讲学时，又一次带去了哈代的邀请——这次拉马努金同意了。

1914 年，在哈代的推荐和资助下，拉马努金进入剑桥大学三一学院（即特里尼德学院）学习，并享受了优厚的奖学金。在哈代

拉马努金（前排正中）与其他科学家在三一学院

和李特尔伍德这两位大数学家的指导下，学习和从事数学研究。

拉马努金的手稿

面对面的交流和观察使哈代对拉马努金更加了解：他的确是一个不可思议且有非凡创造力的混合体。

在剑桥期间，拉马努金飞速地进步着。他在《伦敦数学会》杂志等刊物上一共发表了 21 篇论文和 17 篇注记——其中一些是和哈代合作的。主要有素数分布理论、整数分析、椭圆函数、超几何函数、发散级数等领域的内容。例如其中对正整数表示为若干个正整数之和的母函数，1918 年他和哈代共同给出了一个变换公式，并由他们建立了对这个领域研究具有划时代意义的方法，得到了国际同行很高的评价。这些工作奠定了他作为一个现代数学家的地位。

1918 年，拉马努金被选为英国皇家学会会员，他还是三一学院院士，马德拉斯大学也授予他教授称号。

不幸的是，拉马努金对英国的雾湿气候极不适应，从 1917 年起就得了肺病，于是只好住院治疗，接着就是开头那个"1729"的故事……

1919 年 4 月，拉马努金为了摆脱不适应的气候的困扰，起程回到了马德拉斯。在一段时间里，他顽固地拒绝就医。唯一难以割舍的仍然是那个笔记本，似乎数学研究能减轻甚至治愈他的疾病。回国一年后的 1920 年 4 月 26 日，他终于在贫病交加中逝世于马德拉斯附近的切特普特，走完了他不到 33 岁的短暂一生。

人们普遍对他的早逝感到惋惜。特别是哈代，在以后还多次回忆起这个瘦弱而富有天才的印度青年，和他"相知无远近，万里尚为邻"。他的许多论文被结集出版，成为后来许多数学家研究的起点。

使人欣慰的是，现在国际上主要有两项以拉马努金为名的数学奖，纪念 32 岁多就英年早逝的拉马努金。

虽然"昔人已乘黄鹤去"，但却不是"如今空余黄鹤楼"。1976 年，美国宾夕法尼亚大学数学教授安德罗访问剑桥三一学院时，竟在已故的华生教授的遗物中发现了凭笔迹看来应该是拉马努金的卷宗——又是一个笔记本！其中竟有 600 多条公式，而且又是没有什么严格的证明。其中不少公式直到 20 世纪 50 年代才被其他人再次发现，而且发现和证明都并不轻松。由于这本笔记既无导言又无封面题签，人们只能间接推断，这很可能是他在临死前的一年在病榻上写下的。

拉马努金是一个奇才，他的数学思想独树一帜。他常常能凭借直觉得出许多正确的结论。他的这种思想正是古印度"会猜测"数学思想的发展，所以有人称他为"最会猜测的数学家"。正如哈代在悼念他的文章中写的："拉马努金的思想方法不属于当代数学家的流派……他那种原发的巧妙想法源源不断地流淌。对于欧洲来说，正因为他代表着不同的流派，因而更有价值。"

拉马努金是一个"谜才"——他学术研究的许多方面至今仍是揭不开的"谜"。据说，他一生中共发现过 4 000 多个不全正确的公式，这些公式究竟是怎样得来的，就是"谜"中的一个。举例来说，1913 年，他曾用作图法在求得 π 近似值的线段长 $(9^2 + 19^2/22)^{1/4}$，可算得 π 为 3.141 592 652…，而这正好是 π 的准确到小数点后第 8 位的值。那他是怎么想出来的呢？

在贫病中英年早逝的拉马努金的一生，给我们许多思考和启示。

首先，必须高度重视和认真总结有关自学成才的经验。这对于素质教育，特别是其中的智力开发，造就大批科技人才，具有十分重大的意义，因为在科学上做出重大贡献的科学家，他们大部分的知识和能力都是靠自学得来的。

其次，发现、爱护、培养人才，应舍得投入。我们随时都在这样讲，但落到实处有时就犹豫不决了。有时我们想得多的是"短平快"

的经济效益，而对长远的综合"可持续"效益则想得较少，怕投入会"打水漂"。其实，我们大可不必瞻前顾后，迟疑不决——任何投入都会有不同程度的风险，但如果没有投入就永远不可能成功。不能像印度政府那样，取消拉马努金的奖学金，使其无法得到较好的学习条件；而应像创建哈佛大学的人们那样，远见卓识地在衣不蔽体和食不果腹的不毛之地上，捐书办学，培养人才。

再次，求全责备和"格式化"发现、选拔和培养人才，是造就人才的大忌。拉马努金之所以被停止奖学金，原因是他忽视英语。这些求全责备、"格式化"的学校、考官难以懂得一个朴素的真理：尺有所短，寸有所长，应不拘一格选人才。正是由于"偏科"，他才能专注、痴迷于他钟爱的学科，才能向深度进军。"多能一专"是一种人才模式；只有"一专"，也是一种人才模式。对人才，应着重于他"振聋发聩的潮声"，而不应计较他"令人不快的缺点"。这种思想，对于我们发现、选拔、培养和评价人才，都是有益的。

最后，作为青年人，为了获得更好的学习条件，不但应发展自己喜欢、擅长的学科，也应打好基础，尽力学好相关学科，以免像拉马努金那样，让这种机会、条件与自己擦肩而过，甚至抱憾终生。

"钻石" 并不在远方
——英年早逝的陆家羲

陆家羲

"请我去讲学？讲组合数学？你们中国不是有陆家羲博士么？"

1983年，中国某单位的一位数学家邀请两位世界组合数学专家——加拿大多伦多大学的曼德尔森教授与滑铁卢大学的郝迪教授来中国讲学，并出席在大连举办的中国首届组合数学学术讨论会。对此，两位外国专家睁大了眼睛，曼德尔森还疑惑不解地这样问——这让邀请者尴尬不已。

此时，我们想起了一个印度流传的故事。

生活殷实的印度农夫阿利·哈费特，还想"更上层楼"——他听别人说，如果得到富可敌国的大钻石，就能买下大片的土地，甚至还有机会让自己的儿子坐上皇位。在一位"高僧"的"指点"下，他变卖了房产，到远方高山里流淌着白沙的河中去寻找，到……

哈费特走遍了天涯海角，也没能找到大钻石，最后绝望地在西班牙"天尽头"的大海边——投海自尽……

哈费特死后的一天，买房人把骆驼牵进哈费特的后院小河饮水时，突然发现河沙中有一个东西在闪亮。

不早不晚，"高僧"又来了。他和买房人在那条小河中挖出了许多钻石——包括献给英国女王维多利亚（1819—1901）（1837—

1901 在位）的那块达 100 克拉（1 克拉合 0.2 克）的钻石。印度人要把钻石献给英国女王的原因是，当时印度是英国的殖民地（1757—1947）。

如果，哈费特不是在远方的他乡，而是在自家的附近去寻找钻石，他的命运就大不一样了。

这个传说的故事和中国某单位——还有陆家羲，怎么扯得上边呢？陆家羲是什么人，为什么中国邀请外国学者来讲学的时候，被邀请的外国学者成了"丈二和尚"，并那样回答呢？

1935 年 6 月 10 日，陆家羲出生在上海一个贫寒之家，靠父亲做小买卖与母亲给别人缝洗衣裳的低微收入来维持生活。他 5 岁上学，生活俭朴，学习刻苦，勤于思考，成绩优异。

上海解放后，陆家羲考入东北电器工业管理局的统计训练班。学习结束后，被分配到哈尔滨电机厂生产科做统计工作。1957 年考入东北师范大学物理系学习。1961 年大学毕业后分配到包头钢铁学院任教。不久，包头钢铁学院在高校调整中下马，他被调到包头九中等单位从事中学物理教研工作。

早在哈尔滨电机厂工作期间，陆家羲就自修了所有的高中课程，还自学了其他方面的知识。一次偶然的机会，他阅读了中国老一辈数学家孙泽瀛（1911—1981）编著的《数学方法趣引》（1953年初版）。书中介绍了英国牧师托马斯·彭英顿·柯克曼（1806—1895），于 1850 年在《女士与先生之日记》杂志第 6 期第 48 页刊文提出的"柯克曼女生问题"（Kirkman's schoolgirl problem，简称"女生"）："15 名女生，每天 3 人分为一组（共 5 组）散步，问怎样安排，才能使得每个女生与其余

《女士与先生之日记》杂志："女生"

柯克曼

每个女生在同一组中散步恰好每周一次？"

柯克曼曾任兰开夏郡一个新教区的教区长五十多年，对数学一直有浓厚的兴趣，并有很高的研究水平，曾被英国逻辑学家、物理学家、数学家亚历山大·麦克法兰（1851—1913）列为"19世纪英国十大领先的数学家"之一。

"女生"提出后，引起了广泛的关注，并很快有了多种解答。其中有代表性的是美国数学家皮尔斯（1809—1880）约于1860年给出的解答。他先假定一位女生固定在某一组，再将其余女生编上1～14号，并按一定规律安排星期天的分组散步，则其余6天星期a（a=1，2，3，4，5，6）的散步分组，按原编号与a的数字之和安排（如果数字之和超过14则减去14）。

这种方法被英国数学家西尔维斯特（1814—1897）认为是最佳解法。他还在同一年和英国数学家凯莱（1821—1895）对"女生"提出了进一步的要求：希望给出一个连续13周的队列安排，不但使得每周内的安排都符合原来的规定，而且使3名学生在全部13周内都恰有一天排在同一行。这个问题后来被称为"西尔维斯特问题"。它的难度相当大，直到1974年才由丹尼斯顿借助电子计算机给出了第一个答案。

其后，一些数学家还将"女生"进行了扩展，使之成为组合数学中的一个难题：设有 N 个元素，每3个一组分成若干组，这些组分别组成一个柯克曼序列；若每一元素与其他元素恰好有一次同组的机会，问 N 分成这种序列要满足的充分必要条件是什么？

西尔维斯特　　　　凯莱

怎样组成这一序列？在"女生"中，序列数为7，$N=15$ 是适合条件的数，但 N 的一般解答却在 100 多年来并没有大的进展。

施泰纳

《数学方法趣引》中与"女生"有关的还有一个"施泰纳系列问题"。雅可比·施泰纳（1796—1863）是出生在瑞士的德国数学家，他对数学的主要贡献是发展了法国数学家彭色列（1788—1867）的射影几何，还在 1833 年给出由简单图形导出复杂图形的纯粹综合的方法。他在 19 世纪提出的"施泰纳系列问题"，也是数学家们至今没有完全解决的世界性数学难题。

陆家羲被这两个难题吸引住了。

在东北师范大学学习时，陆家羲除了学习规定的课程，还为解决这两道数学难题废寝忘食地自学了初等数论、矩阵论、近世代数、差集理论、组合设计理论等数学分支。他甚至夜间常常在走廊灯下，一坐到天亮。这样，他不仅以优异成绩取得了大学物理系的毕业证书，而且在毕业前夕基本上解决了"女生"。后来，他又将这一研究成果写成具有世界领先水平的数学论文——《柯克曼系列和施泰纳系列制作方法》。

陆家羲到包头九中后，一方面做好自己的本职工作，另一方面仍利用业余时间，宵衣旰食地继续圆"女生"梦。在 1961 年 12 月 30 日至 1979 年间，他先后 6 次向中国科学院数学研究所、《中国数学通报》《数学学报》等国内有关研究机构和刊物，投寄他的解决难题的数学论文，但得到的回答不是"无价值""改投其他刊物"，就是退稿或石沉大海！

这是为什么？究竟是为什么？陆家羲迷惑不解，焦急万分。

"十年动乱"结束以后，北京图书馆（今国家图书馆）重新开放。地处边陲、信息不灵的陆家羲外出路过北京，特地跑到北京图书馆，借来了 1967 年的世界组合数学的权威刊物——美国《组合论》。他从中了解到国际上只知道"女生"的一般解法，远不及他所取得的结果，于是心里踏实多了。

1979 年 4 月，陆家羲托人从北京借来了在包头无法读到的、由美国哥伦

查德胡里　　　　威尔森

比亚大学出版社在 1974 年出版的权威刊物——美国《组合论》杂志（1966 年创立，双月刊，逢单月出版）。当从中得知"女生"早在 1968 年就由俄亥俄州立大学的两位美国数学家德维赞德拉·库马尔·拉依·查德胡里（1933— ）与他的学生理查德·迈克尔·威尔森（1945— ）解决了，而且推广到四元组的成果（这一成果，其后被广泛引用到组合设计理论和编码理论），也由出生在波兰的以色列数学家哈伊姆·哈纳尼（1912—1991）取得，并于 1972 年公开发表的时候，他被惊呆了！顿时脸色青黄，目瞪口呆，双泪激下，久久说不出话来——1961 年寄出的第一篇解决"女生"的论文，比他们早大约 7 年哪！

陆家羲并没有因此沉沦——强烈的爱国心和民族荣誉感，激励着他尽快摘取数学王冠上的另一颗明珠——"施泰纳系列"。于是，教学任务十分繁重的陆家羲把原来承担的饭后洗碗的那点家务也交给了妻子张淑琴……

又送走了一个春夏秋冬。到了 1980 年春，陆家羲终于攻克了"施泰纳系列"，并完成了前 6 篇论文的初稿，而"施泰纳系列"中的 6 个特殊条款即最后一篇论文也酝酿成熟——再次解决了世界数学界 100 多年来没有解决的数学难题！

以往的教训使陆家羲深知，让别人承认真理往往比发现真理还要难，中国人的成果要在世界上被确认更难，而对中国"小人物"则是"难上加难"！于是，他在 1980 年春将反复修改好的关于"施泰纳

系列"的研究论文寄往北京。

千里马巧遇伯乐,这在科学史上常有——陆家羲寄往北京的论文,后来被苏州大学教授朱烈(1943—)看见了。朱烈——国内明确肯定陆家羲的研究成果并促使其尽快发表的第一位数学家,在仔细阅读之后认为,这篇论文很有价值,于是,他主动建议陆家羲把论文投寄给《组合论》杂志。

陆家羲愉快地接受了朱烈的建议,很快就给《组合论》杂志编辑部写了一封信,说他基本上解决了"施泰纳系列",并从1981年9月18日起先后寄去了6篇论文。不久,他收到了该杂志的回信。信中说:"如果是真的,将是一个重要的结果"。回信中接着又意味深长地说:"这个问题世界上许多专家在研究,但是,离完全解决还十分遥远。"从这回信中不难看出,"美国老外"对这位"黄皮肤"中学教师能解决世界数学难题还存在几分疑虑。

陆家羲既激动,又谨慎。不久,陆家羲把重新修改、打印复制的6篇论文相继寄往《组合论》杂志。杂志社很快将论文寄给世界组合数学权威之一的曼德尔森审查。曼德尔森高度评价说:"这是世界上十年来组合设计方面最重大的成果之一。"

不到一个月,陆家羲收到了《组合论》杂志的回信。当他得知曼德尔森的评价后,异常兴奋,备受鼓舞。1982年5月,他收到美国哥伦比亚大学出版社接受发表其论文的正式通知书与版权签约书:版权将永远属于美国哥伦比亚大学出版社;论文发表,不付给任何报酬;如同意并在签约书上签字,论文可很快发表。

这与20年来在国内论文屡投不中相比,这一消息激动人心。然而,陆家羲的内心又是矛盾的——他多么希望能在国内发表啊,但又要等到何年何月呢?如继续在国内等待,又担心这颗明珠也会被外国人抢先夺去,重演"女生"悲剧,再次失去为国争光的机会。

思考再三,陆家羲最后还是下决心在这份版权签约书上签字。

1983年伊始,振奋人心的消息不断传来。1月获悉,《组合论》

杂志将在当年 3 月号上一并发表陆家
羲的前 3 篇论文；他也收到刊有他的
论文的该杂志 50 份。4 月，该杂志通
知他，决定在 1984 年 9 月号一并发
表他的另外 3 篇论文。

斯特朗威：2011 年全面禁止核试
验条约组织科学和技术会议

不但如此，加拿大皇家学会会
员、多伦多大学校长（1983 年开始
代理，1985—1997 年正式在任）——
地质学家戴维·威廉·斯特朗威
（1934—2016），还在 1983 年 9 月
30 日给包头九中校长写信——"亲爱的先生：曼德尔森教授说，陆
家羲是闻名西方的从事组合理论的数学家，有必要同意把他调到大学
岗位。他要我告诉你们，这样的调动对发展中国的数学具有重要作
用，而且希望所表达的意愿能获得同意！"

至此，通过《组合论》杂志向全世界正式宣告：数学王冠上保留
了 130 多年的数学明珠"施泰纳系列"，已被陆家羲最先摘取了！中
国人将永远引以为自豪！

一颗由中国人摘下的"数学明珠"在国外首先闪亮，然后再"反
射"国内，"普照"全世界。于是，就有故事开头曼德尔森的疑惑
不解。

在曼德尔森的推荐下，陆家羲在 1983 年 7 月初接到即将在大连
召开的首届中国组合数学学术讨论会的邀请通知。

在会前，发生了一个使人哭笑不得的"名字乌龙"巧合事件。当
曼德尔森怀着仰慕之情表示"很想见到中国学者陆家羲"时，陪同他
的一位中国数学家回答说："中国科学院院长？"这里的背景是，当
时的中国科学院院长卢嘉锡（1915—2001）与陆家羲正好同音！

7 月 25 日，这次学术讨论会开幕。会间，曼德尔森教授特地会
见了陆家羲，诚恳地邀请他到多伦多大学工作。尽管陆家羲谢绝了这

一盛情邀请，但曼德尔森教授还是主动将多伦多大学的校徽赠送给他留作纪念。

陆家羲成功地解决了"施泰纳系列"，在大连会上引起了强烈的"地震"：中国著名数学家徐利治（1920—2019）以大会及中国应用数学研究所副所长的双重名义，推荐他到合肥组合数学讲学会上讲学；曼德尔森与郝迪表示向加拿大科学基金会申请基金，邀请他到加拿大讲学；内蒙古大学等八九所高校，邀请他去任教……

"钻石"在哪里？不在印度农夫的"远方"，就在后院的小河中；不在中国的"国外"，就在包头九中……

1983 年 10 月，陆家羲又被特邀去武汉，在中国数学会第四次全国代表大会上做报告。会议刚一结束，他立即在 10 月 30 日下午回到包头。由于体弱多病，平时不得休息，再加上这次会议和路途上的劳累，所以当他回到家中的时候，已经有气无力，面色苍白，本来一肚子话想同妻子说，可身体实在支撑不了，没说几句就躺在炕上睡着了。

万万没有想到，陆家羲这一睡就再没有醒过来（31 日约 1 时辞世）——一头在黑夜中默默耕耘的黑牛，到天亮看到他耕出的田地时，却仅活了 48 个年头就累极倒地而死！他没有给妻子儿女留下一句话，但却给他们留下了 15 箱书、400 元的外债和参加学术会议而又无处报销的车票与单据……

"爸爸，您走得这样匆忙……您前几年提出要照一张全家福，可一直没抽出时间，"女儿张惠中在《悼念爸爸》一文中深情地说，"如今，我们只好把这张全家福印在心上了。""是祖国和人民将他培养起来……"张淑琴也感慨地说，"他所以不分昼夜地拼，更重要的还是要干出成绩来报效国家，报效人民。"

陆家羲的早逝，是中国和世界数学界的一大损失。唁电、唁函……国内许多报纸都刊登了他逝世的消息以及他所取得的重大成就。

为了纪念陆家羲，包头市、内蒙古自治区政府授予他特级教师称号。1984 年 9 月，中国组合数学会组织的"陆家羲学术工作评审委员会"对他的工作给出了高度评价。1984 年 10 月 31 日，内蒙古自治区召开表彰大会，授予他自治区科技进步特等奖。

1984 年年底，"物是人非冷脸改"——曾"拒绝陆家羲"的中国数学一级刊物《数学学报》，终于全文发表了陆家羲的重要论文《柯克曼女生问题》。

陆家羲的国家自然科学一等奖的获奖证书

1987 年，国家科委将陆家羲的《关于不相关 Steiner 三元素大集的研究》（Steiner 是施泰纳的外文名）成果，评为国家自然科学奖一等奖。1989 年 3 月，张淑琴在北京人民大会堂隆重举行的"1987 年国家自然科学奖颁奖大会"上，接受了获奖证书。

"为什么大地春常在？英雄的生命开鲜花。"陆家羲——春常在的数学大地上永不凋谢的生命之花……

科学沉冤三百年

——含恨九泉的伽利略

有机会到罗马，你可以到当年的"罗马学院"（目前是一所中学所在地）去看一看——在它的屋顶上有一座气象站，天井里有一座日晷仪——上面刻着一行著名的文字："它仍在转动"（Epper si muovl）。

这是一位老人的喃喃自语。

这位老人是谁，为什么要这样无奈地说？

伽利略

伽利略（Galileo）的名字广为人知，然而，很多人却不知道这一名字的由来。当地的风俗是，把姓氏略做变化作为长子的名字，于是 Galilei 变成了 Galileo。这样，伽利略姓名全称就是——伽利略·伽利莱（Galileo Galilei）。

1564 年 2 月 15 日，伽利略出生在意大利当时属于佛罗伦萨的迈第奇政府管理的比萨城。他的父亲维琴佐·伽利莱（约 1520—1591）是个酷爱音乐和数学的破落贵族——他写的《音乐对话》，反对惯常的诉诸权威。这些爱好和脾性都重现在伽利略身上。

1589 年，25 岁的伽利略成为比萨大学的数学教授。此时，他已有"当代阿基米德"的美称。由于他不迷信权威，通过独立研究认为，被奉为西方圣人的古希腊科学家亚里士多德（公元前 384—前 322）的物理观点中有不少错误，就公开不懈地进行抨击。例如，传说他在 1590 年的一天，当着许多拥护亚里士多德"重物比轻物落得快"的观点的教授们，在高 56.42 米的比萨斜塔上进行落体实验，结果两个重量相差很大的铁球几乎同时落地，给上述"重物落得更快"的观点以沉重的打击。但是伽利略的同事们很不欢迎他，认为他太爱寻衅滋事。当时近两千年来，亚里士多德一直被科学界和宗教界奉为绝对权威，其观点不容置疑，已成为禁锢人们进一步探索的紧身衣，因此墨守传统的同事们对伽利略反感，也就不足为奇了。

像重量不同的铁球同时落地这类事实，并不能改变这些拥护亚里士多德的同事的观点，只能让他们对伽利略更加充满敌意，进行排挤和攻击。伽利略在 1591 年愤然辞职。

真是祸不单行——伽利略生病的父亲因担心两手空空、生活无着的儿子的前途，病情加重而去世。好在有吉杜巴尔多伯爵的多次帮助——1592 年 9 月，威尼斯评议会聘请伽利略到帕多瓦大学任数学教授。

当时的帕多瓦是威尼斯共和国的领地，这里不太介意宗教上的"正统性"，学术比较自由，对伽利略自由的思想来说，相对比较安全，有利于他进行独立的科学研究。直到 18 年后的 1610 年 7 月，伽利略才又应迈第奇的科西摩二世大公爵之邀返回佛罗伦萨，任宫廷数学家和哲学家。由于威尼斯相对更"自由"些，所以一些史学家认为他的返回并不明智——虽然在佛罗伦萨有托斯卡尼大公的庇护。

传说中比萨斜塔的落体实验

在帕多瓦期间，伽利略于 1609 年 5 月访问了威尼斯，他在那儿听到对荷兰人发明望远镜蜻蜓点水般的描述，回校后在一天之内就天才地发明了伽利略望远镜（物镜是凸透镜，目镜是凹透镜的望远镜）。接着，他用改进后的望远镜指向遥远的天体，得到了一系列的天文发现成果。例如，1609 年 8 月 21 日，发现月球并非"完美无缺"，而是"满脸麻子的美人"。又如，1610 年 10 月及其后一两年，又观测到太阳黑子。他和三位德国天文学家法布里修斯（1564—1617）、开普勒（1571—1630）和席奈尔（1573 或 1575—1650），一起成为西方最早进行这类观察的人。

伽利略制作的两架伽利略望远镜

这类"大逆不道"的观察和发现，都直接"亵渎了神灵"，打击了教会的"权威"，于是伽利略的悲剧也就接二连三了。

其实，此前多年，这场悲剧就已经开始"排练"。

伽利略在 1597 年之前的"许多年"，就接受了哥白尼的观点。例如，他写给开普勒的信中就有"我为自己在寻求真理上找到一个这样伟大的志同道合者而感到幸运……因为我许多年来已经是哥白尼理论的信徒"的话。这封信是 1597 年为感谢开普勒的"开导"而写的。这一"开导"是由于他读到了开普勒 1596 年出版的《宇宙的奥秘》的序言。信中还说："我收集到许多证据……但不敢公开这些证据……当然，如果像你这样的人很多的话，我是敢这样做的。事实并非如此，所以我必须把它们搁置起来。"

伽利略完全有理由谨小慎微，因为险恶的教会到时候就会教训他。事实上，3 年之后的 1600 年，他的同胞布鲁诺（1548—1600）就受到这种教训而死在火刑柱上。

1604 年，伽利略针对超新星的发现做了 3 次讲演，并汇集成书，公开宣布他认为哥白尼是正确的。当他用望远镜观察得到前述天文发现及银河由无数星星组成、初步得知土星有光环、金星的位相之后，就写了《星球的使者》一书，并用这些天文事实阐明哥白尼的学说正确。1613 年，他发表的《关于太阳黑子的书信》中，也表述了对哥白尼的观点笃信不移。鉴于伽利略公开支持哥白尼的日心说、反对教会的托勒密地心说，政府在 1611 年就把他列入黑名单，1615 年

布鲁诺

正式警告——要他置身于神学争论之外。宗教裁判所1616年初把他叫到罗马，由贝拉明主教向他下了禁令：不准宣传日心说。

禁令发出之后，伽利略非常气愤，但因布鲁诺的前车之鉴，只好忍气吞声，保持沉默而潜心科学研究。

1623年，伽利略出版了《试金者》一书，并奉献给刚当选为乌尔班八世的55岁红衣主教马费奥·巴贝里尼（1568—1644）。这位对天文学很有兴趣且曾赋诗庆祝伽利略发现木卫星的新教皇，忽视了此书中为哥白尼辩护的段落。于是，他在1624年含糊其辞地暗示，1616年的禁令已经失效，只要伽利略说明地球在运动只是一个假设，并没有物理依据，用它来解释一些现象还是允许的。

这时，似乎伽利略可以摆脱苦难了。

然而，不久以后这一切都成了泡影。1624—1630年间，他在新教皇乌尔班八世的上述暗示影响下，写出了巨著《关于托勒密和哥白尼两大世界体系的对话》。该书用虚构的三个人物萨尔维阿蒂（代表他本人）、辛普利丘（代表亚里士多德派学者）、沙格列陀（代表中立者）巧妙地用对话方式说明了支持哥白尼学说的证据，于1632年3月得到教会监察吏的许可，出版发行。

曾经与伽利略争夺观察太阳黑子优先权的席奈尔，却挑拨伽利略和新教皇之间的关系——说书中虚构的愚笨者、地心说的捍卫人辛普利丘就是暗指新教皇，于是，当年8月教会就突然下令禁书，伽利略也被指责为违反1616年的禁令，被宗教裁判所再次传唤到罗马。虽然他有病在身，但最终还是于1633年2月到达罗马。

从当年3月12日开始，伽利略受到连续4个月的审判逼供。他们命令伽利略跪在他们面前，公开承认"错误"——在纸上签名宣布放弃自己的"歪理邪说"："我……不再相信也不再传授地球运动而太阳静止的虚妄理论……不管在任何地方发现任何邪说，或者觉得有这种可疑，都将立即向神圣的法庭报告。"显然，宗教裁判所已残酷地迫使这位年近七旬、已风烛残年的老病人，不仅从口头上改变自己的信念，而且还要为他们服务。

不过，伽利略在做出这一违心的忏悔之后仍喃喃自语："可地球仍然在动啊！"——于是有了前面日晷仪上刻着的著名文字。有人说，这很可能是当时进步人士假托的心声，说明伽利略"我心依旧"。

6月22日，伽利略被判终身监禁。

伽利略受到的另一惩罚是，在3年内每周都要背诵《诗篇》中的7首忏悔诗。

略为幸运的，也许是许多牧师对迫害这位杰出的科学家表示不满，而且即使根据当时的教会法，对指控他的这一案件也存在争议，所以伽利略并没有坐牢，而是被软禁在他阿西特里舒适的"宝石"别墅里。不允许他会客的规定，实际上也没能实施。例如，英国著名诗人、清教徒约翰·弥尔顿（1608—1674）在1638年到意大利旅行时就拜访过他，为他鸣过不平。在1644年的《论出版自由》中，弥尔顿记载了这次拜访，说伽利略"已经衰老，由于主张为方济各会、多明我会审查员所不容的天文学思想而成为阶下囚"，要求"出版无须批准的自由"。在他1671年出版的《力士参孙》中也体现出伽利略和他的悲剧，并深为不平。

上面提到的方济各会即圣方济会，又称法兰西斯派或小兄弟会，是1209年意大利的富人方济各（约1182—1226）创立的一个宗教团体。多明我会又称多米尼克派或布道兄弟会，为西班牙贵族多明我（1170—1221）于1215年在法国南部创立的宗教团体。由于顺应了罗马教廷的需要，这两个团体迅速发展——多明我会还因此受教皇委派主持

弥尔顿

异端裁判所。不过，它们都在18世纪逐渐衰落。

罗马教会审判伽利略

教会和其他信奉地心说者，要么是拒绝用望远镜观察——鸵鸟政策；要么观察后说什么也没看见——不承认主义；要么把观察到的有利于日心说的现象，解释为望远镜的假象——歪曲事实。伽利略虽然历经苦难，但仍"痴心不改"——他是从事实得出的结论。从1633年开始，他和他的学生托里拆利（1608—1647）等一起，继续研究总结，用3年时间于1636年写成了《关于力学和位置运动的两门新科学的对话》（简称《对话》）一书，其中，两门新科学是指材料力学和运动力学。第二年，伽利略双目失明——其间的1634年，他最喜欢的女儿辞世的沉重打击，是使他双目完全失明的重要原因。由于意大利禁止出版他的著作，他只好设法秘密送到荷兰，于1638年在荷兰莱顿由埃尔策维尔斯出版社出版。

《对话》仍用前述三个虚构人物对话的方式进行。伽利略创立的定量实验与数学演绎论证相结合的科研方法，在书中被阐述得淋漓尽致。因此前的科学家们大多采用先定性观察、再划分类别的科研方法，所以没能利用数学演绎这一强大的武器。正是由于这些成果，

《对话》的献辞页

后人公认他的发现和科研方法是人类思想史上最伟大的成就之一，标志着近现代物理学和科学的真正开端，尊称他为"近代科学之父"。例如，伽利略死后刚好300年（一天不多，一天不少）出生的英国天体物理学家霍金（1942—2018）就说："自然科学的诞生要归功于伽利略，他这方面的功劳大概无人能及。"

1641年，软禁中双目失明的伽利略已卧

床不起，但仍在坚持指导他的儿子维琴佐·甘巴（1606—1649），以及自己的学生维维安尼，进行摆钟等的研制工作。次年1月8日，这位青年时代就认为"追求科学需要特殊勇敢"的伟大科学家，用手摸着他看不见的《对话》，忆及如烟往事，告别如流岁月，悲惨地撒手人寰，含冤辞世。死后，当局禁止举行葬礼，不准建立墓碑。

当时的科学进步、时代发展的潮流，使顺之者昌、逆之者亡。在伽利略的观点于1616年受禁306年之后的1922年，哥白尼的书解禁。1965年，梵蒂冈的第263任（1963—1978在任）罗马教皇保罗六世（1897—1978），开始承认当年教会的错误。1979年11月10日，第266任（1978—2005）罗马教皇、波兰人约翰·保罗二世（1920—2005）宣布，当年对伽利略的审判是不公正的，判罪是错误的，要重新审理平反。罗马教会还宣布成立由科学家组成的专门委员会，负责重审这一案件中学术方面伽利略对现代科学的贡献。委员会中包括美籍中国物理学家杨振宁（1922—　）、丁肇中（1936—　）在内的6个诺贝尔物理学奖得主。1983年，罗马教廷的一本文集中已有"给伽利略定罪的法官犯了错误"的内容。1992年，罗马教皇终于正式为伽利略平反。于是，这桩持续了三个半世纪的冤案，终于以正义战胜邪恶、科学战胜迷信、真理战胜谬误而告终。

"迟到的正义不是正义。"不过，九泉之下的伽利略，对这"迟到的正义"，还是应该绽放笑容。

伽利略给我们留下了巨大的科学成果和供近现代人使用的科研方法这两大遗产。他与教会迫害抗争，直到生命最后一息仍未放弃信仰、未中断科研的探索精神，不迷信传统的权威而只重事实的科学精神，至今仍激励着我们……

保罗六世　　　约翰·保罗二世

圣诞老人也不帮"天神"

——牛顿的不幸

"幸福的牛顿啊，幸福的科学童年！"当年，爱因斯坦十分羡慕牛顿的科学童年，曾这样赞叹。

"自然与自然规律隐匿在黑暗之中，上帝说：'让牛顿出世吧！'于是，一切都变得光明！"英国诗人蒲柏（1688—

1987年美国国家地理学会创作的宣传画

1744）十分赞美"天神"牛顿的科学成就，给我们留下了这样优美的诗句。

在彩色星空和蔚蓝大海背景的衬托下，目光炯炯有神的牛顿右手持三棱镜，画面左方的白光通过它在右方变成七色光；左下方是他举世无双的大作——《自然哲学的数学原理》（以下简称《原理》）；右方是他发明的第一种能消色差的望远镜——能探索遥远星空的反射式望远镜；苹果树的一角位于他的头后。上述图景，是在1987年《原理》出版300周年的时候，美国国家地理学会创作的一幅优秀美术作品上的画面。作品形象地再现了牛顿主要的发聋振聩的成就——包括能描述从大海潮汐到群星运动的万有引力定律，以及暗含那个因为看见苹果落地而得到这个定律的有趣传闻。

看到这幅画上身体健康的牛顿，联想到他活了84岁，以及爱因斯坦的羡慕和蒲柏的赞美，有谁会把他与不幸和悲剧联系起来呢？

1643 年 1 月 4 日，牛顿出生在英格兰林肯郡格兰瑟姆区沃尔斯索普镇一个中等富裕的农户之家。这一天，正是当时英国还在使用的旧历的 1642 年 12 月 25 日（圣诞节）——但圣诞老人没有给他引荐幸运之神。他的母亲汉娜·爱斯库（1623—1679）在 1642 年 4 月嫁给丈夫，但婚后将近半年的 10 月，丈夫就患肺炎早逝了，所以牛顿是一个从来没有看到过父亲模样的遗腹子。由于丧夫之后的汉娜过度悲伤导致早产，所以牛顿也是一个早产儿。早产的牛顿身体非常虚弱瘦小，仅有 3 磅（约 1.36 千克），以至于接生婆（一说汉娜）惊呼："咳，这么一个小不点，我简直可以把他塞进一个杯子里去！"为了纪念丈夫，汉娜给儿子起了和丈夫完全一样的名字——艾萨克·牛顿。在"爱子如夫"的汉娜的精心照料下，似乎不能长大成人的牛顿，奇迹般地活了下来，但是，人们都说他羸弱得像个"低能儿"。

　　屋漏又遭连夜雨。1645 年牛顿两岁多的时候，母亲改嫁邻村的牧师巴纳布斯·史密斯（1583—1653），就把牛顿托付给了他的外祖母玛杰里·艾斯库（Margery Ayscough）抚养。

　　1648 年，5 岁的牛顿进入离家不远的斯吉林顿和史托克小学读书。由于没有温暖的家庭，牛顿小时性格孤僻内向，胆小怕事，并不聪明，所以除了数学，他的各科成绩都不好，老师也不喜欢他。不过，他从小就有灵巧的双手和自己的"业余"爱好。他自己花钱买了木工工具锯和斧等，做了诸如风车、风筝、漏壶和日晷（被乡亲们称为"牛顿钟"）等精巧的玩具机械，经常得到一些同学和邻居的赞许。

　　不幸的是，牛顿的继父在 1653 年去世，再婚后的母亲第二次成为寡妇，只好带着与后夫所生的一子二女，回到沃尔斯索普镇的老家。

牛顿的出生地——沃尔斯索普镇

牛顿的中学之路也不平坦。1655年，12岁的牛顿被送进公立的格兰瑟姆的文科中学——国王中学（King's School，音译为金格斯中学）读书。13岁那年，他做了一只精巧的水车，和同学们一起到附近的小河试验，水车在河水的冲击下成功地转动起来，大家拍手叫好。但一个成绩优秀的大个子同学却找碴问牛顿，为什么水车会转动？牛顿答不上。他就骂牛顿是"笨蛋"，是"蠢木匠"，一些同学也跟着起哄。有个同学还踢了牛顿一脚，水车也被打坏了。此时，平素胆小温和的牛顿被激怒了，猛然向那个大个子冲过去，并把他打倒在地。这是牛顿第一次在我们并不主张或支持的武力争斗中获胜，他由此悟出学问之道亦不过如此。从此，他发奋读书，成绩很快在全班名列第二，并成为全校的佼佼者。

　　读中学不到两年，为了维持全家生计，牛顿被叫回农庄帮助料理各种农活。

　　不到14岁的牛顿在牧牛、羊时仍不忘读书，有一次竟让羊跑得无影无踪。又有一次，他牵马外出，马已脱缰而逃，而专心思考的牛顿却全然不知，拉着空缰绳前行依旧。他还"不务正业"——在一次干农活的时候，在暴雨中做风力实验，结果满身湿透……

　　就这样折腾了两年之后，牛顿的母亲终于认识到孩子的兴趣和长处都不是务农。加上牛顿的学习精神，感动了当神父的舅舅威廉·爱斯库（William Ayscough），于是在他和国王中学校长斯托克斯（J.Henry Strokes）的劝说下，母亲在1658年同意牛顿复学。在苦读三年之后，又在他们的推荐下，18岁多的牛顿在1661年6月以"减费生"的身份，考入剑桥大学三一学院。

　　中学时代的佼佼者牛顿，在强手如云的名牌大学里成绩平平，开始也没有引起人们的注意。经过一番艰苦努力之后，他最终还是名列前茅。

　　不过，他在剑桥也并非一帆风顺。牛顿继1664

12岁的牛顿

巴罗

年成为三一学院研究生、1665 年获得文学学士学位和被选为校委（三一学院管理委员会成员）之后，这一年 6 月，伦敦就开始流行鼠疫，剑桥停课，他也被迫回老家沃尔斯索普躲避瘟疫。一年半后，过了 1667 年复活节，牛顿才回到剑桥。虽然 1669 年不到 27 岁的牛顿经他的老师艾萨克·巴罗（1630—1677）让贤和推荐，成为"卢卡斯数学讲座"教授，并任该职 27 年之久，但他的教授生涯也成绩平平，并不是一个出色的教员，很少有学生听他的课。

显然，牛顿的长处不在教学，而在科研，可他的科研也经历许多不幸和悲剧。

1669 年及其后几年，牛顿恢复了曾一度中断的光学研究。1672 年 2 月 6 日，他把论文《关于光和颜色的理论》提交给英国皇家学会。虽然论文得到了赞赏，但在《哲学会报》上发表后，却受到荷兰物理学家惠更斯（1629—1695）和英国物理学家胡克（1635—1703）等的批评。双方因此发生了著名的光的"微粒说"和"波动说"的争论。

1686 年，牛顿还与胡克发生了万有引力定律发现优先权的争论——《原理》不得不因此推迟到 1687 年 7 月才出版。

1693 年，牛顿和胡克"冷饭热炒"——再次为万有引力定律的发现优先权争论不休。

在与莱布尼茨之间的微积分发明优先权的著名争论中，牛顿不顾事实，利用他在 1703 年 11 月 30 日被选为皇家学会会长的地位，操纵审核委员会，污蔑莱布尼茨剽窃他的成果，要求独占微积分发明权。

此外，从 1712 年开始，牛顿还和英国天文学家、格林尼治天文台台长弗拉姆斯特德（1646—

胡克

1719），发生过关于后者是否应该公布其天文观测数据的激烈争论。结果导致后者烧毁了预言哈雷彗星回归的、牛顿的朋友哈雷（1656—1742）出版的有关400册资料中的300册。这些资料中的数据，修正了牛顿的万有引力理论，是哈雷在1712年瞒着弗拉姆斯特德拿到的。没有经过弗拉姆斯特德同意，哈雷就马上出版了这些资料。虽然哈雷没有明确表示资料是他得到的，但愤怒的弗拉姆斯特德还是控诉牛顿侵犯了他的优先权。

那么，牛顿为什么要和这么多科学家频频打"笔墨官司"呢？

科学的争论可大致分成两类。

一类是大自然神秘的面纱没有被揭开，于是各执一词。例如微粒说和波动说之争。原则上说，对心理健康的人来说，这类争论没有什么不好。

另一类是因为争论者的"内因"——主要由道德和性格缺陷引起。科学史家们认为，牛顿的才能及野心和对成果的独占欲，以及由此对批评的神经过敏，孤僻的性格和鼠肚鸡肠的狭窄心胸等，是他和别人争论不断的主要原因。例如，万有引力定律和微积分发现优先权的争论。

那争论怎么会引出牛顿的不幸和悲剧呢？

首先，争论不但耗费了牛顿的许多时间和精力，而且在他的心灵中产生了各种挥之不去的"阴影"。例如，喜欢平静的牛顿更加沉默寡言，愿意发现而不愿发表，习惯研究而不习惯"虚名"。他曾对朋友说："我什么都不想出版，因为这样会使朋友越来越多，而这正是我要避免的。"可见，牛顿孤僻的性格已"病入膏肓"。又如，他产生了"一种病态的害怕别人反对的心理"——出生

弗拉姆斯特德

哈雷

在印度马德拉斯的英国著名数理逻辑学家奥古斯都·德·摩尔根（1806—1871）这么说。没有经过深思熟虑，牛顿是不会正式发表研究成果的。

其次，这些悲剧的结合，又引出了一个更大的悲剧——缺乏与外界交流的牛顿，晚年很难再发表自己的成果。例如，在微粒说和波动说之争后的1675年12月9日，牛顿在写给莱布尼茨的信中说："我因发表光学说引起争论感到如此烦恼，我责怪自己离开那重要的与幸福相关的平静而跑到一个幽灵背后去的轻率行为。"

牛顿的又一悲剧是他的健康经常受到损害。在他的实验笔记中，有108处记载着他尝过各种物质的味道，留下了慢性中毒的病根。20世纪80年代的考证，特别是化验保存了200多年的牛顿的4束头发表明，其中含有超过正常值好几倍的砷、铅、汞和锑——慢性金属中毒是他致死的重要病因。英国科学史家史密斯通过分析认为，牛顿后半生成就很小，很可能与由此引起的智力损伤有关。

前述1672年及其后几年牛顿在光学领域与胡克等人的争吵，不但影响了科研的氛围，还严重地损害了他的身体健康——心胸狭窄是"内因"。1692年，一场"书房火灾"烧掉了牛顿的许多珍贵文稿，特别是他20年来的光学手稿，这使他悲痛欲绝，也再次损害了他的健康——接着就患了神经官能症。这次火灾，使他的光学奠基之作《光学》被推迟到1704年才出版。

牛顿专心致志，夜以继日地进行科学研究，每天工作常长达十七八个小时。青年时代的牛顿"很少在凌晨两三点钟之前睡觉，有时一直要工作到凌晨五六点钟……特别是春天或落叶季节，他常常六个星期不离开实验室，不分昼夜，炉火总是不熄……"这样，不到30岁的牛顿已是白发欺人。先天不足的牛顿长期辛劳，晚年又不幸患上胆结石、膀胱病和风湿病，这更使他雪上加霜。

牛顿前半生基本上是在贫穷中度过的。最典型的例子是，他曾连每星期1先令的皇家学会会员费都交不起。那么，1先令有多少呢？

如果按 2012 年 1 英镑即 20 先令大约换 10 元人民币计算，那 1 先令就合人民币 5 角！

剑桥大学三一学院一角

这样，在 1692 年，50 岁的牛顿决心抛弃科学探索的艰苦生活，开始寻找一个能给他带来更多经济收入的职位。消息一传出，人们纷纷为他推荐去处。有人推荐他担任伦敦查特蒙斯公立学校校长，但他问明月薪不高的时候，就拒绝了。

1693 年，牛顿的神经官能症日渐严重，在朋友的规劝下离开了剑桥。1695 年，他的病情有所好转。经朋友哈利发克斯爵士推荐且因年薪较高（每年 600 英镑），牛顿才在 1696 年 3 月出任皇家造币局督办，1699 年升任年薪很高（每年 2 000 英镑）的皇家造币局局长。这时牛顿的经济状况才有根本好转。这里之所以说的"较高"或"很高"，是因为当时建造格林尼治天文台才用去 500 英镑。此时的牛顿已经失去了科学的活力和光彩，随着 1701 年他辞去剑桥大学教授职位，更成了一个黯然失色的"偶像"。

晚年的牛顿更加不幸。虽然他已在经济上摆脱了贫困，然而他却远离了他所擅长和曾经钟爱的自然科学研究——此时他打交道的是伦敦官场上颇有影响的宫廷人物。他沉浸在宗教意识中，成了宗教的狂热分子，信奉的是"上帝"。他研究的是宗教和神学，去考证《圣经》中所谓上帝用 7 天创造世界的胡说，声称上帝是"第一推动力"。他关于炼金术的几十万字的笔记和文章，没有带来任何一项科学的成果。多达 150 万字有关宗教、神学和年代的著作，仅仅能表明他已远离科学。这些研究，白白浪费了他 20 多年的时间，使他在科学方面没有任何新的建树。

牛顿晚年钻进唯心主义、神学和迷信的死胡同的悲剧表明，任何一位已经成功的伟人，只要他一旦背离了正确的道路，一旦成为唯心论和唯神论者，无论他有"经天纬地之才"，还是有"力拔山兮气盖世"之能，都将一事无成。

1705年英国女皇授予牛顿爵士称号之后，牛顿成为贵族，因而地位更加显赫。高门鼎贵的牛顿却很孤寂——他没有别的家人，只有一个外甥女与他做伴。

此时，我们必须为牛顿献上爱尔兰古老的民歌——深沉而忧伤的《夏日的最后一朵玫瑰》：

"……我不愿看你继续痛苦，孤独地留在枝头……"

牛顿的爱情，也是一场悲剧。

通常的说法是，1665年伦敦流行瘟疫期间，牛顿回到家乡的时候，和表妹安妮恋爱了。由于牛顿多谈"深奥的科学"，两人没有共同的思想基础，也就没有共同语言；另外，牛顿生性腼腆，没有及时向表妹表白心中的爱情。他在1667年回到剑桥之后，照常以自己的事业为"亲密伙伴"，聚精会神地沉浸到科学研究中，早已忘记了远方那位美丽的表妹在等着他。而她的表妹则误以为牛顿对她冷淡，就择夫另嫁了。就这样，性格孤僻的牛顿耽误了一次比翼双飞的大好时机。

不过，在美国数学史家埃里克·坦普尔·贝尔写的书《大数学家》和同为美国数学家的伊夫斯写的书《数学史介绍》中，牛顿是在19岁去牛津大学求学前与安妮·斯托勒（Anne Storer）订婚。而这位安妮·斯托勒，并不是牛顿的表妹安妮，而是药剂师威廉·克拉克（William Clarke）的继女。当年牛顿在国王中学求学时，就寄宿在当地药剂师克拉克的家中。之后

英国画家布拉克利（1757—1872）笔下，健壮的"天神"牛顿正在制定宇宙规律

因为牛顿专注于科研而使爱情冷却，斯托勒小姐就嫁给了别人。此外，与牛顿大致同时代的友人、考古学先驱威廉·斯蒂克利（1687—1765）所著《艾萨克·牛顿爵士生平回忆录》一书说，斯蒂克利在牛顿死后曾访问过文森特（Vincent）夫人，也就是当年牛顿的恋人斯托勒小姐。文森特夫人的名字是凯瑟琳，而不是安妮——安妮是她的妹妹，而且夫人表示牛顿当年寄宿时对她只不过是"怀有情愫"而已。

不管怎样，牛顿如有来世，应当读读中国古诗："花开堪折直须折，莫待无花空折枝。"

1727年3月20日子夜一点多，终身未婚的牛顿悄然作别了"人间的云彩"。

从牛顿的一生来看，"上天"并没能给他带来健康的身体和超人的智力——他的成功主要来自勤奋；而他晚年的悲剧，正好是他远离了早年勤奋致力的自然科学。

"他以几乎神一般的思维力，最先说明了行星的运动和图像、彗星的轨道和大海的潮汐。"在牛顿的墓志铭中，这样写着。如果我们承认有"神一般思维力"的牛顿像"天神"，那么，即使圣诞老人有心把这位"天神"从天上接到人间，也无力帮他避免坎坷一生——和我们常人一样，"都是驾着血肉之躯的轻舟横渡波涛翻滚的生活之海的"。我们这些常人，不必为人生遇到的不幸感到悲观失望，也不必仰视诸如牛顿这样的伟人——有了这种心态，我们有朝一日也有可能成为科学巨人。

读者朋友，您说呢？

新说遭冷谈受折磨

——迈尔跳楼自杀

1849 年 5 月 28 日，一个年仅 35 岁的青年从二楼的窗口跳了下去……

迈尔

他为什么要这样做——为情，为义，为……他最后的命运如何？

恩格斯在《自然辩证法》中认为，能量转化和守恒定律是"由三个不同的人几乎同时"在物理学中划时代的一年，即 1842 年总结出来：迈尔在海尔布隆，英国焦耳（1818—1889）在曼彻斯特，德国亥姆霍茨（1821—1894），都证明了从热能到机械能和机械能到热能的转化……

1814 年 12 月 25 日，德国物理学家朱利叶斯·罗伯特·冯·迈尔出生在海尔布隆。少年时代，他对药品的试验很有兴趣。在父亲的鼓励下，他在蒂宾根大学学医，并在 1838 年获得学位，次年 25 岁的时候在汉堡正式开业行医。

就在迈尔正式开业行医之后不久，一只海轮从荷兰到印度尼西亚的爪哇岛。于是，他以"船医"身份踏上了这次从 1840 年 1 月到 1841 年 1 月的海外之行。

就在这段"船医"生活中，迈尔偶然发现了两个"奇怪"的现象：暴风雨来临的时候，海水的温度会略为升高；船员的静脉血比在欧洲的时候更红！由这两个现象分析，他大致形成了关于能量的两个观点：在质上相互转化，在量上总体守恒。

这样，这次海上之行，就成了迈尔在物理学上做出永载史册的重大发现的起点，但也种下了悲剧之树的祸根。

迈尔在 1841 年回到海尔布隆之后，利用行医的余暇时间，对航海期间的新发现的思考进行了总结，并由此写出论文《论力和量的质的测定》。他在当年 6 月 16 日把论文寄给《物理学和化学年鉴》（也译《物理学与化学》杂志，以下称《年鉴》）杂志社的时候，杂志社却以不收思辨性文章和没有严密的科学论证为由，不予发表，并且没有退稿。

《年鉴》是当时最权威的刊物之一，由德国物理学家波根多夫（1796—1877）任主编。他早年当过药剂师，后在柏林大学任教，在电磁学领域对电流计和电池很有研究和创新，在 1824 年接手办这一杂志已历 17 年之久。

权威学者和权威刊物的拒绝，给迈尔当头泼下一瓢冷水。不过，36 年之后，《年鉴》就后悔了：他们失去了优先发表能的转化和守恒定律的机会。于是，《年鉴》做了一个亡羊补牢式的补救：1877 年，德国天体物理学家策尔纳（1834—1882）从编辑部中把迈尔 36 年前的论文找出来发表。有趣的巧合是，这一年波根多夫辞世。

不过，《年鉴》当时拒绝刊载这瓢冷水，并没有浇灭迈尔心中的烈火。你说这是没有科学论证的思辨性理论么，那我就做实验来进行科学论证。

以下两个小实验就是迈尔做过的。一个是让一块凉的金属从高处落在一个盛水的器皿里，结果水的温度升高了——重力势能转化为热能。另一个是将水用力摇动，水的温度也会升高——动能转化为热能，但是，这些实验都没有得到定量的结果。为了得到定量的结果，他在 1842 年由空气的热容商及恒压热容，最早算出了粗略的"热功当量"——1 卡 =3.58 焦（现代值是 1 卡 =4.18 焦）。

热功当量这一概念，最先也是由迈尔提出来的。他还列出了 25

种能量相互转化的形式——例如，机械能可
以转化为热能、电能、磁能或化学能。他把
这些成果写成《论无机界的力》一文，发表
在德国化学家李比希（1803—1873）主办的
《化学和药物杂志》1842年5月号上。可惜
的是，当时人们仍然没有注意他的研究。

李比希

1845年，迈尔又把能的转化和守恒思
想应用于非生物界、生物界和宇宙，先后发
表了《生物界的运动和物质代谢的关系》（这是他发表的第二篇论
文，自费发表）和《对天体力学的贡献》等论文，进一步阐述他的
科学发现。

迈尔的成就却仍没有带来好运。

首先，人们开始并不承认能的转化和守恒定律。一次，他在海
德堡与朋友约利（P. G. Jolly）邂逅。约利嘲讽说，如果你的理论正
确，那么把水烧热就不要燃料——只需把水晃动就行了。约利仓促
发难，迈尔一声不吭地走了。几周以后，迈尔跑到约利那里，对他
喊道："就是那样，就是那样！"但是，像约利这样的讥笑却没有
终止过。

其次，焦耳错误地向迈尔发难，争夺能的转化和守恒定律的优先
权。与迈尔大致同时，焦耳也在进行类似的研究。不过他的侧重点是
准确测量热功当量。在1848年，当迈尔等人的工作不断地证明这一
定律的正确性，并开始有一些人承认的时候，焦耳却受名利欲望的驱
使，向迈尔的优先权发起进攻。他在文章中说，迈尔对热功当量的计
算没有完成，只不过是预见到热和功之间存在一定数量比例关系，但
却没有证明这一关系，而首先证明这一关系的是他自己。此外，迈尔
的同胞——德国物理学家亥姆霍茨也对他充满敌意。

随着焦耳等发起的这场争论的扩大，本来是各自独立发现这一定
律的事实被混淆了。这使迈尔陷入有口难辩的痛苦境地。

理论不被认同反遭讥笑，开始有人认同时却又有人来争发现权并被错误指责，这双重压力已经够迈尔受的了。迈尔的悲剧还不止于此。此时，他的两个孩子先后在 1846 和 1848 年因故

焦耳

亥姆霍茨

身亡，这无疑是雪上加霜。在这内外交困之时，迈尔在 1849 年 5 月 28 日从二楼的窗口跳楼自杀（未遂），结果两腿被摔成骨折，使这场悲剧达到高潮。接着，迈尔精神紊乱，于 1851 年被关进格平根精神病院长期治疗，受到疾病的残酷折磨，吃尽了苦头。虽然迈尔在 1853 年出院，恢复了自由，但从此精神就没有完全正常过。此时，人们都以为与世隔绝的迈尔已经不在人间，甚至李比希在 1858 年的一次讲演中说他已经"死去"。波根多夫也在自己的"手册"中说他"去世"。

1858 年，一些人肯定了迈尔的发现，其中英国物理学家丁铎尔（1820—1893）给予了公正的历史评价，并于 1862 年在英国皇家学会上介绍了迈尔的工作，还翻译了迈尔的几篇论文。这样，迈尔的处境略有改善。英国机械工程师、发明家罗伯特·威廉·汤姆森（1822—1873）等却没能正确评价迈尔的工作，并且指责丁铎尔高估了迈尔而低估了焦耳。由此可见，迈尔的发现在经历了 20 年之后，一些人仍不能正确评价他的工作——科学发现的曲折之路由此可见一斑。

最终，迈尔在疾病和"人世艰难"的双重折磨下，痛苦地度过了 20 多年的悲惨余生，因结核感染于 1878 年 3 月 20 日在海尔布隆走到了人生的尽头。

从迈尔的悲剧及形成的原因来看，既和他本人支持不住的主观原因有关——这多少看出他对科学的荆棘之路认识不足，对人生的曲折

之路准备不够；又与外界环境因素的客观原因有关——这不但有"权威"对待"小人物"或新生事物的失误，还有人类的认识水平不足的局限。

假设迈尔的论文发表后，"权威"们持热情、扶持的态度，对这一还没有完全认识的定律进行探索和讨论，而不是反对或讥笑。再假设迈尔即使在"权威"们反对和一些人讥笑的逆境中，也能像许多科学家那样能挺得住，并不断以新的和更加确凿的证据和逻辑推理来证明自己的观点，那他必定不会被逼疯和自杀，酿成后来的悲剧。

曙光将现寻短见

——玻耳兹曼魂归西天

在玻耳兹曼的墓碑上部，镌刻着著名的熵定理 $S=k\log W$

走进奥地利首都维也纳的维也纳中央公墓（Vienna Central Cemetery 或 Wiener Zentralfriedhof）——世界最大的陆地公墓之一（占地约2.5平方千米，坟墓超过330万座），就会看见一座墓碑——一座自杀者的墓碑。

墓碑上的科学家的名字上方，端端正正地刻着一个公式：$S=k\log W$。

这是谁的墓碑，为什么要刻上一个公式，这个公式有什么用，他为什么要自杀？

玻耳兹曼（1844—1906）是一个出生在奥地利维也纳的物理学家和数学家——他在这两个领域都有卓越的成就。他最大的科学成就是：在1872年提出了熵（H）定理——当时叫"玻耳兹曼最小定理"；在1877年得到描述熵和热力学概率之间关系的"玻耳兹曼定理"——1906年，德国物理学家普朗克（1858—1947）把它写成 $S=k\ln W$。在这里，S 是物质的熵，k 是玻耳兹曼常量，ln 是自然对数符号，W（也可写作 Ω）是热力学概率。$S=k\ln W$ 也写作 $S=k\log W$，其中的 log 是数论中的自然对数符号——在其他时候是常用对数的符号。

玻耳兹曼在 1906 年 9 月 5 日去里亚斯特（Trieste）旅行的途中，突然在其附近的杜伊恩（Duino）自杀身亡。他自杀的原因，至今还没有明确的定论，但有一点可以肯定，他长期以来产生的对当时的科学思想界的那种愤世嫉俗的情绪，是一个重要因素。

那么，玻耳兹曼为什么会有这种情绪呢？这还得从头说起。

早在公元前几百年，留基伯、德谟克利特、伊壁鸠鲁等古希腊科学家，就各自提出了不尽相同的原子论，认为物质都是由肉眼看不见的、永恒运动着的原子组成。中国墨子也提出了类似的观点，只不过他把原子称为"端"。

由于当时谁也没有看到过原子，所以这一思辨观点中的原子是否确实存在，一直争论不休。由于持原子存在观的学者们当时都有强烈的反宗教倾向，加上古希腊科学权威亚里士多德认为物质是连续的、无限可分的，因而不需要原子的概念，原子存在论被古代和中世纪的统治阶级及其御用的哲学家视为"异端邪说"，长期以来受到奚落和敌视。直到伽利略和牛顿时代，原子概念才得以复苏。在近代——特别是化学的产生和发展以来，逐渐被一些科学证据所证明。

1803 年，英国化学家道尔顿（1766—1844）提出了化学原子论，他的论文于同年 10 月 18 日在曼彻斯特的"文哲学会"上宣读。由于他的原子论使当时的一些化学基本定律得到了统一的解释，所以很被化学界接受和重视，也得到恩格斯在其名著《自然辩证法》中的高度评价："化学中的新时代是随着原子论开始的（所以近代化学之父不是拉瓦锡，而是道尔顿）。"

也有少数学者提出异议，这是由于当时人们无法准确地揭示原子、分子的奥秘，认识上显得十分混乱。有的先支持后反对，例如法国化学家杜马（1800—1884）。在反对者中，有的断然全盘否定，有的则试图抽去灵魂留下躯壳以缓和双方的矛盾。例如，英国化学家戴维

道尔顿

杜马

戴维

（1778—1829）就认为原子一词仅有"当量"的意义，是化学反应的一个单位，而不是物质的实体。

这样，直到19世纪中叶，科学家们对原子论的态度仍然错综复杂、五花八门——特别对原子是否确实存在的证明束手无策。鉴于当时人们对1811年意大利物理学家阿伏伽德罗（1776—1856）提出的分子假说的怀疑和各个科学家在原子量的测定和化学符号的应用与化学式的表示等方面的混乱情况，1860年9月在德国卡尔斯努厄召开了一次国际化学大会。散会时意大利化学家康尼查罗（1826—1910）散发了一个论证分子学说的小册子《化学哲学大纲》，以令人信服的论证，使原子–分子论得到公认。

到了19世纪下半叶，通过焦耳、他的同胞麦克斯韦（1831—1879）、德国克劳修斯（1822—1888）等，特别是玻耳兹曼的努力，分子运动论取得了重大进展，给原子–分子论以有力的支持。不久，人们根据这些成就和其他证据，还估算出普通物质的分子和原子线度在 $10^{-10} \sim 10^{-9}$ 米之间。

就在分子运动论取得重大成就之后，反对原子–分子论的气势却有增无减。反对者主要有德国化学家奥斯特瓦尔德（1853—1932）、奥地利物理学家马赫（1838—1916）、德国物理学家赫尔姆（1851—1923）、法国物理学家迪昂（1861—1916）、法国科学家庞加莱、德国物理学家普朗克（1858—1947，他后

阿伏伽德罗

康尼查罗

来改变了反对的立场）和德国唯心主义哲学家柯亨（1842—1918）。例如，奥斯特瓦尔德就认为，原子和分子理论是"有害的假说"，必须摒弃；他在1895年提出的"唯能论"，把能量作为世界的最终实在，把能量守恒原理推广到包括精神领域在内的一切领域。这样，当然"原子假说就成为不必要的了"。又如，柯亨于1896年为同胞朗格（1828—1875）的《唯物论史》第五版（初版为1865年）写的序言中，就洋洋得意地宣称"原子论应让位给动力论""唯心论也许不久就会战胜唯物论"。

玻耳兹曼首先同这种思潮进行了针锋相对的斗争。早在1890年，他就声明："理论的任务在于构造外在世界的图像，这种图像只存在于我们的头脑之中，用以指导我们的一切思想和一切实验……理论研究愈抽象，也就会愈强有力。"他不仅从哲学和方法论上反驳上述反对原子－分子论的思潮，而且还列举了气体分子运动论的最新证据。

随着19—20世纪交替时期整个物理学"危机"的出现和深化，反对者的声势与日俱增，玻耳兹曼则几乎孤立无援，情绪十分低落，忧心忡忡。"我意识到，单凭个人孤军奋战，不足以抗击时代的潮流。"他在1898年编写的《气体理论讲义》第二卷序言中就伤感而愤慨地写道，"如果气体理论由于一时对它的敌视态度而暂被遗忘，科学将出现大灾难。"在1900—1902年间，他在莱比锡大学任教，而他的主要论敌奥斯特瓦尔德则早已在那里工作十多年了。当时他非常抑郁、厌世，曾想自杀。1902年回到他曾在1873—1876年任教的维也纳大学，继承由马赫退休空出来的理论物理和科学哲学教席后，情绪也没有多大好转，最终自杀身亡——正好是原子实在性得到证实的曙光来临之前。

1827年，英国植物学家布朗（1773—1858）在用显微镜观察悬浮在水中的花粉颗粒的时候，偶然发现后来人们所说的布朗运动。在19世纪，科学家们对它的研究却没有得到定量的、突破性的成果，

谁曾见到过一个气体分子或原子？

因此对当时原子实在性的争论并没有产生实际的影响。

对布朗运动的定量研究的突破来自20世纪初的爱因斯坦、波兰物理学家斯莫卢霍夫斯基（1872—1917）、法国物理学家朗之万（1872—1976）、瑞典化学家斯韦德伯（1884—1971）、德国物理学家泽迪希（M. Seddig）和法国物理学家佩兰（1870—1942）等。其中佩兰的实验结果最精密和可靠。他于1908年发表的四篇论文和次年发表的一篇论文，阐述了他的成果，完全证实了爱因斯坦等人的理论预测和"分子的实在性"。

至此，从古到今存在的，此前20年持续激烈争论的原子和分子实在性的问题，终于与12年前柯亨所预料的相反，以自然科学唯物论战胜唯心论而结束。

从原子实在性历经2 000多年才被实验证实和玻耳兹曼的悲剧，可以看出科学理论的建立曲折漫长，科学家成长的道路曲折漫长——玻耳兹曼历经30多年，但最终还是在曙光来临之前两年撒手人寰。

从玻耳兹曼自杀的悲剧可以看出，科学家的科学信念和心理素质是多么重要。像玻耳兹曼这样的曾任格拉茨、维也纳、慕尼黑、莱比锡等欧洲著名大学的教授，成为英国皇家学会会员和十多个国家科学院院士的科学家，其科学素质不可谓不高，然而他却缺乏坚定的科学信念和良好的心理素质，承受不了强大的反对派的压力，最终在胜利来临前选择了逃避现实的道路。他不知道，胜利往往来自"再坚持一下"的努力之中，黎明前的黑暗正是曙光出现的前夕。

和玻耳兹曼一样在1933年9月自杀的，还有爱因斯

佩兰

玻耳兹曼

坦的好友埃伦菲斯特（1880—1933）。这位提出"浸渐原理"的犹太物理学家自杀的原因，由爱因斯坦在感人至深的讣告中说了出来："对新思想的不适应，不可避免地给这位50岁的人增加了很大困难。"爱因斯坦所说的"困难"，指当时物理学界有关量子力学的争论。

同样面对争论的爱因斯坦却从来没有想到过自杀——他依靠良好的心理素质，只是回敬量子力学家们的指责没有说服力："……他们不能摆脱所形成的观念，只能在其中挣扎。"

从玻耳兹曼的悲剧还可看出，如果能给研究者们一点宽松的环境，给予一点支持，而不只是给他们以强大的压力，那么这种悲剧就不会发生。

从原子论得到证实和玻耳兹曼的悲剧还可看出，"科学的重大革新很少通过说服反对者并使他们转变立场来实现""事实上倒是，反对者逐渐死去，新生的一代，一开始就熟悉新思想"。这是德国物理学家普朗克（1858—1947）在《科学自传》一书中，回顾原子论同"唯能论"斗争史之后深有感触的观点。可不是么，直到1913年7月，马赫在为他自己的《物理光学原理》一书所写的序言中还顽固地声称，"我拒绝今天的原子论"——直到两年半之后告别人世。

荆棘丛生人生路
——居里夫妇历尽劫难

居里夫人

"一旦她认识到某一条道路是正确的，她就毫不妥协地并且极端顽强地坚持走下去。"居里夫人逝世后的第二年即 1935 年 11 月 23 日，在纽约罗里奇博物馆为她举行的追悼会上，爱因斯坦在题为《悼念玛丽·居里》的讲演中赞扬说，"她一生中最伟大的科学功绩……所以能取得，不仅是靠着大胆的直觉，而且也靠着难以想象的极端困难情况下工作的热忱和顽强，这样的困难，为实验科学的历史所罕见。"

玛丽·居里原名曼·斯可罗多夫斯卡——居里夫人（1867—1934），一个如雷贯耳的名字。她和与她同样有天赋的丈夫皮埃尔·居里（1859—1906），在 1903 年与法国物理学家贝克勒尔（1852—1908）共享诺贝尔物理学奖，居里夫妇得到一半奖金。1911 年，居里夫人独享诺贝尔化学奖。这样，她不但是迄今唯一的两获诺贝尔奖的女性，而且也是唯一既获得物理奖，又获得化学奖的科学家。

居里夫妇对科学的主要贡献是对放射性的研究，以及发现了放射性元素钋和镭。

居里夫人一生共获得 10 项奖金、16 种奖章，107 个名誉头衔，但她没有在任何一项足以使她尽情享受的奖励上陶醉，而是视荣誉如过眼云烟。怪不得爱因斯坦说："在所有的世界名人中，玛丽·居里是唯一没有被名誉宠坏的一个。"这"唯一"虽然太绝对了一些，但她不为名利所累的品德，肯定会彪炳史册。

以上，是居里夫妇光彩照人、成功和幸运的一面，居里夫人也因此成为我们提到女科学家时的"第一联想"。这样，国际妇女联盟第12届大会召开之际，土耳其在1935年发行纪念居里夫人的邮票（全世界第一张居里夫人纪念邮票），就"顺理成章"了。居里夫妇的一生中还充满不幸、遗憾或悲剧。对此，英国物理学家、数学家、科学作家罗伯特·马修斯（1959— ）在《为科学献身的居里夫人》一文（载英国《焦点》杂志2000年2月号）中有准确的描述："在取得惊世发现的科学家当中，没有哪个比玛丽·居里承受了更多的艰辛，付出了更大的代价：她的发现最终夺去了她的生命。但是，即使在有生之年，她遇到的种种不幸也足以把一个意志稍微薄弱一点的人打垮。"

居里夫人出生之时，正值波兰乱世之年——波兰被德国、奥地利和俄国三个列强瓜分。华沙沦于俄国之手，居里夫人的一家就生活在沙皇的铁蹄之下。沙皇查禁了有关波兰英雄、历史和文学方面的书，谁读或者谁讲这些就会被关押甚至处死。学校规定学生答问要用俄语，全体波兰人也要说俄语。居里夫人16岁上中学的时候，她的朋友、同学莱欧妮·库妮茨卡的哥哥就因不满沙皇统治秘密反抗而被处死，她还悲痛地为他守过夜。

这种残酷的现实，压抑的生活，一方面铸就了她的孤僻性格，另一方面也锤炼了她坚强的意志和培养了爱国主义精神。例如，在她读书经过的萨克斯广场上，有一座纪念"忠于沙皇的波兰人"即沙皇走狗的雕像，她每次路过时必定狠狠地唾上一口唾沫。如果某一次和同伴说话忘了，

左起：贝克勒尔、皮埃尔·居里、居里夫人荣获1903年诺贝尔物理学奖纪念邮票，瑞典1963年发行

即使走到校门口，也要返回来补上。这种精神还伴随她走到异国他乡——居里夫妇在 1898 年 7 月宣布发现新元素时，已迁居法国的居里夫人也没有忘记她饱经磨难的祖国，就把这种新元素取名为钋 Po——Polonia（波兰）的缩写。

纪念居里夫人独享 1911 年诺贝尔化学奖的邮票，瑞典 1971 年发行

居里夫人出生时，她的父亲瓦迪斯瓦夫·斯可罗多夫斯基（Władysław Skłodowski）是一位有教养的绅士，母亲是一所女子寄宿学校的校长。她出生的第二年，因父亲出任一所中学的数学兼物理教师（后来成了教授）与副监学，要搬到学校安排的房子去住；母亲患结核病及已有 5 个孩子，所以母亲不得不辞去校长职务，回家做家庭主妇。这样，收入就减少了，母亲不得不自己做鞋来减少支出。

在居里夫人 6 岁即 1873 年秋的时候，一个波兰籍学生在试卷中写了一句"波兰性语言"。居里夫人的父亲袒护他，就被该校的俄国校长伊万诺夫撤职、降薪，并搬离分配的住房。全家人不得不在家里腾出一部分房间收留寄宿学生，增加收入以维持生计。不幸的是，居里夫人的大姐苏菲亚，却被一个寄宿生患的斑疹伤寒传染，于 1876 年 1 月去世，年仅 16 岁。

左起：居里夫人、斯可罗多夫斯基、布朗尼娅、海伦娜

屋漏还遭连夜雨。两年以后的 1878 年 5 月 9 日，母亲又因结核病久治不愈，乘鹤归去。这样，年仅 10 岁多的居里夫人和她的二姐布朗尼娅（1865—1939）、三姐海伦娜（1866—1961）不得不设法自己养活自己。

从 16 岁起，居里夫人被迫几次担任家庭教师，寄人篱下，困苦不堪，有时还要受到辱骂——她称之为"囚犯般的生活"。这为的是维持生计，并凑足二姐去巴黎的留学路费和自己的出国费用。她俩相依相伴，曾约好一旦二姐结束学业，就负担居里夫人的求学费用。居里夫人把自己当家庭教师挣来的为数不多的钱交给了二姐，使她能去巴黎求

邮票上的居里夫妇

学。后来，居里夫人于 1891 年 9 月买了张四等火车票离开波兰到达巴黎之时，口袋里仅剩 40 卢布（当时合 20 美元）了。

1891 年 11 月 3 日，居里夫人终于如愿——成为索尔本大学的理科外国学生。按德国著名宗教家马丁·路德（1483—1546）的说法，这是一所"最著名、最杰出的学校"。开始，她住在二姐家，后来因为这样去大学路途遥远不便，就只好在大学附近租了一间小阁楼。这里冬天奇冷无比，夏日酷热难当，加之经济拮据，她不得不常啃硬面包度日，甚至在学习期间，曾不止一次因饥饿和疾病而晕倒。

居里夫人的不幸和悲剧还体现在因她是妇女而受到歧视。当时的波兰是不准女人上大学的，所以她和二姐只好离开祖国去巴黎求学。不过，在法国也好不了多少。1902 年，有人建议授予居里夫妇诺贝尔奖，但法国科学家向诺贝尔奖评委会递交提名的时候，就故意漏下了居里夫人的名字；因为在他们看来，女人不过是不值一提的配角。好在诺贝尔物理学奖评委会在仔细研究了名单之后，还是毫不犹豫地把居里夫人的名字补上去了。

皮埃尔·居里

1903 年，皮埃尔·居里拒领法兰西荣誉协会勋章，以抗议只授给他勋章，而不授给与他共同发现镭的妻子。1911 年 1 月 23 日，法国科学院要选举新院士，以接替去世的热内尔，在保守派们"妇女不能当科学院院士"的呼声中，富有开拓精神和卓有成就的居里夫人，以 28 票对 30 票败于物理学家、发明家爱德华·尤金·德西

巴黎先贤祠

勒·布朗利（1844—1940），被拒于科学院的门外。

社会的严酷性，还表现在一些法国人对居里夫人的嫉妒上。两获诺贝尔奖的崇高威望使巴黎的一些人对她仇视、中伤，说她是来巴黎当"篡夺者"的"波兰荡妇"，还说她用不正当的手段弄到高位……这些无耻的攻击几乎把她逼到发疯和自杀的地步。好在也有主持公道的人的安慰和对造谣中伤者的反击，也好在她的哥哥约瑟夫（1863—1937）、二姐布朗尼娅、三姐海伦娜，以及皮埃尔·居里的哥哥保罗·雅克·居里（1855—1941），都赶到巴黎来照顾和安慰她，才使她最终摆脱窘境，柳暗花明。

1934年居里夫人辞世以后，被安葬在她于1895年7月26日和皮埃尔·居里结婚之地——塞奥克斯（Sceaux 即 Seine——塞纳）公墓，与丈夫一起长眠。61年之后的1995年，法国人把他俩的遗体转移到1758—1790年建造的巴黎先贤祠（Panthéon，即伟人祠或万神殿）。具有讽刺意味的是，当初的"波兰荡妇"就这样成了先贤祠里的第一个"女先贤"，也是迄今被安葬在先贤祠的三位"女先贤"之一。

居里夫妇是著名的科学家，大女儿伊雷娜·约里奥·居里（1897—1956）也"女承母业"——和她的丈夫让·弗雷德里克·约里奥·居里（1900—1958）共享1935年诺贝尔化学奖，二女儿伊丽芙·居里（1904—2007）是以钢琴见长的著名音乐家和

让·弗雷德里克·约里奥·居里夫妇获1935年诺贝尔化学奖纪念邮票，法国1982年发行

佐劳斯基

作家。这是一个多么幸福和了不起的家庭啊！

可有谁会相信，早年巨大的灾难曾降临到这里呢？ 1906年4月19日，皮埃尔·居里参加完理学院教授联合会的聚餐后向一家出版社走去校稿，在横穿巴黎繁华拥挤的多菲拉街（Rue Dauphine）时，两辆马车飞驰而来，他急忙躲避时因路太滑不幸倒地，被载着6吨货的马车当场撞死。

丈夫的死，使不能"执子之手，与子偕老"的居里夫人悲恸欲绝。她的生活节奏一度被打乱，她感到了空前的孤独，突然感到由于工作的责任和她并不喜欢的声誉所给她的过重负担。她曾退避过，沉默寡言和孤独倾向更加突出。从1895年7月26日结婚到丈夫去世，仅约10年——居里夫人此时还不到40岁啊！

不过，这还不是居里夫人婚恋第一次不幸。1886年，她当上了和她有点亲戚关系的一家的家庭教师。不久，就爱上了这家的大儿子卡西密尔·佐劳斯基（1866—1953）。当她满19岁和他商量结婚时，却被他的父母"打得鸳鸯各一方"。原因很简单——钱财和身份都"门不当户不对"。失恋后被痛苦折磨的玛丽·居里写信给表姐，准备"向尘世告别了"，但最终还是用自己坚强的意志战胜了痛苦——她还同时爱着自己的父母、兄妹和祖国人民，尤其是还热爱着科学。

岁月轮回，将近半个世纪过去。1935年，在波兰的华沙理工大学镭研究所（1932年建造）里，塑起了居里夫人的雕像。年近七旬，已是华沙理工大学著名数学家的佐劳斯基教授——居里夫人的"初恋情人"，曾无数次

居里夫人的雕像：华沙理工大学镭研究所

在这雕像前静坐默念，感慨万千，遥想当年那幕波兰版的"西出阳关无故人"，因为"唯有相思似春色"……

皮埃尔·居里也是一位才华出众的物理学家，磁学方面的"居里定律"和"居里点"就以他的姓氏命名。他和哥哥保罗·雅克·居里，还在1880年共同发现了石英晶体的压电效应。可是，"他有执拗的个性，几乎是病理性的骄傲"。这种个性和法国科学院院士们的不公，使他在1902年与以液化气体闻名的阿马伽（E. H. Amagat）竞选院士中失利。这些不公，发生在候选人对院士们进行各种"礼节性活动"之后，而这些活动正是皮埃尔·居里鄙弃的——虽然他也勉强参加了。阿马伽的科学成就不能和皮埃尔·居里相比，但却因为这一不公当选了。此时，我们想起了"李广难封缘数奇"（王维）的唐诗……

这次挫折，使皮埃尔·居里不再企望在法国受到重视。不过，稍感欣慰的是，他在死前一年还是当选了院士。

居里夫妇的另一大不幸和遗憾是长期没有合适的实验室。1903年，夫妇俩得到诺贝尔奖后，这虽然大大改善了他们的经济状况，但这些奖金和其后得到25 000法郎的奥兹日（Osyris）奖金也没带来他们渴望的实验室。虽然索尔本大学曾为居里夫妇向议会申请过10万法郎的预算作实验室的创立费，但这仅使他们在距索尔本大学很远的居维埃街有两间面积不大的实验室。1904年，法国当局给了皮埃尔·居里在索尔本大学的一个教授职位，他天真地以为当物理学教授就必定会有一个实验室，就高兴地接受了——其实不然。

这样，皮埃尔·居里至死也没得到他们念念不忘的、合适的实验室，最终抱憾终生。居里夫人也差不太多：直到第一次世界大战，法国政府才为这渴望已久的实验室拨款，但直到战后才建成。迟到的实验室，仅仅在她科学生活已不太活跃的最后十多年里得到使用。

当时，放射性对人体的危害人们一无所知。因此，没有人采用当今人们常用的各种防护措施，加之居里夫妇长期工作在艰苦的环境之中，身体饱受射线和繁重体力劳动等之害。在提炼镭的过程中，居里夫人把废矿一批批放进大铁锅，手里拿着和她身体几乎等高的铁棒不停地搅拌，炎热、潮湿、矮小的工棚内弥漫着有毒、呛人的烟雾，眼睛、喉咙被呛得刺痛，浑身尘烟汗水混合，射线一刻不停地伤害着身体……45个月下来，居里夫人减轻了9千克，夫妇俩都得过奇怪而难以诊治的怪病。居里夫人因健康变差使视力极度下降，做了两次白内

皮埃尔·居里（右后）、保罗·雅克·居里（左后），他俩之父尤金·居里（1827—1910，右前）、母苏菲－克莱尔·德普丽（1832—1897，左前）

障手术，最终体衰力竭，仅67岁就死于因射线引起的恶性贫血。长期有害辐射对居里夫人的"包围"是如此残酷，以致她的女婿约里奥在检查她遗下的实验册、书籍以及家中用过的菜谱时，都发现了强烈的放射性污染。50年之后，仍有人测到过放射线从上述文献中逸出。

虽然居里夫妇一生有诸多不幸、悲剧和遗憾，但居里夫人却用常人难以想象的坚强意志，战胜了数不清的困难，最终完成了充实的人生之旅。我们从中可以得到许多宝贵的启示。

首先，人生的道路崎岖漫长，荣辱相伴、成败交替、祸福轮回、得失难量。涉世不深，处惯顺境的青少年，要有这种认识，才会在灾难和不幸来临的逆境中处变不惊、不屈不挠；而不是惊慌失措，甚至轻生谢世。也会在荣誉、金钱、成功、鲜花来临的顺境时保持清醒的头脑，以平常心去应对，而不是利令智昏，忘乎所以——应像居里夫人那样"胜利不能移"。

其次，入世做人难。"世界要她扮演某种角色，这是使她痛苦的；她的生性过于严正而且过于谦逊，因此，她不能采取任何暗示盛

名的态度，既不愿表示亲昵，也不愿机械地作和蔼，不肯故示端严，也不肯矫饰谦逊。"夏娃在《居里夫人传》中写道，"她不知道怎样做名人。"爱因斯坦在给居里夫人的《悼词》中也说："由于社会的严酷和不平等，她的心情总是抑郁的。"从这些话可以看出，入世做人难，做名人更难，而做名女人——特别是单身名女人，更是难上加难。当然，做人难并非居里夫人时代的"特产"。

再次，"苦难是人生的老师"（巴尔扎克）、"不幸是最好的大学"（高尔基）。居里夫人的父母并没有什么过人的"优良基因"遗传给她。她的意志品质，大多来自从小祖国就受沙皇占领而遭受的苦难，来自其后贫穷的磨炼，爱情的挫折……因此，如果有一天不幸在我们的幸运之中降临，不妨把它视为成才的"老师"和"大学"，而不必为此耿耿于怀。

第四，兴趣盎然而又恼人的问题是，青春是什么，应该怎样度过"青春"？出生在德国的美国作家塞缪尔·乌尔曼（1840—1924），在散文诗《青春》（*Youth*）中的回答是："青春，不是年华，而是心理。青春，不是桃面、丹唇、柔膝，而是深沉的意志。"居里夫人就用行动给出了回答。让年轻朋友们的"青春之歌"，永远告别浮躁，更加清澈张扬吧！

最后，事物总是充满"祸福相依"的辩证法。正是由于当年的失恋，居里夫人才没有成为玛丽·卡西密尔，而是成了流芳百世的玛丽·居里。

由此看来，科学史家们把那次"不幸的失恋"称为"幸运的失恋"，确实妙不可言。当我们面临像居里夫人这类失恋的时候，唯一正确的办法就是唱着《欢乐颂》去坦然面对，这才有"青山在"的机会去争取幸运——总会在浪迹天涯的路上，"穿过烦恼的河流"，找到"碧连天"中的那株"芳草"……

实验室里的居里夫妇

建统一场论受挫
——爱因斯坦半世徒劳

1955年4月18日凌晨1时25分，爱因斯坦思考了一生的大脑，静悄悄地停止了思考——因拒绝治病导致动脉瘤破裂。晚年在"孤独中探索自己的道路"的一代伟人，终于可以休息了。

爱因斯坦

同过去辉煌时代的声誉相比，晚年的爱因斯坦越来越不被人们所重视，时常与世隔绝、郁郁寡欢——他的晚年是一场悲剧。正是："花落水流红，闲愁万种，无语怨东风……"

声称"我不信任数学"的爱因斯坦在1915年创立广义相对论后，仍豪气干云，还要在"木板的最厚处钻孔""寻根刨底地追究问题"——正是这些因素，使他在此前取得巨大的成功。他想把广义相对论加以推广，创立统一场理论——相对论发展的第三阶段。为了区别后面要谈到的"大统一场论"和"超大统一场论"，我们把爱因斯坦的统一场论称为"小统一场论"，简称"小统一"。爱因斯坦认为，这种理论不仅要把引力场和电磁场统一起来，而且要把相对论和量子论统一起来，为量子物理学提供合理的理论基础。

在这种思想指导下，爱因斯坦在1925之后的30年中，除了研究关于量子力学的完备性、引力波及广义相对论的问题，把几乎全部科学创造精力都用在了探索"小统一"上。

然而，尽管爱因斯坦豪情万丈，为建立"小统一"耗尽了整个后半生的几乎全部科学创造精力，但最终却是"出师未捷身先死，长使英雄泪满襟"。

1937年，在两个助手的合作下，爱因斯坦从广义相对论的引力场方程推导出运动方程，进一步揭示了空间、时间、物质和运动之间的统一性，使广义相对论得到了重大发展。这也是他在科学创造中取得的最后一个重大成果。

分析爱因斯坦晚年探索"小统一"失败的原因及应吸取的教训，非常重要和有益。

首先，爱因斯坦远离了当时物理学研究的主流。20世纪20—30年代及其后的一段时间，物理学研究的主流是量子力学以及它的诠释和完备性。在全世界，像玻尔、玻恩、海森堡、薛定谔、德布罗意兄弟俩、戴维森、革末和狄拉克等一大批才华横溢、生机勃勃的年轻有为的物理学家们都投入其中。由此可见，只有顺应科学研究的主流，天才人物才能有所为；而违背主流"独树一帜"，即使像爱因斯坦这种横绝一世的伟人奇才，也只能仰天长叹、难有作为。

其次，爱因斯坦一人奋战，孤立无援。1927年，在第5届索尔维国际物理学讨论会上，爱因斯坦针对玻恩对量子力学中波函数的统一诠释提出了诘难，与玻尔、海森堡等一大批物理学家发生了激烈的争论。爱因斯坦认为"上帝不是在掷骰子"，微观粒子的运动应该存在着确定的决定论的描述，而测不准关系的存在是观察手段不完全造成的；因此这一关系的客观存在性值得怀疑，不应看成一条真实的起作用的原理。虽然他精心设计了一些理想实验，企图驳倒测不准关系，并说服玻尔等人，但却始终没有找到统计诠释和测不准关系在理论上的欠缺；相反，他的决定论观点却遭到玻尔等哥本哈根学派的有力反击。

玻恩

在3年后的1930年第6届国际索尔维物理会议上，这场争论仍在进行。直到1935年，爱因斯坦还和两位年轻的助手合作，发表了《能认为量子力学对物理实在的描述是完备的吗》一文，再次强调他的决定论观点，否认量子力学规律的完备性。更为不幸的是，即使他认识到量子规律的逻辑性及它与实验例证符合，也不喜欢它，所以，他至死仍然拒绝承认测不准关系。由此可见，他在量子力学上，与占主流的科学家们的观点发生了水火不容的矛盾——而这种矛盾又使他在物理学界孤军奋战。这种状况，不但给爱因斯坦，而且给物理学造成了巨大的损失。正如德国物理学家玻恩（1882—1970）所说："我们中间很多人都认为，这无论对他还是对我们都是一出悲剧，他在孤独中探索自己的道路，而我们却失去了领袖和旗手。"

爱因斯坦的
质能方程

这一事实给我们提出了一个貌似容易解决的难题：如何在像爱因斯坦和玻尔等人发生学术上的君子之争的同时，又能进行良好的合作而优势互补。

再次，爱因斯坦晚年对自己迷信。鉴于相对论的巨大成功，爱因斯坦晚年多少有些固执和对自己迷信。一是，他不再重视吸取别人的成果和与人合作。他的狭义相对论，是吸取庞加莱、洛仑兹等的成果创立的；广义相对论，则是借助于黎曼几何、洛仑兹变换、里奇创立的绝对微分几何及里奇张量等数学成果，在他的同学——瑞士数学家格罗斯曼（1878—1936）的帮助下创立的。可是，当他企图创立"小统一"的时候，却忘记了或者不愿意吸取量子力学中诸如测不准原理这样的成果，也不再与他人合作，而是单枪匹马，企图另辟蹊径、出奇制胜。二是，他很少与外界交往——用他自己的话说是，自己在这个世界上很像是生客。

像牛顿、莱布尼茨这些伟人晚年迷信地为"上帝"大唱赞歌一样，爱因斯坦这样的大科学家晚年对自己的迷信也不是偶然的，这是许多老年科学家的通病。治疗这些"老年迷信"的药方是：从如火如荼的、丰富多彩的科学生活中吸取营养，在生龙活虎的、思维敏捷的年轻人身上得到活力。

第四，"小统一"不能在当时创立的根本原因，主要在于它还没有到瓜熟蒂落的时候。这话怎么讲呢？我们知道，迄今物质间有引力、电磁力、强力和弱力这四类相互作用。前两种广泛表现在宏观物理过程中——因而较早被人们认识。但是，电磁力还在微观物理过程中占有极其重要的地位，在爱因斯坦时代也没有完全被认识。而后两种力则是通过原子核物理的发展，在 20 世纪 30 年代以后才为人们逐步认识而开始研究的。虽然这四种力支配着在宇宙中已经观测到的每一种物理现象，但至今也不能说认识已经终结。因此，在还没有完全认识微观物理过程中的电磁作用的时候，包括爱因斯坦在内的任何人要想完成"小统一"，必将铩羽而归。

当然，鉴于牛顿对经典力学的概括，以及麦克斯韦对电、磁、光的概括，追求尽可能以简单的理论来概括纷繁世界的努力，就一直没有停止过。然而，这种努力成功与否却与科学发展的水平密切相关。例如，没有法拉第创立的电磁场的思想，绝不可能有麦克斯韦的概括。

由此可见，"小统一"能否创立，不但取决于有没有天才，更主要的还取决于科学发展是否到了水到渠成的时候。

事实上，在爱因斯坦死后的一二十年内，三位物理学家格拉肖（美国，1932— ）、温伯格（美国，1933 — 2021）与萨拉姆（巴基

格拉肖　　　　　温伯格　　　　　萨拉姆

斯坦，1926—1996），才以共享 1979 年诺贝尔物理学奖的成果"弱电统一"——电磁相互作用和弱相互作用统一的理论，使统一场理论的思想以新形式显示出它的生命力，跨出了"统一"的第一步。不过，这个统一与爱因斯坦的统一显然有所不同。弱电统一理论的成功，使人们看到了把强、弱、电三种作用统一在一起的"大统一场论"，甚至把四种作用统一在一起的"超大统一场论"成功的希望。至今，人们仍在进行这方面的努力。

此外，"一切运动都存在于吸引和排斥的相互作用中，"恩格斯认为，"真正的物质理论必须给予排斥和吸引同样重要的地位。"可见他深刻地批判了单纯以引力为基础的牛顿力学，认为"只以吸引为基础的物质理论是错误的、不充分的、片面的"。后来的科学家根据广义相对论的结果导出了"引斥力公式"——牛顿的万有引力公式只是它的近似。因此，现代物理学在走向统一的过程中，需要建立"引斥理论"。如果能成功建立引斥理论，就能成功地把电磁相互作用和引斥相互作用统一起来，不但可实现爱因斯坦的"小统一"，还可进而完成"大统一"。

玻恩等物理学家认为，爱因斯坦建立统一场论的失败，是在于他忽视了后来才逐渐认识到的强、弱两种相互作用，这种看法欠妥当，因为物理科学在走向统一的过程中，总是由小的、局部的统一，逐步达到大的、整体的统一。如果认为统一就只能是"大统一"，这就不能说明法拉第和麦克斯韦能把电、磁、光统一起来。同样，也不能说明为什么温伯格和萨拉姆能把电磁相互作用和弱相互作用统一起来。由此可见，即使爱因斯坦当年致力于"大统一场论"的研究，他也决不会成功。

"人生颇富机会和变化。人最得意的时候，有最大的不幸光临。"古希腊大科学家和哲学家亚里士多德（公元前 384—前 322）这一颇富哲理的话，虽然说得太绝对了一点，但送给早年"春风得意马蹄疾"而晚年"不知春归何处"的爱因斯坦，还是非常恰当的。

玻尔

丹麦物理学家玻尔（1885—1962）去世之后，欧洲科学界有人认为："玻尔比任何人，甚至包括爱因斯坦在内都更多地改变了这个世纪。"这种看法虽然有待商榷，但是可以认为，如果这两位巨人能通力合作研究量子力学，那么，20世纪的物理学，特别是其中的量子力学，也许不是现在这样的图景。由此可见，爱因斯坦由于研究"小统一"而过早地离开研究量子力学的滚滚洪流，既是他的悲剧，也是玻尔学派、量子力学，甚至整个物理学的悲剧。量子力学在最紧要关头的时候，失去了对它早期做出重大贡献的爱因斯坦的支持和研究，的确"对物理学的发展无论如何是一种损失"。

事物总有两重性。正是由于爱因斯坦对量子力学的远离，对哥本哈根学派正统解释的反对和论战，又从客观上推动了量子力学的深入研究和发展，这无疑又是喜剧。人们常用"失之东隅，收之桑榆"和"蚌病为珠"来描述此失彼得、得失难量，这非常富于辩证法。如果人人都有这种心态，来对待得失、成败、荣辱和兴衰，那就会多一些走向成功的机会——不会哀叹无法改变的过去而坐失良机。

大学者冤上断头台
——政治幼稚的拉瓦锡

"没事。"法国国王路易十六（1754—1793）（1774—1792在位）的日记一直都很简洁——1789年7月14日这一天，他在日记本上这样写道。

路易十六

"陛下，出事了……"第二天早晨，仆人就急忙跑来报告路易十六。

"他们要造反？"

"不！陛下，是——革命。"

是的，是革命——7月14日，巴黎人民攻占了巴士底狱，"法国大革命"爆发了。

"法国大革命"爆发之后，无数人身首异处——包括路易十六和一位科学家。

路易十六是1793年1月21日在巴黎革命广场被处死的，而这位科学家要"幸运"一点，比他多活了1年多——直到1794年5月8日下午才命丧黄泉。

这位科学家被处死以后，人们有什么反应呢？

"砍下他的头颅只要一刹那，可法国100年也长不出他那样的脑袋！"在1787年应路易十六之邀，到法国科学院工作并定居巴黎的意大利数学家拉格朗日（1736—1813）这样痛惜地说。

这位科学家是谁，又是谁砍了"法国100年也长不出来的脑袋"？

1743 年 8 月 26 日，被一些人称为"现代化学之父"的拉瓦锡（1743—1794）生于巴黎一个富裕的律师之家。父亲是巴黎高等法院的专属律师，母亲也出身于律师之家。他从小在家庭教师的辅导下学习各种科学知识，11 岁进入当时巴黎的名牌学校——马兰学校学习。1766 年，23 岁的拉瓦锡以改进巴黎城市灯光的计划获法国科学院的金质奖章。1768 年被选为法国科学院院士，同年初成为"包税公司"的征税官助理——这一公司是政府为保障国库有固定收入成立的向居民征税的机构，由包税官承包并提取一定比例的利润。1780 年，拉瓦锡成为正式征税官。他美丽而贤惠的妻子——后来也成为化学家的玛丽·安妮·皮尔丽特·波尔兹（1758—1836）就是包税公司总经理的女儿，1771 年 12 月 16 日 13 岁时与他结婚后就成为他事业上的好帮手——拉瓦锡也因此成为科学家中鲜见的拥有得力贤内助的人。

　　从 1778 年开始，拉瓦锡写出了一本最终于 1789 年出版的名为《化学纲要》的书。书中除系统阐明他的氧化说，还提出了化学的任务是将物质分解成为基本元素并将元素进行检验的观点；列出了由一系列实验确认的当时所有 33 种已知元素的四大类分类表，成为元素周期表的先导；所阐述的化学中反应物质守恒的思想实际上是物质不灭定律。这样，这本在化学上相当于牛顿《自然哲学的数学原理》对物理贡献的大作，就成为他对化学的一个重大贡献。

攻打巴士底狱

　　遗憾的是，这样一位成就卓著的化学家，最终却惨死在断头台上。

　　对于法国资产阶级是否应处死拉瓦锡，各家看法不一。然而，为何会酿成这一悲剧以及由此应总结的教训耐人沉思。

　　1789 年开始的法国资产阶级革命发展到 1793 年的雅各宾派专政的时期，达到了革命的最高阶段，但此时资产阶级民主派内部发生了严重的分裂，导致政策摇摆不定，人们的命运在这瞬息万变的风暴中犹如大海中的一叶扁舟。当然拉瓦锡的命运也不例外。

拉瓦锡夫妇俩的画像，现存纽约大都会艺术博物馆

革命之初的1790年，国民公会责成巴黎科学院组成计量改革委员会，此时还受尊重的J.D.卡西尼（1748—1845，即天文学家卡西尼四世）和天文学家让·西尔万·巴伊（1736—1793）等，不但被选为国民公会议员，而且拉瓦锡还担任了计量改革委员会的主席——负责这一后来做出载入史册的成就的组织工作。在雅各宾派当权后的"恐怖政治"中，与吉伦派有联系的科学家和在旧封建政权中任职的科学家的厄运就开始了。

1791年3月，包税公司被解散。从1793年8月8日起，巴黎科学院、技术学院和许多科学团体被解散，对旧王朝"憎恨不够"的拉瓦锡、拉普拉斯、库仑等也从计量委员会中被赶出。后来审判拉瓦锡的法院副院长柯芬荷尔宣布"共和国不需要科学家"，而法官迈兰则说"法国的学者已经太多"。这样，拉瓦锡就被指控"里通外国，勾结法国的敌人"和在做包税官时非法谋取过多的利润等罪名，与30多个包税者一起被送上了断头台。曾任巴黎市长的天文学家巴伊也被处死，而曾任法国科学院秘书的孔多则在被捕前自杀。

一些人因此认为，拉瓦锡等科学家是被错杀的，我们同意这一观点。更不能容忍的是，拉瓦锡被处死的那一天上午开庭后，他曾要求缓期执行死刑，因为他还有一个关于人汗的实验还没有做完，但法庭拒绝了这一要求。这一史实不但表现出拉瓦锡至死对科学仍矢志不渝的精神，而且还说明激进派对科学的蔑视和惨无人道。

这种树敌过多的政策致使人心惶惶，社会更加动乱，导致右派于当年即1794年7月27日（即法兰西共和二年热月9日）发动"热月政变"，使罗伯斯庇尔（1758—1794）被捕并于次日处死。虽然发生政变的原因远不止"不要科学家"的错误政策，但激进派们还是为此付出了沉重的代价。

拉瓦锡

持拉瓦锡被处死是"咎由自取""罪有应得"观点的人认为，曾任包税官的拉瓦锡谋取了非法利润，因此理所当然应被处死；但这种看法难以成立。1791年，包税公司被解散，随后成立的专门委员会负责审查该公司1792年年底以前的账目，并要其详细报告一切经济活动情况，但直至1793年上半年，该委员会还未准备好要求的报告。这一拖延激怒了新的资产阶级政府，于是这个政府于当年6月5日发布命令，解散了这个委员会，形势骤然变得十分紧张。接着，在当年9月10日，警察就搜查了拉瓦锡的住宅，经过连续两天的大搜查，却没有找到任何控诉拉瓦锡的证据。

两星期后，政府再次命令包税公司的所有成员准备报告，并要求在1794年4月1日前提交。随着时局的变化，政府并没有等到自己规定的这一日子，就提前近半年在1793年11月24日下令逮捕包税公司的所有成员——其中拉瓦锡是如后所述自己走进监狱的。

由此可见，资产阶级革命政府是在拉瓦锡等人在包税公司的"罪行"还未查清时就动手的。显然问题的关键，不在于这些人是否借包税之机中饱私囊和谋取非法利润。

半年之后的法庭审判更说明了这一点。1794年5月8日上午开庭，拉瓦锡虽然在法庭上做了"我和政治毫无关系，作为包税官所得的钱都是用于科学"的辩解，但无济于事。仅仅过了半天，那些人就迫不及待地在下午将他处死。一切证据都不需要，一切辩护都无济于事，审判只是演演戏剧、走走过场而已。

持"罪有应得"论者的另一理由是他"里通外国"和"反对革命"，但这纯系诬陷，不足为凭。

其次，拉瓦锡在政治上极其幼稚。

当局要逮捕他的时候，他仍在办公室里工作着。他的妻子面色苍白，面容消瘦，始终忐忑不安地徘徊在窗口，为自己的丈夫担忧，等待着他安全归来。拉瓦锡

"法国大革命"后，许多人被押上断头台

却幼稚地认为，自己在科学上的贡献是一道灵验的挡箭牌。他对妻子说："我到面包铺老板那里去躲一阵子，你到国民公会去，请他们发布一道给我恢复名誉的法令。我的科学活动、我的发现、我由此建立的新科学，足以保障我得到自由并不受审讯。"他的妻子前往国民公会转告了拉瓦锡的请示，但得到的是冷淡的拒绝。

1793 年 11 月，拉瓦锡又按其"科学的逻辑"气愤地走进监狱。他幻想在法庭上可以通过自己的雄辩驳倒对他的控告，并由此恢复自己的名誉。此时的拉瓦锡错误地将科学研究和政治变革完全等同，错过了逃生的大好机会——他幼稚到不明白用断头台来解决社会争端是不需要征得科学家的同意的。审时度势和趋利避害，是等待时机，以便继续斗争的方法和策略之一。拉瓦锡要是果断地逃出巴黎，那结局

拉瓦锡：政治斗争可不像研究化学那样"简单"

就会截然不同了——几个月后，"热月政变"发生了，接着 1795 年新执政者就开始重视科技文教和科学家了。由此看来，科学家们应注意自己的社会定位——在不适合自己施展才智的地方，他们甚至比不上一个"愚蠢"的政治家或"没有文化"的企业家。

拉瓦锡的死，不同于布鲁诺那种为捍卫科学真理之死，也不是为捍卫革命真理

而死，因而是应该避免和不必要的。为此，历史学家们非常痛惜法国人杀害了自己伟大的儿子——于是拉格朗日说了前面那句话。正是由于这种痛惜和新政权对科技政策的改变，法国人终于认识到拉瓦锡的价值——在他死后不到两年，巴黎人就为他塑了半身像。

卡文迪许

拉瓦锡的另一个悲剧（也是丑闻），是剽窃英国科学家卡文迪许（1731—1810）关于水的组成的研究成果，引出的声誉扫地。

1784年，拉瓦锡在他的论文集中说："水是由氢和氧组成的。水的重量等于氢和氧的重量之和。"他还在文集的开头说，他在3年前就发现了这个事实，写出了论文，但是，在两年以后，卡文迪许的助手、英国医疗官（1776—1780在职）、化学家查尔斯·布赖恩·布拉格登（1748—1820）爵士（1792年受封），就毫不客气地在一封公开信中，指出了拉瓦锡的剽窃行为。

原来，因为卡文迪许有不愿过早和过多公开发表实验成果的习惯，所以他1781年得到的关于水的组成的成果，到1784年（晚于拉瓦锡）才发表。但是，在1782年（一说1783年）5—6月布拉格登访问巴黎期间，就把卡文迪许的成果告诉了拉瓦锡。拉瓦锡赶紧做实验，并抢先发表。

千虑一失的拉瓦锡在论文中有一个致命的漏洞——说布拉格登是"英国皇家学会秘书"。其实，布拉格登是在1784年才担任（1797年卸任）皇家学会秘书的——拉瓦锡怎么能在3年前就"预见"到他会当秘书呢？

就这样，这桩科学公案在双方对簿公堂的时候，拉瓦锡就失败了。1790年，拉瓦锡不得不公开发表文章，承认自己剽窃了卡文迪许的这项成果的优先权。

布拉格登

贫病交加官司缠身

——古德耶尔死于非命

1831 年，美国康涅狄格州债务人监狱。一名正在服刑的犯人坐在火炉旁，一边烤火取暖，一边用手揉搓着一团胶泥似的东西。

印第安人在收集橡胶液

这个犯人是谁，他为什么犯罪，揉搓这团东西干什么？

我们还是从头说起。

"啊！真好玩！"

1493 年 9 月 25 日，意大利航海家哥伦布（约 1451—1506）带领的船队从西班牙加的斯港出发，第二次西航。到了北美洲的海地岛——当时称"西班牙人岛"之后，他看到印第安人在玩一种游戏，就这样在他的随从面前发出感叹。

是什么新鲜游戏把哥伦布吸引住了？

原来，哥伦布看到印第安人一面哼着歌，一面合着节拍欢乐地把一个黑色的球扔来扔去。球落到地面以后会迅速弹起，竟然弹到与原来几乎一样的高度。他向印第安人打听之后，才知道这富有弹性的"皮球"是用橡胶做的。

橡胶是从橡胶树的皮里流出来的白色树汁，印第安人叫它"卡乌巧乌"，意思是"树的眼泪"。将这种树汁的水分晒干，就成了会蹦跳的黑色橡胶球。他们有时候还把脚浸上这种树汁，晒干后就成了不透水的鞋子——这真称得上是胶鞋的老祖宗。欧洲当时没有橡胶树，所以哥伦布就"少见多怪"了。

1800年，橡胶运到美国，由于它不怕水、质地柔软和富有弹性，许多人都想方设法利用它。

生橡胶有一个致命的缺点：遇热发黏、遇冷变脆，要利用橡胶，必须要解决这个问题。

人们都在想方设法解决这一难题，可是谁也没有想出好的办法来。

必须有"斯人"来担当"大任"。

"天"把这个"大任"降临在美国发明家查尔斯·古德耶尔（1800—1860）——前面说的那个犯人身上。

古德耶尔在24岁的时候，父亲经商亏本，欠债累累。1830年父亲去世后，他因还不起债而被控告，31岁时进了监狱。在狱中，居然还在想着怎样改进橡胶，所以揉搓着那团胶泥似的东西。

出狱后为生活所迫，古德耶尔开了一个修鞋铺。一到夏天，涂在鞋面上的橡胶变得又软又黏，几乎没人修鞋。一家的生活，全靠妻子给人家缝衣裳的微薄收入维持。尽管如此，古德耶尔也没有中断改进橡胶的工作。

在古德耶尔的家乡，流传着这样的故事：你想找到古德耶尔这个人吗？喏，那个就是！他头戴橡皮帽，身披橡胶衬里的风衣，里面穿着橡皮背心，下身套着橡皮裤子，脚蹬胶靴，手里拎个胶皮钱包——但里面没有一文钱。

古德耶尔

虽然古德耶尔家境贫寒，但是他意志弥坚。他认为自己的发明必定会给人类创造巨大的财富，因此，即使变卖家中的物件，他也仍旧坚持试验研究。有时，仅仅为了5美元，就不得不卖掉孩子们的学习课本。

在接下去的近十年里，古德耶尔又做了一系列的试验。一次，他发现生橡胶掺进一定量的镁，再放进石灰水中加热处理后，生橡胶的性能就有一定的改变，可是仍然经不住夏日炎热的考验。此外，他还试过在生橡胶里掺进氧化镁，用石灰水煮，也试过用硝酸煮，还试过在生橡胶表面撒硫黄，放在太阳下晒……

各种试验都失败了。可是，幸运之神终归会垂青执着的追求者。

1839 年的一个寒冷的夜晚，古德耶尔疲惫地坐在熬制橡胶的火炉前犯愁。他一不小心，手里拿着的一块掺了硫黄的橡胶碰到了火苗。

"唉哟！"古德耶尔赶紧把手缩了回来。

古德耶尔失望地捏了捏烧焦的橡胶。不过，他随即惊讶地发现，橡胶块的中间部分似乎变得富有弹性了。他继续捏着，观察着。忽然，一个想法在他的脑子中浮现：既然高温烧焦的橡胶外沿部分变得没有弹性，而温度低一些的中间部分有弹性，那么，只要掌握适当的温度，就……

经过反复试验，古德耶尔终于掌握了适当的温度（130 ~ 150 ℃），把硫黄和橡胶放在一起熔炼成了"硫化橡胶"——他朝思暮想的材料！

古德耶尔为什么会想到掺硫黄粉呢？原来，在他之前的吕德尔斯多夫和美国那撒尼尔·海沃德（1801—1865），就发现硫黄能"夺取"天然橡胶的黏滞性。

5 年之后的 1844 年 6 月 15 日（同年 1 月 30 日申请），古德耶尔得到了 3633 号美国专利局颁发的"防火橡胶"生产技术专利。这种防火橡胶，就是今天所说的硫化橡胶。

这样，古德耶尔不但开办了公司，生产实用的橡胶制品，还出卖了这个专利——连同他 1837 年卖掉的"硝酸改质法"专利，赚了一些钱。

不过，古德耶尔的一生，始终没有"风正一帆悬"。

1836 年，美国发生了经济危机，使古德耶尔和威廉·巴雷特在纽约合开的公司倒闭。这家公司采用古德耶尔的"硝酸改质法"生产桌布和围裙等橡胶制品。这是他受到的第一次重大打击。

形形色色的硫化橡胶制品

第二次重大打击是在 1838 年。有一次，古德耶尔不小心将硝酸洒到了一块橡胶上，他发现橡胶变成了乌黑色，而且变得柔软、富有弹性了。他以为这下成功了，于是找到了一家叫鲁克斯奥的橡胶公司，几经谈判，这家公司愿意与他合作，把 30% 的利润分给他。说来也巧，没过几天，订货就来了——政府的邮政局订制 10 万只邮袋。"每只邮袋的利润是 1 美元，我得 30 美分，10 万只邮袋就是 3 万美元，"古德耶尔在心里打了个小算盘，"这可不是一笔小钱哪！我不仅可以还清欠款，还能留下一笔钱继续搞发明。"

经过几个月的艰苦奋斗，10 万只邮袋终于做好了。

这天，邮局派车来取货。古德耶尔打开仓库门，大家都惊呆了：原先堆放得整整齐齐的邮袋，现在有的竟变成了一堆堆橡胶碎片！能用的那部分中，有的一到夏天就给邮件染上臭味，于是受到强烈指责，纷纷退货。他因此蒙受了巨大的经济损失。

就这样，古德耶尔被鲁克斯奥的橡胶公司炒了"鱿鱼"。当他离开公司的时候，公司经理叫人转告他："你这样的人最好是去当土匪，那样或许还比搞发明少害几个人，或者就干脆到哈德森河（纽约州的一条河）去寻找自己的归宿吧！"听了这话，古德耶尔真想一死了之。

1839 年冬天，失业的古德耶尔一家缺吃少穿，幸好一位朋友的善心帮助，才又一次摆脱了困境。

第三次重大打击是他的发明引出的专利之争。

在 1839 年发明硫化橡胶技术以后，由于古德耶尔连支付申请专利的费用也没有，只得与一家公司的老板合作，由老板出钱申请。这样，就没能及时申报专利而延误了 5 年。意想不到的是，这一延误就"出事"了。

1852 年，当古德耶尔来到英国时，发现他的硫化橡胶生产技术被英国发明家托马斯·汉考克（1786—1865）抢先申请了专利，自己反而无权使用自己的发明了。原来，汉考克在得到古德耶尔的硫化橡胶产品以后，也研究出了这一技术，而申请专利的时间（1843 年 11 月 21 日，1844 年批准），比古德耶尔申请专利的时间（1844 年 1 月 30 日）早了 8 周多。由于古德耶尔的发明在前，所以他认为汉考克侵犯了自己的专利。汉考克则说是自己的独立发明，他的助手、画家兼发明家威廉·布罗肯唐（1787—1854）还给硫化橡胶取了一个浪漫的名字——"伏尔甘硫化橡胶"。"伏尔甘"（Vulcan）是古代罗马神话中的火神。

同时，在美国也陆续出现侵犯古德耶尔专利的企业。

古德耶尔为了维护自己的合法权益，不得不花巨款雇请著名律师提起诉讼，向汉考克等人索赔。然而，他在这些官司中却没有占到便宜。例如，在与汉考克的一场官司中，一些化学家认为，虽然汉考克的确在 1842 年得到过来自美国的硫化橡胶产品，但不能确定他是"抄袭"的，而很可能是独立发明的——汉考克占了上风。长期的官司，使古德耶尔欠下巨债。

1855 年，法国一家公司采用了古德耶尔的技术生产硫化橡胶，但由于管理不善，负债累累而倒闭，古德耶尔也由此受到株连，于同年 12 月被关进了巴黎监狱。

1860 年，以自己的发明为老板们带来巨额利润的古德耶尔，在得到女儿的死讯后晕倒，背负着 20 万美元的巨额债务，遗憾地在纽约第五大道的贫民窟里去世了。自学成才的他，

汉考克

死后被埋葬在康涅狄格州纽黑文（他的出生地）耶鲁大学校园毗邻的树丛街道公墓，1976年2月8日进入美国国家发明家名人堂。

使古德耶尔在世时感到欣慰的是，在1851年伦敦世界博览会上，他的橡胶产品获得奖赏。1852年，他的官司终于胜诉，自己的专利得到保障。

还可以告慰于古德耶尔的是，他的儿子与其他公司创办了一家大的"古德耶尔轮胎公司"，经营一直很兴旺。

天然橡胶广泛用于各个领域，而且15亩橡胶园每年只能生产1吨橡胶——所以被称为"白色的金子""植物牛奶"，这就把合理利用和再生利用天然橡胶、不断研发替代品的任务，摆在了人类的面前。中国是全球最大的天然橡胶进口国，大约一半要靠进口，所以我们的任务更为艰巨。

硫化橡胶汽车轮胎

旧观念造恶劣环境
——成才艰难的范霍夫

深冬寒冷的清晨，德国柏林郊区的斯提立兹（Steglitz）大街上，一辆马车疾驶而过。一位50来岁赶马车的人，多年来都在为这一带的居民送鲜牛奶——无论春夏秋冬、刮风下雪，都准时不误。人们早已熟悉了这位再平凡不过的送奶人了，他在自己的牧场养了许多奶牛，每天早上的任务就是把牛奶送给居民喝。

碰巧的是，德国著名女画家芙丽莎·班诺也住在这条大街上，但她却知道这位送奶人"很不一般"！于是，好几个早晨，她都等在客厅里，只要听见送奶马车的声音，就急忙打开房门，请他来家里小坐，但是送奶人总是以不能耽误送奶时间为由婉言谢绝。

"不能再这样被动了！"班诺自言自语。又是一天清晨，她一听见马蹄声就迅速冲了出去，上前一把拉住送奶人的衣袖不放，一定要为他画一张素描像。他依然婉言谢绝。但班诺大声说："您不要再'骗'我了，我知道您是个实验迷，送完奶就钻进化学实验室，谁也甭想把您拉出来。这次您一定得让我画一张像。亲爱的教授，请把您的宝贵时间给我几分钟吧！"……

送奶人？教授？事情清楚而又糊涂。但人们怎么也没有想到，有一天早上打开报纸的时候，一行引人注目的文字映入眼帘：（这位教授）"荣获首届诺贝尔化学奖！"而班诺为他画的素描像占据了整个版面……

就这样，"送奶人"和"化学家"在人们心中合二为一，人们亲切地称他为"牧场化学家"。

这位"牧场化学家"是谁呢?

莱茵河自东向西横贯"欧洲花园"荷兰流入北海的河口,在河口附近与马斯河的汇合处,当年有一个繁华的小镇鹿特丹。镇前的小岛横卧莱茵河上。1852 年

鹿特丹港

8 月 30 日,历史上第一位荣获诺贝尔化学奖的范霍夫,就出生在这个岛上一个名叫米德尔哈尔尼斯的风景优美的村庄里。

到了上学的年龄,小范霍夫的父亲(姓名和他完全一样)——医学博士老范霍夫就把他送到当地有名的学校。到了中学,学校开设了物理和化学实验课,小范霍夫立即对这些神奇的实验产生了浓厚的兴趣。

一个阳光明媚的星期天下午,学校的霍克维尔夫老师在校园里散步,欣赏初春的美景。突然,他看见了实验室里有一个人影在晃动,就走进去看个究竟——啊,原来是小范霍夫在实验台前忙个不停。

"喂!小家伙,你在干什么?"

"我在蒸馏硝基苯。"小范霍夫头也没抬地回答,手仍旧忙碌着。

"你从哪里进来的?"

"我从窗户爬进来的。"

"你这个调皮蛋!你违反了校规,我要把你送到校长那里去。"

范霍夫

霍克维尔夫对他旁若无人、满不在乎的态度显然十分不满,对他大声吼道。小范霍夫这才发现来的是霍克维尔夫先生,脸一下子吓得苍白。

小范霍夫倒不在乎违反校规,但怕父亲知道这件事后更加反对他搞化学研究。原来,老范霍夫希望他不要研究化学,而要他当一名律师。

"把酒精灯吹灭,我们一起去找你的父亲,

我要和他谈谈。"霍克维尔夫说。

小范霍夫担心的事终于发生了。

走到家门口，霍克维尔夫看见钉在门上的"医学博士范霍夫"的铜牌，就严肃地对小范霍夫说："这个名字受到全鹿特丹人的尊敬，你应该约束自己，以免玷污了它。"

知道此事后，老范霍夫果然深感尴尬而怒不可遏。他原想把儿子培养成为一个"高尚"的人，而现在他却迷上了在当时被很多人认为是"下三流"的化学，想成为一个"人们都瞧不起的化学家"，这简直是家庭的耻辱，大损于他有名望的家庭的声誉。"你的学习精神很好，但是你却不能终生从事化学。你应该明白，化学家不是一种职业，他连自己的生活都不能维持。连药剂师都比化学家强，因为药剂师至少是一种职业。"出于对儿子前途的忧虑，他只好开导儿子说，"的确，化学在医学、生物学中也有用途，但化学本身却什么也不是。"

"爸爸，化学方面也有一些伟大的成就，深奥的哲学不只是书本中才有，更来自于大自然。"小范霍夫并不服气。

"不，我不同意这一点，你这样比较不恰当。"父亲武断地结束了这段不愉快的谈话。

小范霍夫想当一名化学家的事很快就传遍了全镇，引得议论纷纷。他遭到了无情的冷嘲热讽，舆论压得他几乎抬不起头来。

然而，小范霍夫认准了的事谁也阻挡不了，他的信条是："走自己的路，让别人去说吧！"他坚定的态度使他的父亲也不得不让步：虽然仍禁止他偷偷溜进学校实验室做实验，但却允许他在自己医疗室的一个房间内做实验。小范霍夫终于在这一抗争中取得了胜利，经受住了第一次磨难。

以名著《乌托邦》名垂青史的英国空想社会主义者托马斯·莫尔（1478—1535）认为："人生中最困难者，莫过于选择。"小范霍夫正是战胜了选择的困难，才最终取得成功的。

欧立希

那为什么当时人们会瞧不起化学家呢？原来，在 17 世纪以前，科学被广泛视为雕虫小技，科学家被视为不务正业的浪子。相对于天文学、物理学、生物学和数学来说，化学得到人们的承认更晚，直到 19 世纪中叶——有些国家甚至更晚，化学家才作为一种职业得到社会的认可。此前，如果有小孩说他长大要当化学家，必然会引来人们的轻视和嘲笑。

当时的化学"什么也不是"，还有另一个例子。著名药物"606"的发明者、德国化学家欧立希（1854—1915）小的时候，一次在课堂上老师问他："长大准备干什么？"他回答说："我要当一个化学家。"话音刚落，全班同学就哄堂大笑！

1869 年，范霍夫在鹿特丹五年制中学毕业后，父亲最终还是没有让范霍夫选择化学，而是让他进入了荷兰的代尔伏特工业专科学校。好在这个专门教授工艺技术的学校中，讲授化学课的奥德曼是一位推理清晰、论述有序的高水平教授。在奥德曼等老师的指导下，范霍夫仅用了两年时间就学完了一般人三年才能学完的课程，在 1871 年毕业。到这个时候，由于具备了谋生的必备本领，他才说服了父母，开始全力进行化学研究。

为了在化学上得到深造，范霍夫在 1872 年进入荷兰莱顿大学之后，又到柏林拜德国著名有机化学家开库勒（1829—1896）为师。第二年，开库勒又推荐他去巴黎医学院的武兹实验室。在法国著名化学家武兹（1817—1884）的指导下，范霍夫与他法国的同窗好友、法国化学家约瑟夫·阿希尔·勒·贝尔（1847—1930）取得了"真经"，最后双双成为立体化学的创立者。

1874 年，范霍夫在荷兰首都阿姆斯特丹以南不远的乌得勒支大学获得博士学位。同年，年仅 22 岁的范霍夫提出了碳原子化学键的四面体立体结构学说，把当时公认的所有分子结构都是平面的概念发

开库勒　　　　　武兹

展到立体的概念，并由此开创了一门崭新的化学新分支学科——立体化学。

德国莱比锡的化学家阿道夫·威廉·赫尔曼·柯尔贝（1818—1884）教授得到这个消息后，不仅对这一新理论横加否定，而且还对"毛头小伙"范霍夫本人进行了尖刻的讽刺："有个在乌德勒支兽医学校任职的范霍夫博士，显然他的兴趣不是在搞精密化学研究。他认为，坐在飞马（也许是从兽医学校租来的）上比较舒服。在那里，他可以向世界就原子在宇宙空间中的分布高谈阔论。"

人们对传统的平面结构的概念和对年轻人的蔑视，让年仅23岁的范霍夫经受了第二次磨难。

为什么柯尔贝会那么尖刻地讽刺范霍夫呢？除了囿于分子结构都是平面的这一传统观念，不敢越雷池一步，还有就是他是一位年高德劭的化学家。"当你老了，你就会变得越来越胆小，"正如美籍华裔物理学家杨振宁所说，"因为你一旦有了新思想，马上会想到一大堆永无止境的争论，而害怕前进。"看来，老年人如何像中国南宋诗人杨万里所说的那样"坚晚节于岁寒"——在青年人身上吸取活力，与青年人如何在老年人身上吸取经验一样重要。

然而，科学的理论不是嘲笑就会"人间蒸发"的。从1874年9月范霍夫出版小册子《化学的结构式——空间分布论》中提出碳的四面体结构以后仅两个月，

约瑟夫·阿希尔·勒·贝尔　　柯尔贝

勒·贝尔也独立提出了相同的结构。其后的 1885 年，德国化学家拜尔（1835—1917）又从他的张力学说中提出了类似的结构。两位德国化学家萨赫斯（1854—1911）和恩斯特·莫尔（1873—1926）在 1890 年分别用不同的依据提出了无张力环学说，再次肯定了碳的四面体结构，并逐渐得到人们的承认。后来，又经过许多化学家的努力，从 1815 年法国化学家比奥（1774—1862）发现有机化合物旋光性开始的研究，使有机立体化学成为不可或缺的重要化学分支。

范霍夫没有就此止步，而是再立新功。1901 年 12 月 10 日，在瑞典首都斯德哥尔摩颁发了首届诺贝尔化学奖，范霍夫独享这一殊荣——因为"有关溶液的渗透压和化学动力学的研究成果"。

"任凭弱水三千，我只取一瓢饮。"范霍夫正是凭着对化学"只取一瓢饮"的专注，敢于战胜世俗观念的束缚，冲破传统理论的牢笼，做出了正确的抉择，才一步步走向成功的。

1896 年，范霍夫移居柏林当大学教授，几年以后，就有了故事开头的送奶人……

1911 年 3 月 1 日，"欧洲花园"的"奇人"范霍夫因患结核病，在斯提立兹凋零。历经磨难的化学家走完了自己奋斗的一生，骨灰被安放在柏林达莱姆公墓，供后人瞻仰。

正面：诺贝尔的浮雕像，名字以及拉丁文刻的生卒年份　　背面：圣母握着象征财富和科学智慧的号角，拉开女神伊希斯的面纱

诺贝尔化学奖奖章

化学天才合成氨
——战争魔鬼弗里茨

"唢呐长空吹响，鼓声大地回荡。"1911年的一天，德国文化古城卡尔斯鲁厄突然热闹异常，城内一座小小的建筑物被围得水泄不通……

是节日欢庆，还是"重量级"人物大驾光临？那座小小的建筑物又是什么去处？

原来，是德国皇帝威廉二世（1859—1941）突然亲临此地邀请一个人，要他到柏林去担任新

哈柏

成立的恺撒·威廉物理化学及电化学研究所所长，借助他来发展克敌制胜的新式武器，以发动一场侵略战争；那座小小的建筑物——卡尔斯鲁厄大学电化研究所就是他的工作之地。于是，几名"御林军"快马飞奔，边跑边喊："弗里茨·哈柏博士！皇帝在研究所等着召见您，请速回实验室！"

那么，哈柏有何本领，让皇帝大驾光临呢？

打开诺贝尔化学奖得主手册，你会发现第一次世界大战中的1916年和1917年没有颁奖，而战后的首届奖——1918年化学奖则由德国的哈柏独享。第一次世界大战硝烟刚散，诺贝尔化学奖评委会就立即为这位合成氨的发明者授奖，足见这一发明的重要。

氨是一种基础化工原料，它的合成不但可以大量生产氮肥，使粮食或其他农作物大量增产，还在其他行业大有用途。为此，哈柏理应名垂青史，可不幸的是，他也首创了大规模的化学战，使成千上万的

人痛苦地死去或终身残疾。由于他对人类文明的严重摧残，几乎成了被同盟国审判的战争魔鬼。

1868年12月9日，独生子哈柏出生于德国的边境城市布雷斯劳（现为波兰的弗罗茨瓦夫）一个富裕的染料商的家中。中学毕业后，在卡尔斯鲁厄工业大学预科攻读有机化学。大学毕业后，由于他发表的论文有独到的见解，使德国化学界为之轰动，于是德国皇家科学院破格把化学博士学位授予年仅23岁的他。从1894年起，他在卡尔斯鲁厄工业大学任教。

在合成氨发明以前，农作物所需氮肥主要来自人畜粪便、花生饼和豆饼等。随着农业和工业的发展，各国越来越希望能用空气中的氮气来大规模廉价生产氮化物。为此，许多国家的科学家进行过不懈的探索和研究。从18世纪中叶开始的这一努力，在历经一个半世纪之后，到20世纪初，仍未如愿以偿。

哈柏对合成氨的大规模试验始于1904年。1906年，哈柏在600℃的高温和2 000个大气压下，用锇做催化剂，以电解水生成的氢与大气中的氮为原料，成功地得到了氨浓度为6%～8%的产率，并在1909年进行了报道。这是一个具有实用价值的工艺方案。1909年哈柏又用原料气循环使用的方法，成功地解决了氨和氮混合气转化率不高的问题。

哈柏的科研成果极大地震动了欧洲化学界。独具慧眼的德国巴斯夫公司（BASF）捷足先登，抢先付给哈柏2 500美元预订费，并答应购买以后的全部科研成果。1909年，哈柏改进后的生产流程工艺专利被BASF购买。BASF还声明，不管生产工艺如何改进，合成氨的售价如何下降，它每出售1吨氨，哈柏将分享10马克，永不改变。其后，BASF的德国化学家卡尔·波施（1874—1940）等人，对催化剂、设备耐用性、合成塔进气口加热装置和出气口冷却用换热器等进行了改进，经过了多次（其中催化剂就做过2万多次试验）失败后，终于1914年建成一座日产30吨合成氨的工厂。从此，合成氨进入大

波施　　　　柏吉斯

规模工业生产阶段。波施也因此和他的同胞弗里德里克·柏吉斯（1884—1949）共享 1931 年诺贝尔化学奖。

氨的人工合成揭开了人类化学史上的重要篇章。它的意义不仅仅是使大气中的氮变成生产氮肥的永不枯竭的廉价来源，从而使农业生产依赖大自然的程度大大减弱，而且极大地推动了相关科技的发展，例如高压和超高压技术，高温与超高温技术，催化理论及实践，煤化工连同石油化工技术等。从这点上说，哈柏开创了化学的新时代。

和当时所有的新发明一样，合成氨也被考虑如何用于战争和军事。早在 1911 年哈柏因发明合成氨而名声大振之时，德皇威廉二世就看中了他的才华，考虑如何利用他为自己的政权服务。

1914 年 7 月 28 日，奥匈政府对塞尔维亚宣战，第一次世界大战爆发，哈柏也很快地变成了一个狂热的民族主义者。他利用合成氨技术生产化肥——解决了德国的饥荒问题；将氨氧化，生产军需品硝酸和黄色炸药——解决了德军的军火问题。正如战后一些军事专家指出的那样：如果德国没有哈柏，战争早就结束了——他为德国提供了充足的粮食和军火。

1914 年 9 月，德军与英法联军在比利时境内的伊普尔镇地区对峙。因为双方都没有足够的重武器攻破对方的工事，相持达数月之久。这种不利于德军的相持，迫使德军统帅寻找打破僵局的方法——哈柏用钢瓶施放氯气的方法成了"最佳选择"。1915 年 4 月 22 日下午 5 时前后，施放的 150 吨氯气打开联军约 7 千米的突破口，使联军 1.5 万人中毒，其中 5 000 人死

化学战受害者的脚

亡，500 人被俘，丢失火炮 60 门和重机枪 70 挺。在飞机上目睹这一惨剧的哈柏，高兴得大喊大叫。

不过，并不是所有的德国人都支持化学战。哈柏的妻子克拉拉·哈柏（1870—1915），就是"不支持者"中的一位。她原名克拉拉·伊梅瓦尔，是布雷斯劳大学的第一位女化学博士，容貌出众、才智过人。出于人道主义和对帝国主义战争的憎恨，她曾多次恳求哈柏停止研究化学武器，但是，哈柏是"王八吃秤砣——铁了心"，根本就不理睬。1915 年 5 月，他继续在华沙西侧 60 多千米的博利矛夫附近，对防护装备很差的俄军连续发动了三次毒气袭击，致使 2 500 名俄军伤亡。面对惨无人道的化学战，和平主义者、女权主义者克拉拉·哈柏，于当年 5 月 2 日在自家的花园愤而自杀——用左轮手枪打穿了自己的心脏。虽然她没有立即香消玉殒，但因伤势过重，还是于当日凋零在听到枪声赶来的 12 岁儿子（他俩唯一的儿子）赫尔曼·哈柏（1902—1946）的怀中……

哈柏对此仍然没有醒悟。1915 年 12 月 9 日，哈柏指挥的德军对伊普尔地区的英军又进行了一次光化学战，造成英军 1 000 多人中毒。1917 年 7 月 12 日，他又指导德军在该地区对英军进行首次芥子气攻击，10 天内使英军 1.4 万人中毒。

在整个第一次世界大战期间，德军几乎每次主要的化学战都与哈柏的研制、指导和指挥有关，于是人们将他称为"化学战之父"。

克拉拉·哈柏

在第一次世界大战中，约有 130 万人受到化学战的伤害，其中有 9 万人死亡，幸存者中约有 60% 的人因伤残不得不离开军队，所以哈柏和他进行的化学战，受到了爱好和平的世界各国人民的强烈谴责。在这种谴责下，哈柏终于认识到他所犯下的罪行，内心十分痛苦。1917 年，他毅然辞去了他在化学兵工厂的所有职务。1918年11月11日，第一次世界大战也以德国投降告终。

1919年，瑞典科学院考虑到哈柏发明的合成氨，已在全球经济发展中显示出巨大的作用，经慎重研究，正式决定给哈柏一个人颁发1918年诺贝尔化学奖。消息一传出，立即在全世界引起了一场轩然大波。一些科学家指责这一决定玷污了科学界，哈柏不但不应荣获这个科学界的最高奖赏，而且应该对他进行战争罪审判，送他下地狱。也有一些科学家认为，他虽然一度被帝国主义利用，但科学总是受制于政治的，科学史上的许多发明既可用来造福人类，也可用于毁灭人类文明；哈柏发明合成氨，可以将功抵过。

平心而论，化学战也是打击敌方的一种方法，在这个意义上，它和细菌战、原子弹、枪炮等的作用相同。然而，人们却把枪炮等划作一类，对在战争中用枪炮杀人予以支持或不持异议；把化学战、细菌战、原子弹等划作另一类，反对将它们用于战争，有的还以条约形式予以禁用。

这两类武器的差别在哪里呢？原来，前一类武器基本上只是机械杀伤作战人员或毁灭作战设备，不再或很小造成其他危害。后一类武器不但杀毁参战人员和设备，还严重伤害未直接参战的平民及其财产；会造成被害人员的后遗症，有的还会将危害遗传给下一代；会造成严重的、有的是持久的环境污染、生态破坏和疾病流行，等等。在这种情况下，进行化学战的哈柏被人们声讨，也就不足为奇了。后来，在1992年9月30日，日内瓦裁军谈判会议通过了《关于禁止发展、生产、储存和使用化学武器及销毁这种武器的公约》。

哈柏的另一个悲剧是"海水黄金梦"的破灭。

第一次世界大战后，协约国要德国支付相当于5万吨黄金的战争赔偿。此时，哈柏想起了瑞典化学家阿仑尼乌斯（1859—1927）的话："世界各大洋的海水里，含有黄金8亿吨（一说80亿吨）之多。"于是哈柏信心十足："朋友们，不用担心，让我们用海水中的黄金来偿付庞大的国债吧！"

在仓促上马的 7 年中，德国耗费了巨大的人力、财力，结果竹篮打水。哈柏只好被迫承认，从海水中提炼黄金是不可能的，因为每吨海水中的黄金低于 8 微克——约为他想象中的 800 万分之一！原来，哈柏受了阿仑尼乌斯的"欺骗"——一些秘密调查的科学家发现，阿仑尼乌斯的估计数值是正确数值的 1 000 倍！

1933 年，杀人魔鬼希特勒登上了德国总理的宝座，纳粹分子开始在全国大肆迫害犹太人。犹太人只好"大限来时各自飞"，哈柏也被称为"犹太人哈柏"而遭到驱逐。哈柏对此十分气愤，同时也预感到一场厄运即将来临，只好移居瑞士躲灾避难……

后来，哈柏又受英国剑桥大学之邀，前去讲学。1934 年初，他又应邀出任设在巴勒斯坦由反希特勒的著名犹太科学家组成的西夫物理化学研究所所长。然而，"喜荣华正好，恨无常又到"——他在赴任途中因心脏病突发，于 1934 年 1 月 29 日辞世。

哈柏这位化学天才与战争魔鬼被人们声讨的悲剧，是他自己造成的——化学战中死去的冤魂和活着的受害者，永远也不会饶恕他。

为了防止这种悲剧重演，科学家、发明家们必须为自己的科学发明考虑社会责任。像"克隆人"这类发明，是否应认同和实施，必须本着对人类负责的态度，慎之又慎地做出抉择，并且，"发明需要智慧，如何使用这些发明需要更大的智慧。"

在颠沛流离和孤独中客死他乡的悲剧，却不是哈柏的过错——这是希特勒纳粹主义迫害千百万人的缩影。

为了杜绝这类悲剧再现，应坚决彻底、刻不容缓地反对种族主义、新纳粹主义、霸权主义和军国主义。

被"忽略"默默无闻
——癌症绝杀富兰克林

1962年，有三位分子生物学家同时站在诺贝尔生理学或医学奖的领奖台上。他们是英国克里克（1916—2004）和威尔金斯（1916—2004），以及美国沃森（1928— ）。他们的获奖成果——发现DNA的双螺旋结构，被誉为20世纪生物学方面最伟大的发现，标志着分子生物学的诞生。

其实，除了这三人，还有许多为此做出重大贡献的科学家"名落孙山"——他们因各种原因而默默无闻。工作十分严谨且成果巨大的英国女科学家罗莎琳德·埃尔西·富兰克林（1920—1958），就是其中最悲惨的一个。

关于富兰克林，一些人只知道她出生在伦敦一个犹太人家庭，从剑桥大学毕业后，她就开始研究生物的分子结构。而在事实上，她当了沃森和克里克的"绿叶"——她的科研成果在一定程度上被埋没。

左起：威尔金斯、克里克、沃森

沃森是美国人，他怎么跑到英国去了呢？又怎么让富兰克林当"绿叶"的呢？

原来，沃森在 1950 年获得博士学位后，于 1951 年代表他的导师——出生在意大利的美国微生物学家卢里亚（1912—1991），出席了在意大利召开的生物大分子结构会议，会上他听到了威尔金斯关于 DNA 晶体衍射分析的阶段性学术报告，就决心从事这方面的研究。经过卢里亚的介绍，于当年秋到剑桥大学的英国化学家肯德鲁（1917—1997）门下，进行蛋白质和多肽晶体结构分析的研究。克里克当时也在剑桥——他从 1949 年到出生在奥地利的在剑桥工作的佩鲁茨（1914—2002）门下做博士论文。于是，同在一个办公室且关系很好的沃森和克里克，合作探索 DNA 结构。

富兰克林

20 世纪 40 年代末，核酸的功能及其结构越来越引起学术界的重视。当时全世界就有三个小组分别在研究 DNA 的晶体结构：剑桥肯德鲁门下的沃森和剑桥佩鲁茨领导的克里克；伦敦国王学院的威尔金斯和富兰克林——他们在兰德尔（1905—1984）的领导下，分别于 1950 和 1951 年开始各自独立系统地研究；美国加州理工学院的美国化学家鲍林（1901—1994）等。这里要说明的是，威尔金斯和富兰克林起初是合作研究的，后来因性格不合经常发生龃龉，导致富兰克林从威尔金斯小组中分离出来"单干"。

在 1949 年 11 月至 1953 年 4 月期间，沃森和克里克同威尔金斯和富兰克林有过几次重要的学术交往。例如，在 1951 年年底的一次交往中，富兰克林就指出沃森和克里克把含水量少算了一半，所以他们当时提出的 DNA 三螺旋结构的分子模型宣告失败。

1952 年 11 月 26 日，鲍林在不正确的资料误导下，也提出了一个 DNA 三螺旋结构的分子模型。这个消息经过鲍林在剑桥大学学习的儿子传给沃森和克里克后，沃森和克里克更加紧了工作。他们再次建立的DNA三螺旋结构，需要试验数据和照片来印证。

实验室中的富兰克林

1953年2月14日，沃森和克里克在威尔金斯处，看到了富兰克林在1951年11月拍摄的不同湿度下高清晰度B型DNA结构的X光照片，意识到他们的DNA三螺旋结构模型是错误的。这样，两个人根据威尔金斯的X光衍射资料和富兰克林的X光照片，就立即改变模型，很快就在几个星期内发现正确的DNA结构。这个史实在杰里米·诺曼——一位专门收藏诺贝尔奖得主手稿和信件的美国人那里得到证明：在沃森和克里克给富兰克林的一封信中，他们对富兰克林说，正是她和威尔金斯的这些照片以及此前的不断指引，才使他们走上了正确的跑道……

1953年4月25日，沃森和克里克联名在英国《自然》杂志上发表了DNA的双螺旋结构模型……

可是，在诺贝尔奖授奖的致辞中，沃森和克里克对富兰克林的贡献却只字未提；而威尔金斯只是淡淡地提到过富兰克林的"技术贡献"。此时的世界名人沃森和克里克不仅流露出对富兰克林的歧视，同时也成功地抹去了"绿叶"对发现DNA结构的巨大贡献。

其实，富兰克林的贡献是抹不去的。《自然》杂志在当年发表沃森和克里克论文的同时，还发表了威尔金斯和富兰克林分别署名的两篇实验报告。许多科学家和科学史家在追述这段科学史的时候，都给了包括鲍林、威尔金斯和富兰克林等的有关工作以应有的地位。

富兰克林拍摄的高清晰度
B型DNA结构X光照片

更不幸的是，富兰克林由于长期经受X射线辐射，年仅37岁就患上了卵巢癌。在1958年，也就是沃森等人获得诺贝尔奖的 4 年前，她悲惨地悄然辞世，也就永远无法向世界申辩，当了许多人不知道的"绿叶"。由于诺贝尔奖只发给活着的人，她今生今世也就和诺贝尔奖无缘了！富兰克林的辞世，也为诺贝尔奖评委会解决了一个难题——不成文的规定是，一次一个奖项的获奖人不超过 3 人。

2003 年 2 月 9 日，是纪念人类发现 DNA 双螺旋结构 50 周年的日子，随着富兰克林生平传记的问世，发现 DNA 双螺旋结构居功之最的富兰克林才被更多的世人所知。

英国著名科普作家马修·怀特·里德利（1958— ）说："是威尔金斯最先用 X 光得到 DNA 的图像，是他让克里克和沃森认识了 DNA，是他的图像启发了这两位科学家，而他的谦虚让其他人和他分享了诺贝尔奖。"在这项伟大发现中和富兰克林同样做出巨大贡献的威尔金斯，在一定程度上也逐渐被人们遗忘——直到 2004 年 10 月 5 日他辞世的消息传出以后，人们才"蓦然回首"。

纵观 DNA 结构的研究过程，可以感受人类探索自然之谜那艰难曲折而生动的画面。

1953 年 4 月 26 日，沃森等人在伦敦记者会上分发的双螺旋结构 DNA 照片

宗教不容进化论

——冷遇贫困的拉马克

提起生物进化论，人们必然联想到它的创立者英国生物学家达尔文（1809—1882）和华莱士（1823—1913）。其实，现代进化论还有一位更早的先行者——法国博物学家、生物学家拉马克。

就在达尔文出生的1809年，拉马克就出版了《动物学哲学》一书。此书和他在1801年出版的《无脊椎动物系统》一书，提出了他的进化论思想：各种动物都是逐渐生成的；从自然界最不完善的单纯动物到最完善的动物，是从低级到高级进化的；环境条件对植物和没有神经系统的动物有直接影响，对有神经系统的动物有间接影响；在动物习性和器官相互作用中存在两条著名法则——"用进废退"和"获得性遗传"。这就是"拉马克学说"的要点。虽然他的学说还存在着许多缺点，在观点上还有一些唯心主义的因素，但却为达尔文创立进化论和科学进化论的产生奠定了基础。他还最早发明和使用生物学一词。

1744年8月1日，拉马克出生在法国拉姆省皮卡第的一个破落小贵族之家。父母希望他过安定的日子，所以幼时就把他送入教会学校就读，以便将来成为一位牧师。1761—1768年，拉马克

达尔文　　　　华莱士

在军队服役，并因为在普法战争中作战勇敢被提升为上尉。当他在里维埃拉驻屯时，就对植物学发生过兴趣。1768 年普法战争结束，他因颈部患淋巴腺炎退役到巴黎。由于役金很少，他在一家银行就职，想成为一名金融家，其间又研究过气象学，想通过自学成为一个气象学家。

拉马克

1769 年，25 岁的拉马克仍在人生的道路上徘徊。神学家、音乐家、金融家、气象学家，他都梦想过，然而都无果而终。

决定一生命运的时候终于到了。

1770 年，拉马克进入巴黎高等医学院学习医学。因为必修课中包含植物学，所以他又接触了植物学。学习期间，他经常到特里亚农皇家植物园和巴黎皇家植物园听课，并在那里巧遇并结识了法国著名启蒙运动思想家卢梭（1712—1778），经常一起外出采集标本。特里亚农皇家植物园的园长、著名的植物学家朱西厄（1699—1777）对拉马克十分赏识，热情指导拉马克研究植物学。拉马克跟随他采集和研究植物标本达 8 年之久。朱西厄提出来的一套自然分类法体系，对拉马克有很深的影响。

1778 年，拉马克出版了三卷集的《法国植物志》，为自己在植物学界赢得了地位和声誉。巴黎皇家植物园园长、博物学家和数学家布丰（1707—1788）对他也十分重视，不但为他谋得了巴黎科学院院士和皇家植物学家的头衔，还聘他为自己儿子的导师。拉马克从此有了带着布丰的儿子去德国、匈牙利、荷兰和奥地利等国考察的机会，结识了许多植物学家，采集了不少植物标本。1782 年回国后，拉马克被委托撰写《植物学辞典》。这本辞典被收入出版商勒·布列顿策划、法国唯物主义哲学家狄德罗（1713—1784）主编的《百

布丰

科全书》中，作为植物学部分。布丰死后，拉马克担任了皇家植物园标本室主任。

当时，拉马克创立的进化论观点并没有被人们接受。相反，由于进化论打击了当时神创论、物种不变论和特创论等传统观点，所以受到冷遇和敌视。这样，拉马克并没有得到国家的任何物质或精神援助，以致生活十分艰难，于1829年12月18日在巴黎死去。

拉马克的学说受到冷遇和敌视还有第二个原因。虽然他的学说产生于法国资产阶级大革命时期，但他发表时已是拿破仑（1769—1821）时代，而晚年已是波旁王朝复辟的时代，这时重新得势的宗教神学和封建势力当然会因进化论触犯宗教的观点而群起攻之。拉马克在此恶劣环境下没有死于非命，已经是悲剧中的小幸运了。

从这一悲剧中可以看出，传统势力、宗教神学、封建势力是如何严重地阻碍科学的发展，给科学家带来灾难的。这正如英国哲学家弗朗西斯·培根（1561—1626）所说："历史是川流不息的，若不能因时变事，而顽固恪守旧俗，这本身就是致乱之源。"

拉马克学说受到冷遇和敌视的第三个原因是，他的学说并非完美无缺。例如证据不是很充足，有的解释不当。由此可以看出，科技的发展的确千曲百折！

拉马克的又一悲剧来自居维叶（1769—1832）的打击。当拉马克和另一法国生物学家圣提雷尔（1772—1844）这两位"伯乐"相中"千里马"居维叶之后，年仅26岁的居维叶就成为国立自然历史博物馆的比较解剖学教授。居维叶后来不仅成了杰出的比较解剖学家和古生物学家，而且成了能言善辩的活动家和组织者，曾任拿破仑时的教育部长和波旁王朝的内务部长。

这位19世纪初就开始拥有众多权势的"生物学界独裁者"居维叶，却恩将仇报，推行他的灾变说，打击主张进化论的恩师拉马克和圣提雷

居维叶

尔。在这个"学阀"和"官阀"的打击下，拉马克的悲惨处境也就可想而知了。举例来说，"皇上"拿破仑听了居维叶的谗言，居然在65岁的拉马克把他的《动物学哲学》呈献给自己的时候说："我接受这本书，仅仅是由于你灰白的头发。"随即就漫不经心地把这本著作随手扔给了侍从。

由此可见，当权力被像居维叶这样的"独裁者"掌握的时候，科学和科学家的悲剧也就难免了。如何营造一个没有这种"独裁者"的科学环境，是现代人必须面临的难题。

拉马克的第三个悲剧来自他的双目失明。1821年，由于长期在显微镜下观察低等动物，加之他的学说受到冷遇、敌视以及居维叶的打击，四个妻子都先后贫病而死或离他而去，再加上几个儿女夭折，心情抑郁的拉马克终于双目失明，接着就是9年的"暗无天日"。

好在拉马克并没有向反动势力屈服，而是进行着不屈不挠的斗争。他在77岁高龄双目失明之后，仍未放弃他拟写的十一卷集的《无脊柱动物志》。当时他已完成前九卷，后两卷坚持在同事的协助下口述，由他的女儿柯莱丽笔录完成。这种献身科学、万难不屈的精神使人肃然起敬。

拉马克一生历经不幸，穷得死后连一块墓地也买不起。他的女儿柯莱丽只好去租墓地安葬父亲。五年租期满后，拉马克的尸骨被挖掘出来，混葬在一个贫民公墓里。

拉马克铜像纪念碑，
1909，巴黎植物园

虽然拉马克几乎死无葬身之地，但他的进化论思想的潮流最终还是汇入科学的江河之中，为后人所承认。1909年，为了纪念他和他的《动物学哲学》出版100周年，巴黎植物园用向各界募捐来的钱，为他修了一座铜像纪念碑，碑底上刻着他4次结婚但仅存的唯一亲人——柯莱丽说过的一句话："您未完成的事业，后人会为您完成的；您取得的成就，后世总该有人赞赏吧！爸爸。"

近亲通婚结苦果
——摩尔根不幸"失足"

近亲通婚结苦果——任何人概莫能外。下面就是这样一个"外国名人版"的近亲通婚悲剧。

摩尔根

托马斯·亨特·摩尔根（1866—1945）是一位著名的美国生物学家，因为"发现染色体在遗传中的作用"，独享1933年诺贝尔生理学或医学奖。他在年轻的时候，是一位博物学家，由于后来主要从事胚胎学、遗传学、细胞学和进化论的研究，所以也被一些人称为实验胚胎学家和遗传学家。

摩尔根出生在美国肯塔基州的克列星敦，童年就对博物学产生了浓厚的兴趣。1882年，16岁的摩尔根进入州立农机学院攻读动物学，4年毕业后获得学士学位。随后到霍普金斯大学学习，1890年24岁获得博士学位。其后就一直从事生物教学和科研工作。1891年，他任布林马尔学院生物学副教授，1904年任哥伦比亚大学实验动物学教授，1928年到加利福尼亚工学院组建生物系，1932年被选为第六届国际遗传学会主席。

摩尔根在1933年独享诺贝尔生理学或医学奖，这主要是因为他和合作者发现了染色体在遗传中的作用。具体地说，他们确立了基因作为遗传单位的基本概念，确立伴性遗传规律和基因连锁互换规律，把孟德尔的性状遗传学推进到细胞遗传学的阶段。这些成就同遗传学的创始人、奥地利生物学家孟德尔（1822—1884）的遗传定律和分子遗传学一起，被称为遗传学发展史上耸立着的三座高峰。

青年时代的摩尔根也有过惨痛的失误并酿成重大悲剧。

青年时代，摩尔根和他的表妹、遗传学家莉莲·沃恩·摩尔根（1870—1952，婚前名莉莲·沃恩·桑普森——Lilian Vaughan Sampson）

孟德尔

相爱了。他从对印第安人的婚配习俗的研究中得知，血缘近亲的婚姻对子女不利，甚至可能生出怪胎和低能儿等，酿成难以挽回的悲剧，但是，他却堕入情网不能自拔，还是在1904年6月4日和表妹结了婚。虽然有情人终成眷属，暂时相亲相爱的生活也还美满，但随着四个孩子（一男三女）相继长大，这种幸福感则荡然无存。

原来，摩尔根唯一的儿子是个有缺陷的"半痴呆"。三个女儿中的两个也因遗传了某些缺陷先后死去；只有一个女儿伊莎贝尔·梅里克·摩尔根（1911—1996），成为约翰·霍普金斯大学的病毒学家，专攻小儿麻痹症。

家庭的不幸，使当年相亲相爱的摩尔根夫妇精神上受到巨大的打击，对当年的失误后悔不已。这时，有的朋友劝他再生育，以便有一个正常的孩子。好在摩尔根断然拒绝说："不，我'失足'的教训

莉莲·沃恩·摩尔根

还不够吗？我是个科学家，要为人类的人种负责。"就这样，摩尔根再也没要下一个孩子——他想要健康孩子的愿望，只能等到"梦中的明天"。

对于自己的失误及由此酿成的悲剧，作为也研究人种学的摩尔根，后来在他的《古代社会》中得出"不得在氏族内部近亲通婚"的根本法则。这就告诉他人：近亲结婚是不允许的，否则将自尝苦果。

摩尔根作为生物学家，让感情战胜了理智，明知近亲通婚的危害，却硬要以身试"法"——置大自然的"法"于不顾，最终自酿苦酒，这是很不应该的巨大失误和惨痛教训。现在世界上许多国家都有禁止近亲结婚的法律。例如，中国的婚姻法规定，直系血亲或三代旁系血亲禁止结婚。好在摩尔根没有一错再错，否则他的后代中或许会出现多个"半痴呆"。

近亲结婚的危害在于所生子女发生遗传病和遗传缺陷的机会明显增加，因为双方有共同的祖先，继承了某种同一遗传病的病态基因，本来双方都不外显的遗传病，在其子女身上就会爆发出来，成为外显的遗传病。通常在随机婚配的情况下，两个携带某种同一遗传疾病的病态基因的个体相遇机会很少，其后代发生遗传病的机会就会大大减少。

不过，凡事都有"例外"。在意大利东北部的斯图卡乐顿村，尽管人们都近亲通婚，但全都健康。据当地的传说，距今大约 800 年前一对恩爱的丹麦夫妇来到这里，该村的人大多是他们的后代。这个"近亲通婚后代健康"之谜，至今仍没有解开。

政治迫害遗传学
——瓦维洛夫冤死狱中

尼古拉·瓦维洛夫

奥地利生物学家孟德尔、德国生物学家魏斯曼（1834—1914）、美国生物学家摩尔根及其合作者的遗传学，为最终揭开生物遗传的奥秘奠定了坚实的科学基础。

然而，在 20 世纪 30—60 年代，却发生了一场声势浩大、旷日持久的围剿这种学说的运动，演出了空前的悲剧。

尼古拉·伊万诺维奇·瓦维洛夫（以下简称大瓦维洛夫）生于 1887 年 11 月 25 日。他是持上述遗传学观点的苏联著名植物学家。从 20 世纪 20 年代开始，他担任苏联列宁全苏农业科学院院长、苏联科学院遗传研究所所长和植物栽培研究所所长。他在收集世界各地植物品种资源方面的工作成绩卓著，为苏联农业育种提供了大量的原始资料，被全世界植物学界所称颂。

苏联著名果树育种学家米丘林（1855—1935）一生致力于通过外界环境的作用定向地培育新品种的研究，取得了很大的成绩。他特别主张用人的力量，创造一定的外界条件来控制生物的生长发育，培养出人类所需的新品种。他过分夸大了外界条件的作用，而对生物本身遗传基因对生物性状的决定作用有所忽略。虽然他对孟德尔的遗传规律曾表示过怀疑，但并没有把这种怀疑推广到整个遗传学；并且，他在晚期的一些著作中也承认孟德尔等人遗传学所说的基因的确存在。

大瓦维洛夫和米丘林虽然在诸如获得性遗传和无性杂种等问题上的学术观点有分歧，但并没有发生过争论。不但如此，大瓦维洛夫任农业科学院院长期间，一直支持米丘林的工作，1935年还积极支持选举米丘林为农业科学院院士。

与大瓦维洛夫持不同学术观点、在许多问题上支持米丘林的李森科（1898—1976）对待大瓦维洛夫，却没有大瓦维洛夫对待米丘林那么宽容了——他最终将大瓦维洛夫迫害致死。

1935年，第二次全苏集体农民突击队员大会召开以后，李森科担任了敖德萨植物育种研究所所长，后来被选为全苏农业科学院院士。

此后，李森科等人用他所说的"米丘林遗传学"来反对持摩尔根等人观点的大瓦维洛夫等学者，由此爆发了激烈的争论。争论的主要分歧是：摩尔根学派的支持者认为，生物体中存在着决定遗传的特殊物质——基因；而李森科一派则认为，基因并不存在。

本来，对学术观点持不同看法，属于学术上的正常分歧意见，但不幸的是，这时政治和行政介入了科学。

1935年双方争论公开化以后，李森科就不顾大量的科学事实，否认孟德尔遗传规律，反对开展有关研究工作。例如，他坚决反对当时美国及其他各国包括苏联内都在进行研究的、利用自交系杂交优势培育高产抗病品种的工作。于是，这项工作在苏联就被迫停止了；而在美国则一直坚持下去，最终成为美国玉米高产的重要措施。又如，李森科否认多倍体在育种工作中的作用，这项工作也停止了；而后来的工作证明，利用多倍体的方法可以培育出优良品种。

以李森科为主编、以他的"良师益友"泼莱任为副主编的《春化》杂志，在1937年第1期上转载了斯大林在党中央会议上的讲话《论党的工作的缺点和消灭托洛茨基分子及其他两面派

米丘林

的办法》。接着泼莱任撰写论文，把党在政治上的敌人与大瓦维洛夫等科学家画上等号。其他一些杂志也说什么"资产阶级理论帮助伪科学同外国植物一起渗入了研究所"。这类攻击得到苏联政府一些高级干部的支持。

李森科

遗传学上的学术争论被强行纳入政治轨道之后，就很快升级为揭露"人民的敌人"的"阶级斗争"。例如，当时的列宁全苏农业科学院院长莫拉洛夫，因为没有无条件支持李森科的某些理论，就受到李森科和泼莱任的责难。不久，莫拉洛夫等人被捕。

1938年，李森科鸠占鹊巢成为农业科学院院长，一年之后当选为苏联科学院院士。这一时期，有的细胞学实验室被关闭，有的细胞学家被调离工作岗位。李森科则提出要把摩尔根等人的遗传学"从学校和教学计划中删除"，他还将大瓦维洛夫指为"科学上的反动派"。这时的大瓦维洛夫虽然处于受压一方，但仍能坚持自己的观点。

然而，"红色恐怖"最终还是来临了。1940年8月，大瓦维洛夫和他的助手们被诬陷，以"科学事业的破坏者""国际间谍"等罪名被捕入狱。大瓦维洛夫被捕后，他在科学院的遗传研究所所长和植物栽培研究所所长等职，改由李森科担任。此后，李森科派力量越来越大。

1943年1月26日，大瓦维洛夫在狱中被残酷折磨至死。死前1942年秋，英国皇家学会正式聘请大瓦维洛夫为会员，苏联当局竟让他的弟弟、苏联物理学家谢尔盖·伊万诺维奇·瓦维洛夫（1891—1951）出面去接受聘书。其弟弟也是一位著名的科学家，他于1933年任苏联科学院院士，有创立发出冷光现象的一般理论等成就，先后两次获斯大林奖，也许苏联当局让他出面，认为多少能摆脱一点囚禁大瓦维洛夫的尴尬吧！

大瓦维洛夫等人的悲剧和苏联遗传学的悲剧是政治介入、行政干预的结果。它的危害遗留了很久。在摩尔根等人遗传学的基础上，现代分子遗传学和遗传工程技术突飞猛进地发展，而当时对摩尔根遗传学进行批判的中国和苏联，至今还远远落在后面；不但如此，整个科学的发展也受到严重的影响。这段历史，值得我们好好总结。

　　首先，学术争论不应该，也不可能用行政命令或政治手段来解决，只能采用"百花齐放，百家争鸣"的办法来解决。理论是否正确，并不取决于权重势大人多，只能由科学实践来检验。

　　其次，闭关锁国、听不进不同意见，必将导致落后。

　　最后，人民要善于识破骗子、野心家的各种阴谋伎俩，使其不能兜售其奸。

　　拉大旗作虎皮，是这类伎俩中的一种。李森科要把大瓦维洛夫等论敌置于死地，也采用了这种策略。

新教凶于基督教
——塞尔维特惨遭毒手

在人体生理学中，贯穿全身的血液运动规律具有重要地位，对它的正确认识有助于进一步揭开人体其他部分的奥秘。

盖伦

在著名的古罗马医学、解剖学家盖伦（约130—199）看来，人体主要的器官有三个：肝脏、心脏和大脑；"灵气"也有三种："天然灵气"即"自然灵气""生命灵气"即"活力灵气"，以及"动物灵气"即"灵魂灵气"。

盖伦的血液运动理论，可以概括为肝脏－静脉系统的潮汐运动与动脉系统－人体的单向吸收——这两大运动之间通过左右心室间互通的隔膜相联系。总之，"完善的循环只有在天上才会出现"——血液在人体内是不循环的。由于他的学说很大程度上与基督教的教义相符，因此他的权威性受到教会的长期支持。对他的观点提出质疑的人，往往被视为"异端"而遭到迫害。

1543年，比利时解剖学家安德烈·维萨里（1515—1564）出版了《人体构造》一书，书中对盖伦的著作中的200多处错误进行了纠正。其中盖伦误认为成年人的心室隔膜有孔，而维萨里则通过解剖发现，这个孔纯属子虚乌有。于是他说："在不久以前，我不敢对盖伦的意见表示异议。但是中隔却是与心脏的其余部分一样厚密而结实，因此我看不出即使是最小的颗粒怎样通过右心室到左心室去。"由此可见，维萨里已经发现了盖伦"左右心室相通"的错误，走到了血液循环说的边缘，不过他却戛然止步。这是《人体构造》的重大缺陷，而弥补这一缺陷的任务则留给了他在巴黎大学医学院的同学和挚友——迈克尔·塞尔维特。

1511年9月29日，塞尔维特出生在西班牙阿拉贡的纳瓦拉，最初就读于法国图鲁兹大学，后于1536年在巴黎大学医学院学习，并在这里与维萨里相识。他们曾一起盗尸并一起偷偷解剖人尸。塞尔维特在这里学习时间不长——因为反对作为"天意"的"占星术"而被教会逐出巴黎。

塞尔维特虽然被赶出了条件相对较好的求学之地，但他却没有因此而消沉，而是更加刻苦地研究解剖学，终于发现了人体心肺循环即小循环：血液并不是通过心脏中的隔膜由右心室进入左心室的，而是经由肺动脉进入肺静脉，与这里的空气混合后再流入左心室的。

"我们要理解血液为什么就是生命所在，那首先就必须知道由吸入空气和非常精细的血液所组成和滋养的活力灵气是怎样产生的。活力灵气起源于左心室，尤其是肺促使它形成；它是一种热力所养成的精细的灵气，浅色，能够燃烧……"塞尔维特在他于1553年匿名出版的书《基督教的复兴》中，首先明确地阐明了这种小循环，"它是由吸入的空气和从右心室流向左心室的精细血液在肺中混合形成的。这种流动不是像一般所说的那样经过心脏的中隔，而是有一种专门的手段把精细的血液从右心室驱入肺中的一条直通道。它的颜色更淡，并从肺动脉进入肺静脉。在这里，它同吸入的空气相混合，其中的烟气通过呼吸清除掉。最后同空气完全混合，并在膨胀时被左心室吸入，它就成为真正的灵气了。"

维萨里

此外，塞尔维特还在这本书中用血液的小循环批判了前述盖伦的三灵气说。他认为人体中只有一种灵气，这种灵气本来存在于空气之中，如上所述通过肺的呼吸在肺部与来自右心室的血液结合再进入左心室形成灵气，并运动到全身。他还在这本主要是宣传唯一神教的神学书中，用小循环来批评正统基督教的"三位一体"学说。唯一神教是当时基督教（新教、天主教和东正教是它的三大教派）的共同敌人。于是一场残酷的迫害就开始了。这里提到的三位一体学说，是基督教的主要教义之一。它认为，上帝即天主只有一个，但这一个上帝却具有上帝圣父、上帝圣子和上帝圣灵（或称天主圣神）这三个"位格"。

事实上，对塞尔维特的迫害这已不是第一次了。年轻时，他就写过一本名为《论三位一体的错误》的书，批评了神学的荒谬，差点因此被捕。

这次迫害来得迅速而凶猛。在被告发之后，宗教裁判所立即将他逮捕入狱，并判处其火刑。好在塞尔维特的朋友们及时营救，他才从监狱里逃了出来，到了瑞士日内瓦。

不幸的是，不到4个月，死里逃生的塞尔维特，再次在日内瓦被他在巴黎时的"好朋友"和论敌加尔文（1509—1564）告发而被捕。

加尔文为什么要告发塞尔维特呢？原来，加尔文是新教中三大教派之一的"归正宗"即"加尔文宗"或"加尔文教"的创始人。他当然把主张唯一神教的塞尔维特看成眼中钉了。新教的三大教派，还有英格兰的国教"安立甘宗"——它是"英格兰的"之音译，在中国常称"圣公会"，以及"路德宗"——它的创始人是德国著名宗教家马丁·路德（1483—1546）。

塞尔维特

厄运难逃的塞尔维特再次被判火刑。有人劝说宗教裁判所人道一些，把火刑改为剑刑，或是火刑前勒死再烧，但都没被采纳。加尔文要用文火细烘慢烤，直到塞尔维特受尽煎熬折磨，痛苦地惨死成灰。

1553年10月27日，是人类史上最残酷和最黑暗的一天。在日内瓦广场上，塞尔维特被牢牢地锁在火刑柱上。他被活活地烤了两个多小时，最后惨死在火刑柱上……

塞尔维特被烧两个多小时

"抬头望天只见雁两行，低头泪水为我卸了妆。"我们要用今天的歌声沉痛哀悼400多年前惨死的塞尔维特……

与此同时，塞尔维特的《基督教的复兴》也被付之一炬。不过，还有3本手抄本幸存下来，后人才有幸了解到他的工作。

由于塞尔维特的书绝大部分被焚，因此很难估计他有关心脏中隔不透过血液，和血液从右心室通过肺循环到左心室的小循环新观点所产生的影响。这种看法，维萨里的学生、帕多瓦的吕亚尔都斯·哥伦布（1516—1559）在他去世那年也说过，但是人们普遍认为，塞尔维特的小循环，统一并纠正了盖伦的动脉和静脉这两个独立的血液运动系统，已经为血液循环说铺平了道路。如果不是因为塞尔维特被残酷迫害致死，那么血液循环说和随之而来的一切生理学和医学进步，本来可以提早半个世纪发生，而无须等到英国的哈维（1578—1657）及其后的来者。

"新教徒在迫害自然科学的自由研究上超过天主教徒。塞尔维特正要发现血液循环过程的时候，加尔文就烧死了他，而且还活活地把他烤了两个钟头；"对于塞尔维特的惨死和他几乎要发现血液循环说这两件事，恩格斯在《自然辩证法》中精彩地评论说，"而宗教裁判所只是把乔尔丹诺·布鲁诺简单地烧死就心满意足了。"

那么，无以复加地残酷迫害塞尔维特的加尔文是个什么货色呢？原来，他是16世纪的神学家和宗教改革家。原籍法国，1541年后定居瑞士日内瓦，建立新教会，废除主教制，代之以资产阶级共和式的长老制，并同日内瓦城市政权结合成政教合一的体制。他以"异端"

罪名迫害和屠杀过很多人，确实是一个迫害狂。

然而，那时宗教对科学家的残酷迫害和对科学研究的围剿，却无法阻挡真理的传播和科技文化发展的滚滚洪流。倒是越来越多的人从中看出他们狰狞的面目和愚蠢。在《袖珍神学》中批判他们的法国唯物主义哲学家霍尔巴赫（1723—1789），就是其中一个："不信教的人……用他们凡人的眼光看见我们神圣的教会里无非是一些愚人蠢事……"

是的，历史终归不是宗教教会里某些愚人干些蠢事就阻挡得了的。于是塞尔维特几乎发现的血液循环说，"就必然会紧接着被发现了"。

加尔文

塞尔维特的惨死表明，宗教对持"异端邪说"的科学家的迫害，是何等骇人听闻、惨无人道，又是何等严重地阻碍科学的正常发展啊！科学之川真是一条密布险滩恶浪的曲折长河，一叶扁舟之上的科学家一不小心就会被其吞没。你如果选择了科学"探险"之旅，就一定要清楚旅途中不只将享受战胜险滩恶浪之乐，还将面临葬身鱼腹之苦。

《人体构造》招横祸

——维萨里赎罪惨死海岛

16世纪30年代一个漆黑的夜晚，巴黎郊外的刑场上矗立着一个个阴森森的绞刑架，几具刚被绞死的尸体在寒风中微微晃动。突然，一个黑影闪过刑场，躲开巡逻兵，背着一具刚从绞架上放下来的尸体飞快地奔跑。接着，他偷偷和伙伴们一起赶着马车，把这具尸体拉回自己的住所……

他是谁，为什么要冒着危险偷偷地半夜盗尸呢？

几年以后，又是一个漆黑的夜晚，威尼斯共和国（位于今意大利境内）的帕多瓦大学已万籁俱静，唯独学校大楼一角的动物解剖室内，隐隐约约射出微弱的烛光。只见一位年轻的学者手握银光闪闪的解剖刀，对着一具僵硬的人尸，进行了西方医学史上第一次完整的人体解剖。

这个年轻人是谁？他为什么要在夜阑人静之时偷偷地进行人体解剖？

上面的两个"偷偷者"，是同一个人——著名的比利时外科医生、近代人体解剖学的奠基人安德烈·维萨里。

1515年1月1日，维萨里出生在比利时布鲁塞尔的一个医学世家，少年时他在布鲁塞尔上学。父亲曾给西班牙国王查理五世当过药剂师。在长期的医学熏陶下，维萨里立志要像父辈那样成为医生，为病人解除痛苦，因此，早在少年时代，他就对医学产生了浓厚的兴趣，特别是解剖学。每天放学回家后，他经常一个人在房间里专心致志地解剖小动物，并绘制这些动物的内部结构图，这为他日后的工作锻炼出了灵巧的双手和积累了一些初步的医学知识。1530年，他在卢万大学卡斯尔学院求学，后来转到蒙派尔医学院。1533—1537年，他在巴黎大学医学院留学。

就在巴黎求学期间，一次维萨里到郊外散步。突然，一个谁也不愿靠近的绞刑架映入了他的眼帘——上面挂着一具完整的尸体。原来，这里是法国总监狱的刑场，被绞死的人还没有放下来。当时，巴黎郊外的墓地管理混乱，有些尸体埋得不深。他就成了这里的常客——悄悄地收集了大量的人体骨骼，用来做研究。他还是没有完整的尸体供解剖，于是在一天夜深人静之时，就有了前面盗尸的一幕。

那维萨里为什么要偷偷摸摸地干呢？

当时，虽然欧洲正值文艺复兴时期，各种新思想蓬勃兴起，使医学教育也受到不小的冲击，并且此前13世纪的开明皇帝弗里德里希二世，由于对解剖学研究产生了兴趣，曾允许解剖人体；但是由于中世纪精神桎梏的长期束缚和影响，人体解剖仍然被认为是亵渎神灵的行为而被绝对禁止。任何一个敢于进行人体解剖的人，都将因此触犯教规而被处以极刑，因此，不少医学院的解剖教材中，还是把动物作为解剖标本。课堂上，由一个理发师解剖这些动物，而教授则在讲台上手捧1 300多年前古罗马解剖学家盖伦早已过时的著作——但常视为医学上的"圣经"——照本宣读，使许多病人被误诊而丧生。要求解剖人体的呼声也就越来越高。

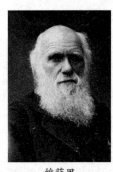

维萨里

这种呼声在强大的宗教势力面前太微弱了。除了像巴黎大学医学院和蒙派尔医学院这种为数不多的大学，有每年解剖一具死刑犯尸体的"特权"外，其他大学和科研单位一律不许解剖人尸。"我在巴黎大学医学院3年，只参加了两次尸体解剖，真是少得可怜！"维萨里曾对此抱怨说，"没有人指给我看过一次骨骼、肌肉

（除了一些撕烂的腹肌），更谈不到血管。"

解剖人尸，维萨里挑灯夜战

在这种无法做人体解剖和无良好防腐技术的情况下，为了揭开人体结构的奥秘，为了避开宗教的迫害，维萨里别无选择，就只好黑夜盗尸。

维萨里的唯物主义、不迷信权威的治学方法却不受欢迎，他曾在课堂上与教授们发生过盖伦对还是错的争论，由此引起了迷信盖伦权威的守旧派的仇恨和攻击。1537年巴黎大学医学院拒绝把学位授予已完成学业的维萨里，他只好被迫在当年离开巴黎，去了威尼斯共和国的帕多瓦大学。于是有了前面挑灯夜战的一幕。

1537年12月6日，当时相当开明的帕多瓦大学敬慕维萨里的才华，破格授予他医学博士学位，并聘他为外科兼解剖学教授。在教学之余，维萨里全力投入人体解剖工作，经过5年奋斗，28岁的维萨里终于1543年6月在巴塞尔出版了《人体构造》。

划时代的巨著《人体构造》共分7卷，其内容分别是对骨骼、肌肉、血液、神经、消化、内脏、脑和感觉器官这7个系统的论述。它在历史上第一次较全面、系统地揭示了人体内部的真实构造，许多应用至今的解剖学名词、概念，如胼胝体、鼻后孔、砧骨等，都是他在这部书中提出来的。这部书的问世，标志解剖学来到近代解剖学的新起点，为此，人们把1543年称为医学中近代解剖学的诞生之年，维萨里也被尊为"近代解剖学之父"。

《人体构造》在用解剖学"事实说话"的同时，还指出了盖伦以及他继承的亚里士多德等人的200多处关于人体解剖学方面的错误。例如，男孩比女孩多两个牙齿的错误。又如，盖伦认为《圣经》上说上帝抽出亚当的第一条肋骨造出夏娃，因而男人的肋骨比女人少一条。再如，盖伦认为人的腿骨像狗骨一样是弯的，而维萨里则说是直的。此外，亚里士多德诸如"心脏是生命、思想和感情活动的地方"这类错误观点，也被维萨里纠正——大脑和神经系统才是这些高级活动的场所。

还值得一提的是这本书中附有人体结构的300多幅精美的插图。这一点超过了任何一本此前的解剖学著作，这是因为西方在德国发明家古腾堡（约1400—1468）在15世纪中叶发明近代印刷系统之前，有插图的书籍很难保持原样流传。对解剖学来说，插图的重要无须赘言，于是维萨里的书就绝妙空前了。著名的意大利画家提香的一位高足担当了绘图工作，在有绘制解剖图基础和有人体解剖实践的维萨里的指导下，插图画得极为清楚、准确、精致，以至于今人还对当时印出的那些插图赞叹不已。

《人体构造》不但没有给维萨里带来应有的荣誉，反而招致保守派的漫骂和攻击。他们暴跳如雷，甚至到了发狂的地步。例如维萨里在巴黎大学时的老师、著名解剖学家雅可夫·西尔维就说："疯狂代替了维萨里"，骂他是"疯子""狂人"。西尔维认为盖伦绝对不可能有错误，维萨里解剖人体得出的事实与盖伦的说法不符是"人体结构有了改变"，不是盖伦有错；大腿骨是直的而不是盖伦所说的弯的，其原因是"近代人穿细腿裤的结果"。宗教界的恐惧和恼怒也自然产生——因为他们奉为"圣明"长达一千多年的权威盖伦被推翻

维萨里描绘的人体肌肉

了，"圣经"被证明有误了，宗教裁判所的禁令被摧毁了。于是，攻击、谩骂就和医学界的保守派形成了大合唱。而宗教界还有一个"撒手锏"，那就是凭借手中的权力进行"合法"的迫害。于是《人体构造》被宗教书刊检察机关列为禁书，各种迫害和非难接踵而来。

面对这些攻击、谩骂、非难、迫害，维萨里并没有屈服。他毫无惧色地回击说：

"我要以人体本身的解剖来阐明人体的构造。盖伦所进行的尸体解剖不是人的，而是动物的，特别是猴子的。这不是他的过失，因为他没有其他机会。现在眼前有了人体器官可供观察却仍然坚持错误的那些人，才是有罪过的。难道为了纪念一位伟大的活动家，就必须表现为重复他的错误吗？决不可以不进行自己亲身的观察，只坐在讲坛上重复讲书本里的内容，像鹦鹉一样。那样对听讲人来说，倒不如向屠夫学习更好些……"

1544 年即《人体构造》出版的第二年，备受攻击、非难的维萨里被迫离开帕多瓦大学去了西班牙。在那里待了 20 年。在此期间，他赢得了查理五世皇帝的信任，并担任了他和他的继承人菲利普二世的御医。不过，宗教反动势力并没有因此而放过他。一次，维萨里在为一位年轻的贵族女子进行死后的验尸解剖后，竟被宗教反对势力借机无中生有地诬为对活人进行解剖，杀人致死。于是宗教裁判所借此提起公诉，最终判维萨里死刑。

幸好西班牙国王了解实情，出面干预，才免了维萨里的死罪，但"赎罪"的条件是，必须去基督教的圣地耶路撒冷"朝圣"，以示"忏悔"。

于是，维萨里在 1563 年离开西班牙宫廷，去耶路撒冷，途中他又重访了帕多瓦。一路上，他仍坚持宣传自己的学说，还经常解剖病死者的尸体来寻找病因。不幸的是，他从巴勒斯坦的耶路撒冷返回欧洲的途中，所乘的船在希腊南海岸遭到风暴袭击，船遇难翻沉，他被海浪冲到赞特的爱奥尼亚群岛上才幸免于难。不过死神还是随后就召见了他：身患重病的维萨里在岛上备受折磨之后，大约在 1564 年长眠于异国他乡。他的同伴为他举行了庄重朴素的追悼仪式，最后把他葬在赞特岛上的圣母教堂公墓。

维萨里的悲剧使科学的曲折之路、科学家的艰辛之旅再次凸现在我们面前：发现问题难，让别人相信自己的发现更难，特别是在宗教势力严格控制下的欧洲这类环境下，要人们相信与宗教教义、与传统观念相悖的理念更是难上加难。

"纸上得来终觉浅，绝知此事要躬行。"维萨里研究人体构造的成功表明，要想获得真理就必须实事求是，尊重而不是无视客观事实——这是科学精神的精髓；不迷信权威，亲自参加实践活动。他的成功还表明，只有勇于同传统观念决裂，敢于蔑视像反动宗教势力这样的邪恶势力，才能攀上科学的高峰。

维萨里的悲剧命运仅仅是他同时代进步医学家命运的缩影。造成这些悲剧的根本原因是黑暗的封建社会下邪恶的教会势力及顽固而强大的保守势力。

创血液循环说遭殃
——哈维被诬"神经病"

"哈维由于发现了血液循环，而把生理学确立为科学。"恩格斯说。

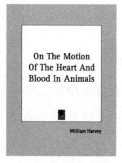

《心血运动论》封面

1628 年，英国生理学家威廉·哈维出版了《关于动物心脏与血液运动的解剖研究》（简译《心血运动论》），公布了血液循环说。这部书可与 1543 年哥白尼的《天体运行论》相提并论：《心血运动论》彻底推翻了由教会扶持的长期统治医学领域的盖伦派的权威，给传统观念又一次致命的打击，从而导致医学上的大革命，开辟出近代生理学之路，宣告生命科学新纪元的到来；《天体运行论》推翻了宗教神学在天文学上的统治地位，从而掀起了天文学的大革命。

血液循环，分为体循环即大循环，以及肺循环即小循环。对它们的研究，历尽两千年的曲折。

公元前 3 世纪，古希腊解剖学家赫罗菲拉斯在解剖人体时发现了血管，并第一个区分动脉和静脉。

2 世纪，盖伦在活体中第一次发现血液流动，认为肝脏产生血液，涨落于静脉之中，经全身消耗殆尽。可见盖伦并不具备今人已有的简单常识——血液是循环的。

16 世纪，意大利科学家达·芬奇纠正了盖伦所说的心脏只有两腔的错误，指出有四腔。

1543 年，维萨里的《人体构造》，第一次系统地揭示了人体的结构，并具体地纠正了盖伦所说的心脏中隔有孔可流过血液等谬误，为血液循环的研究提供了解剖学基础。

1553 年，塞尔维特发现了小循环。

1603 年，意大利解剖学家、外科医生法布里修斯（1537—1619）出版了《论静脉瓣膜》一书。书中描述了静脉内壁上神奇的小瓣膜——它永远只向心脏方向打开，而向相反的方向则"此路不通"。

法布里修斯没能看到小瓣膜的真正作用是影响血液循环本身，因为他仍然迷信盖伦而相信血液运动如潮汐涨落，从而也失去了发现血液循环说的良机。法布里修斯是法娄皮欧（1523—1562）的学生，法娄皮欧又是维萨里的学生，于是创立血液循环说的任务就由在帕多瓦大学的四代师生中的最后一代——法布里修斯的学生哈维来完成了。

1578 年 4 月 1 日，哈维出生在英国肯特郡福克斯通镇一个富裕的财主之家，父亲曾任该镇镇长。他从小就喜欢和小猫、小狗、小鸡等动物一起玩耍，总是对家附近的屠宰场里的猪、牛和羊的内脏很有兴趣，甚至把它们拿回家去研究。10 岁时，因英语和拉丁语成绩优秀，他得到进入当地最有名气的坎特伯雷中学学习的机会。1593 年哈维以优异成绩考入剑桥大学冈维尔–凯厄斯学院，4 年后毕业并取得文学（一说医学）学士学位。后来他弃文学医，就取道德、法，到了当时医学研究的中心——意大利帕多瓦大

法布里修斯

法娄皮欧

哈维

学，师从法布里修斯深造，于 1602 年取得医学博士学位。

当时，伽利略等人也在这所政策开明、学术自由的大学执教。哈维在这里深受进步思想的影响，认识到旧哲学的无用和实验的重要性。于是，他在《心血运动论》中写道："无论是教解剖学或学解剖学，都应以实验而不是书本为依据，以自然为师而不是以哲学家为师。"

1602 年，哈维回伦敦定居开业行医。法布里修斯在 1603 年发现静脉小瓣膜只能单向开启之后，哈维一边行医一边思考着这样的问题：既然瓣膜使血液只能从静脉流向心脏，而心脏中又有瓣膜使血液只能从心脏流向动脉，这就意味着存在一个血液由静脉流入心脏，再由心脏流入动脉的单向流动过程；那么，在动脉末梢和静脉末梢间有没有什么联系呢？他继续着解剖学研究，特别对心血管系统进行了细致的解剖学考察。

1607 年，哈维被选为皇家医学院院士，两年后受聘为伦敦圣巴塞洛缪医院医生，并在这个医院的医学专科学校和剑桥大学讲授解剖学课程。1615 年，他被聘为皇家医学院解剖学讲师。1618 年，他担任英王詹姆斯一世（1566—1625）的御医。詹姆斯一世退位后，他在 1632 年继续担任继位的英王查理一世（1600—1649）的御医。

在 1616 年一次授课时，他公布了血液循环说的大致轮廓，直到 1628 年发表《心血运动论》。

《心血运动论》共 17 章，它的精髓是精辟而简洁的创新观点：人体内的血液通过一个闭合血管体系循环不止，循环的动力来自心脏肌肉的收

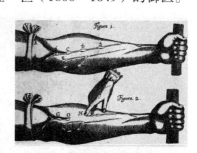

《心血运动论》中有
关血液循环的演示图

缩。虽然这本书只有 72 页，但却为近代生理学的诞生铺底奠基，所以哈维被称为"近代生理学之父"，《心血运动论》则成为"全部生理学史上最重要的著作"。《心血运动论》的另一个伟大之处，是它高瞻远瞩、充满豪气和自信的科学预见：尽管哈维当时没有足够的技术把动脉末梢的微小联结通道——毛细血管找到，但他还是天才地预言了它的存在。在他死后 4 年即 1661 年，意大利解剖学家马尔比基（1628—1694）、荷兰科学家列文虎克（1632—1723），就分别用显微镜把毛细血管找到了——正是它们，把动脉和静脉连接成一个"可循环的管道"。

血液循环——一笔简单的乘法账，在盖伦之后 1 300 多年竟然没有一个人能算清！最终哈维算清了：心脏每分钟跳动 72 次，每次从静脉流入心脏并从心脏流出的血都分别是 2 盎司（这也是左心室的容量），于是每 1 小时从心脏流出的血就是 $2 \times 72 \times 60$（盎司）=8 640（盎司）=540（磅）（1 磅 =16 盎司 $\approx$ 453.6 克）——超过常人体重的 3 倍。显而易见，在 1 小时内，这么多的血既不可能从静脉末梢（或者盖伦说的肝脏）制造出来，也不可能像盖伦说的那样由肝脏产生并在静脉末梢消耗殆尽，它们必定是通过某种途径形成一个循环。由此可见，从盖伦的错误到哈维的成功，历尽了"千年的风霜"！

血液循环——一个今人的简单常识，如果从公元前 3 世纪赫罗菲拉斯发现血管算起，经历了近两千年之后才被哈维发现，确实走过了"水千条山万座"！

马尔比基

列文虎克

这样，在诸如《影响世界的 100 件大事》（列第 38 位）、《历史上最有影响的 100 人》（列第 57 位）与《影响世界的 100 本书》（列第 90 位）等书中，都提到哈维或他的

《心血运动论》，就不足为奇了。

当然，血液循环说不仅是英雄的作
品，也是时代的必然产物：在早于哈维的
16 世纪，葡萄牙医生阿马托·鲁西塔诺
（1511—1568）就通过解剖实验，笃信血
液循环。

《心血运动论》的出版，却没能给哈
维带来好运。

《动物的生殖》卷首页

首先，它的出版招致保守学者和教会的攻击谩骂——内容只不过
是借助于盖伦那些陈词滥调。对此，哈维早有思想准备。他在《心血
运动论》的序言中就已经写道："所有世人将和我作对，因为习惯是
人的第二天性……不过，现在我的赌注已经下定，一切都寄托于爱真
理的热情和思想。"

其次，随着上述攻击谩骂而来的，是哈维的医业衰落。本来，
哈维是伦敦的名医——由于医术高明，经常给国王和哲学家弗朗西
斯·培根看病。随着反对者对他的贬低，一些患者就认为他是精神失
常的医生——大街小巷中卖药的小贩，都用"循环的人"（这个词在
拉丁文中相当于"庸医"）作为他的绰号，以此来羞辱哈维。

其后，哈维还在英国内战中遭了殃——住宅被洗劫一空，手稿、
图表和收藏的解剖标本都被毁掉。

哈维并没有因为攻击谩骂、医业衰落和家产被毁而却步，他继续
进行着研究。

1648 年，英国第二次内战结束，查理一世被俘投降并于次年 1
月 30 日在白厅宴会厅前被送上断头台，成为英国历史上唯一被公开
处死的国王。内战结束后，哈维得以重返伦敦。在顶住了《心血运动
论》招致的攻击谩骂之后，他终于在 1651 年出版了第二部生物学著
作《动物的生殖》。这本书提出了一切动物包括人都是从一个卵子进
化而来的科学观点，标志着当代胚胎学研究的肇始，他也成为胚胎学

的奠基者。有趣的是，他的师祖法娄皮欧是输卵管的发现者。

1654年，伦敦皇家医学院选举哈维当院长，但他谢绝了这一荣誉。1657年春，哈维病重，辞世前用自己的积蓄修了一座图书馆和一座会议厅赠给了伦敦皇家医学院。他还立下遗嘱，把他的全部财产捐赠给这个学院，并确定从中抽取一部分资金来奖励每年对医学有贡献的人。这个学院认为哈维是它的光荣，在他生前就在学院的大厅里立起了他的塑像。

1657年6月3日，发现血液循环的哈维，在伦敦停止了血液循环。

哈维不幸中的大幸，来自他坚定的信念和勇往直前、不怕牺牲的精神。否则他就会像康托尔和迈尔那样，在成果未被世人承认、学说受人攻击时，被逼成神经病，活不到79岁。哈维的成果在生前并未被人接受，但他仍处之泰然。这种态度和信念坚定及不怕牺牲的精神，值得我们好好学习。

哈维是怀着遗憾辞世的，他负疚的是由于学说未被广泛承认，使生理学、解剖学和医学发展迟缓。

真理的光辉是遮拦不住的，随着马尔比基、列文虎克发现了毛细血管，以及17世纪中叶对血液循环说的完善，哈维的理论逐渐被

哈维逝世300周年邮票，苏联1957年发行

人们接受。加之本来反对他最最起劲的法国，也因为笛卡儿对他的支持和影响逐渐改变了态度。到了17世纪60年代，《心血运动论》已被广泛承认。1878年，在哈维诞辰300周年之际，英国伦敦医学学校为他举行了纪念大会；1881年和1883年，在法国克斯敦市建立了哈维的铜像和纪念馆；1905年，美国成立了哈维学会……

被开除和逼疯
——"母亲的救星"塞麦尔维斯

在奥地利首都维也纳的广场上，有一位医学家的雕像。许多母亲都怀抱孩子来到这里，缅怀为她们缔造幸福的这位先驱者。

这位医学家是谁？对他"情有独钟"的，为什么单单是母亲们呢？

1840年一个细雨蒙蒙的早晨，一辆满载着旅客的马车驶离当时属于奥地利统治的布达佩斯。车厢里一位唇蓄短须的青年，透过灰暗的车窗默默地告别了故乡。这位目光坚毅的青年，名叫伊格纳兹·菲利普·塞麦尔维斯（1818—1865）。他要到维也纳学医来解救受苦受难的人民，拯救被异族奴役的祖国。经过刻苦攻读，他以优异的成绩于1844年从维也纳大学获得医学博士学位。1846年，他到维也纳有名的凡尼兹综合病院第一产院当了产科医生。

当时的欧洲，约20%的产妇在产后死亡，主要原因是患了"产褥热"。例如，塞麦尔维斯负责的病房里有206位产妇，因产褥热就死了36人。

产褥热是一种与孕妇分娩或产褥期相伴出现的古老疾病，患者发高烧、打寒战，下腹胀痛难忍，恶露多且有臭味，最后丢下可爱的宝宝悲惨离世。产褥热在"西方医学之父"、古希腊名医希波克拉底（约公元前460—前377）的著作中就被提到过，但一直没能有效防治，17—18世纪，曾在欧洲大规模流行。

塞麦尔维斯决心攻克产褥热。"功夫不负有心人"，他终于发现

塞麦尔维斯

产褥热是医护人员不注意消毒，病人被交叉感染所致，因此，他要求医生和助手事先用漂白粉认真洗手，同时对医疗器械消毒。这样，他所在医院的产褥热发病率从 12% 降到了 1.2%。而启发他灵感的，是他的好友、奥地利维也纳总医院法医学教授雅可比·科勒兹齐卡（1803—1847）的不幸死亡。

原来，科勒兹齐卡在 1847 年 3 月上旬的一天依法解剖一名死于产褥热的妇女尸体时，不慎划破了手指，伤口发炎引起了败血症，随即在 3 月 13 日辞世。对于好友的死，塞麦尔维斯除了悲痛欲绝，还对这一当时是司空见惯的死亡事件进行了认真细致的思考。他把科勒兹齐卡的尸体与死于产褥热妇女的尸体对比分析，发现病理改变非常相似，意识到两者是同一死因——某种腐败的东西或尸体物质。于是，用消毒法治疗产褥热就开始了。

医院死人是必然，好友的死是偶然。善于抓住偶然机会的不是别人，而是别具慧眼的塞麦尔维斯，这就是他和同时代医生的区别。

就在他初步攻克产褥热时，学术界的一股保守势力却容不下他，特别是他的顶头上司——产科学教研室主任约翰·克莱因（1788—1856）教授。

克莱因一开始就反对塞麦尔维斯的研究，几乎处处和他作对。后来，保守势力竟然借口他参加过 1848 年首都维也纳的革命活动，对他百般刁难。1850 年，他在维也纳医师公会的演讲会上发言，也被专家权威们指责。同年，他终于被医院开除，申请大学的教授职位也被拒绝。

科勒兹齐卡

就这样，在重重的困扰和无端的责难之下，塞麦尔维斯只好在 1850 年初夏气愤地回到阔别 10 年的布达佩斯。

当然，塞麦尔维斯并没有因此停止探索的脚步。在后来的 6 年中，他在布达佩斯的圣·罗克斯医院产科工作。在他的努力之下，该医院的产褥热死亡率仅约 0.85%，而布拉格和维也纳的产褥热死亡率却依旧高达 10% ~ 15%！

伊朗德黑兰大学的
塞麦尔维斯雕像

有力的事实终于逐渐消除了大多数人对消毒法治疗产褥热的怀疑，塞麦尔维斯也在 1855 年担任了布达佩斯大学的产科教授。他的成果得到了匈牙利政府（1849 年匈牙利共和国已经独立）的承认，并发文推广到全国。1861 年，他的巨著《产褥热的病原、概念和预防》也出版了。

当塞麦尔维斯把这本巨著送到欧洲各主要的产科学和医学会时，得到的依然是一片嘘声。当时在德国召开的医学家和自然科学家大会上，许多发言者都反对他的学术观点。虽然他坚定地捍卫自己的学术主张，并先后给欧洲各产科中心的教授们写公开信，但却遭到更多的非难。《维也纳医学周刊》的一名主编竟轻蔑地写道："现在是停止关于漂白粉洗手之类废话的时候了。"

无情的现实打击着塞麦尔维斯的努力，超过了他有限的忍耐力。他的神经开始错乱：时而沉默不语，时而拉着同事滔滔不绝。1865 年，他被"朋友"骗进了疯人院，强行关进黑屋中……

两个星期后的 1865 年 8 月 13 日，因手术中右手被误伤后感染，塞麦尔维斯含恨九泉。

岁月在流逝，科学在进步。在细菌致病说得到公认之后，塞麦尔维斯的理论和实践得到了公认，被人们尊称为"母亲的救星"。于是，匈牙利、奥地利等国为他建立了雕像……

1968 年，匈牙利布达佩斯造币厂发行了一套共 4 枚的钱币，其中第二枚面值 50 福林，就是纪念塞麦尔维斯诞辰 150 周年的，正面是他的头像。

塞麦尔维斯的悲剧给我们很多警示和启迪。其中之一是，保守势力是不愿轻易退出历史舞台的。那么，他们为什么要阻挡塞麦尔维斯的消毒法呢？难道他们不想治愈产褥热吗？

原来，当时被医学界奉为经典的理论是，产褥热是一种不能治愈的先天性疾病；而消毒法治疗产褥热不过是离经叛道的胡说。由此可见，尊重新发现和科学的进步多么重要——当时并不知道细菌能致病，而产褥热就是由细菌（主要有葡萄球菌、链球菌、大肠杆菌、肺炎双球菌等）感染引起的！

此外，保守势力反对的原因还有思想方法错误——不是"用事实说话"，而是容不下新事物，墨守那未经证实的"成规"。

最后，还有感情和道德上的原因。塞麦尔维斯的发现使产科医生成为产褥热的罪魁祸首，这让他们完全无法想象和接受。当时，医学界的成员根本拒绝接受他们会伤害产妇的任何暗示。

纪念塞麦尔维斯诞辰 150 周年的钱币

巨著延误36年
——哥白尼含恨九泉

　　一个小孩呆呆地坐着，他在看太阳"从天空中转过"——从旭日东升的满天朝霞，望到夕阳西下的最后一抹余晖……

　　他就是家喻户晓的波兰业余天文学家哥白尼——因提出科学的"日心地动说"而流芳百世。

　　日心地动说最早是由比哥白尼早约1 700年的"古代哥白尼"、古希腊天文学家阿利斯塔克（约公元前310—前230）提出来的。中国战国时《列子·天瑞》一书则最早提出"地动说"——"天地，空中之一细物""运转靡已"。由于希腊和中国的古人只是凭简单观察或灵感做朴素的猜想，没有系统叙述和科学依据，因此在科学上用处不大。

　　与日心地动说不同，古希腊欧多克索斯、亚里士多德、阿波罗尼奥斯、希帕索斯和托勒密，则分别提出或发展了不尽相同的"地心说"——地球是宇宙中心，静止不动，日月星辰都绕着它旋转。

　　从古代到中世纪都有人认为，万物都是服务于人类的各种需要的，连"上帝"都主要在忙人类的事务。当这样把人类看成宇宙体系中心的时候，他们的舞台——地球就理所当然是宇宙中心了，宗教神学就有了理论支柱——"地球是人类中心"和"天界是神圣的"地心说。地心说也被抬到仅次于《圣经》的高度而不许人们冒犯。加之地心说和人们的日常经验——例如太阳朝升暮落似乎相符，于是就逐渐被奉为神圣不可侵犯的教条。谁要是怀疑、反对它，就犯下了弥天大罪，不但会被群起而攻之，还会被关监甚至处死。

在当时，对地心说的态度不仅是一个科学的和自然的问题，更重要的还是一个尖锐的社会观和政治观的问题。在这种历史背景下，谁敢在这个当时统治者最敏感的问题上发难，敢于触犯神学和背离传统，不但要有具备说服力的科学证据，而且更要有不怕惹出杀身之祸的勇气。

历史终于造就出这样一个不怕惹来杀身之祸的勇士——哥白尼。

1473年2月19日，哥白尼出生在波兰维斯瓦河畔的托伦城。他的父亲是个商人，后来当过托伦城市长。哥白尼10岁的时候，父亲就去世了，他和哥、姐被送到舅舅家抚养。其舅当时是埃尔梅兰的主教，曾留学意大利，博学多才、思想开明，提倡科学研究，给哥白尼很好的影响。

哥白尼18岁的时候，和哥哥一起到当时的首都的克拉科夫大学读了3年书。他在老师、天文学家阿尔伯特·布鲁兹乌斯基（1445—1497）教授的影响下，对数学和天文产生了兴趣，并学会和养成了用天文仪器观察天象的习惯。和舅舅生活了两年后，哥白尼在1496年到意大利波洛尼亚、帕多瓦和裴拉拉大学留学3年，被教授们"给他戴上医学和哲学两顶桂冠"。波洛尼亚大学天文学教授诺瓦拉（1454—1504）说，托勒密的地心说过于复杂，不符合数的和谐原则。这对哥白尼影响很深，埋下了日后"革命"的种子。

1499年，26岁的哥白尼被聘为罗马大学天文学教授。在该校期间，他已被任命为他舅舅主管教区内的弗拉恩堡总教堂的牧师。

1506年，哥白尼放弃了罗马大学教授的职位回国，但仍与舅舅住在舅舅位于海尔斯贝格的邸宅，将他的日心说进行整理、研究，写成小册子。直到1512年他舅舅去世后，他才去教堂任职。

布鲁兹乌斯基

哥白尼在任职期间的 30 多年里，除了参与牧师会工作、政治工作和免费为穷人治病，还在教堂城垣角上一间小楼里，用他自制的四分仪、三角仪等继续进行天文观测和研究、计算。经过三次重大修改，他在 1530 年写出巨著《天体运行论》，完成了"哥白尼革命"。对此，恩格斯赞叹地写道，"从此自然科学开始从神学中解放出来""大踏步地前进了"。这里"革命"还有另一重含义——"绕转"的拉丁文和"革命"是同一个词。

《天体运行论》第二版
（1566，巴塞尔）扉页

然而，哥白尼却将他的巨著"在贮藏室里搁了不止一个九年而是四个九年"——这不能不说是一个巨大的遗憾。

那为什么哥白尼要把它雪藏"四个九年"呢？

原来，他清楚地认识到，他的新说一旦公开，必定会引起来自两个方面的反对——哪一方面的反对他都承受不起。

首先，学术方面会反对——因为哥白尼没有足够的旁证来证实他的新说。把一个不成熟的思想公开，将会带来一个争论不休和敌对的世界。他害怕自己的观念在有机会确立之前就被摧毁，所以要等到证据齐全，"不是作为一种假说，而是作为一种事实"的时候才公开。

科学家要在有一定证据时才公开新说的慎重态度，无可指责；但是，如果要等待十全十美时才公之于世，那就未免太保守了一点。麦克斯韦的电磁说和爱因斯坦的相对论，当时都没有实验证据，但他们却果断地公开，最终得到证实或验证。在这点上说，哥白尼不及麦克斯韦和爱因斯坦。

其次，更重要的是，哥白尼怕公开后会受到教会和传统势力的反对。"我知道，某些人在听到我在《天体运行论》一书中提出的地球运动的观念之后，就会大叫大嚷，当即把我哄下台来，"他在《天体运行论》序言中写道，"我深深意识到，由于人们因袭许多世纪以来的传统观念，对地球居于宇宙中心静止不动的见解深信不疑，所以我的地球运动的想法，肯定会被他们看成是荒唐的举动。"

科学家过于盯着有"传统观念"的"他们"，怕被"看成是荒唐的举动"，担心会被"哄下台来"，这实在缺乏"走自己路，让别人说"的勇往直前、义无反顾的精神，以致延误新说公开的时间。这是不可取的。

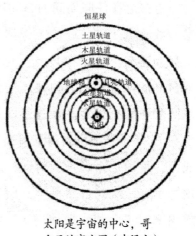

恒星球
土星轨道
木星轨道
火星轨道
地球和
月球轨道
水星轨道
太阳

太阳是宇宙的中心，哥白尼的宇宙图（中译文）

哥白尼的新说还是走漏了风声，这就引起了议论和好奇。约1529年，他把《短论》——记有他新说要点的手稿在朋友中传阅。约1539年，他接待了他的挚友和学生——德国威丁堡大学的青年天文学家乔治·约阿希姆（1514—1564 或 1574 或 1576）。在莱蒂库斯和约阿希姆的劝说下，哥白尼终于同意由莱蒂库斯写一本小册子简要介绍他的新说。于是莱蒂库斯以"提纲"为题，于1540年在波兰格但斯克出版，让更多的人知道哥白尼的新说。三年以后，已衰老多病的哥白尼在朋友们的极力劝说下，终于决定将新说的全部手稿托付给莱蒂库斯，最终于1543年在纽伦堡出版。当这本《天体运行论》送到中风卧床，处于弥留之际的哥白尼的手中几小时之后，他就在1543年5月24日溘然长逝。

更令人遗憾的是，起初负责印刷工作的莱蒂库斯没有完成全部工作，就因故离开了。他把剩下的工作，委托给了当地的路德教牧师兼数学家安德烈亚斯·奥西安德尔（1498—1552）。

奥西安德尔也是哥白尼的朋友，但是奥西安德尔害怕日心说会触怒哲学家们和严酷的路德教派，因为他深知这个教派的领袖马丁·路德就坚决反对哥白尼的日心说——马丁·路德认为，"《圣经》明白写着，约书亚喝令不动的是地球，而不是太阳"，而哥白尼"这个蠢材竟想把整个天文学连底都翻过来"。奥西安德尔自作主张地在书中印入了他自己写的短序，声明全部学说仅仅是为了编制星历表而简化计算的工具，并不冒犯《圣经》或自然真理。书（交付手稿时没有书名，出版者把它命名为《关于天体旋转的六卷集》）在1543年出版之后，哥白尼的朋友们一眼就看出了这篇伪作，后来开普勒在1609年也加以揭露。在哥白尼的原稿后来被重新找到之后，最终认定这篇短序的确是奥西安德尔加上去的。

一个科学的学说，被耽误了"四个九年"之后才得以面世，以致哥白尼没有大力宣传和捍卫自己新说的机会。这就推迟了"革命"的进程，这不能不说是他的又一巨大遗憾和悲剧。

一个科学的学说，被奥西安德尔出于"善意"加入一个格格不入的短序，以致被不明真相者曲解，难以认识到这一新说非凡的革命性；而病魔缠身的哥白尼对此却一无所知，这不能不说是他的又一遗憾和悲剧。

科学之路多么坎坷啊！科学家冲破来自各方面的阻力创立和宣传新说，又多么需要来自各方面的支持啊！

《天体运行论》一出版，教会就大为恼怒——宣布哥白尼的日心地动说为"异端邪说"。1616年，宗教裁判所宣布它为禁书。于是科学与神学和迷信之间，展开了一场持续300年的惊心动魄的斗争。经过无数科学家的努力，终于证明、捍卫和发展了哥白尼的理论，迫使红衣主教团在1822年取消了刊印哥白尼著作的禁令。

虽然哥白尼在公开和宣传自己新说时曾犹豫不决，造成不少遗憾和悲剧，但我们不能用现代标准去苛求当时历史条件下的哥白尼。他不迷信神威，敢于向传统势力挑战，在科学的基础上把猜想的日心说变成科学的日心说，而

哥白尼

这又成为更科学的天文理论的起点和整个现代科学的起点；他在极其险恶的社会条件下最终还是坚守了自己的学说而"深信不疑"；他的怜悯、虔诚、智慧三重美德，被尊敬、被崇拜。前述遗憾和悲剧并不能影响他被公认为是伟大的天文学家，虽然他死后没有葬仪，没有悼念的碑文。

哥白尼的婚姻也是一场悲剧——他曾与出身名门望族的安娜同居十多年，但终被保守的教会剥夺了结婚权。

不过，这一切悲剧都无法改变我们对哥白尼的景仰。"你主宰，我崇拜，没有更好的办法。"在我们的心中，哥白尼和他那仅仅揭示了局部真理的日心说，就是这段现代歌词中的"你"，就是光芒万丈的"日"！于是，数不清的"哥白尼纪念物"层出不穷……

2010 年 2 月 19 日，国际纯粹与应用化学联合会（IUPAC）把第 112 元素命名为镉（copernicium），以纪念哥白尼诞辰 537 周年。

波兰罗兹城的哥白尼纪念碑

百花盛开火刑中
——至死不渝的布鲁诺

到意大利必去罗马，去罗马必去百花广场。

百花广场与阿根廷广场仅咫尺之遥，又译鲜花广场或繁花广场，也就是菲奥里广场——罗马最著名的露天市场。

布鲁诺

在距今 400 多年以前，一位不屈的伟人在这里大义凛然地英勇献身。从此，百花广场也显得更加美丽动人且闻名于世——在每一个广场都有教堂的罗马，人们于 1889 年为这位伟人制作的铜像，却矗立在一个没有教堂的广场上。

这个伟人就是意大利天文学家、数学家和哲学家乔尔丹诺·布鲁诺。

1548 年约 1 月，布鲁诺出生在意大利南部那不勒斯城附近的诺拉小镇一个贫苦农家。这块丰腴而富有灵气的土地养育了他的躯体，古老而苦难的南方大地则孕育了他的雄心壮志，锻造了他捍卫思想自由的坚韧刚毅的品格。

布鲁诺曾就读于那不勒斯。由于家境贫寒，父亲不得不把年仅 10 岁的布鲁诺送到修道院去做工谋生。他在修道院一直待到 28 岁——对穷人来说，这几乎是当兵以外唯一的选择。

1565 年，17 岁的布鲁诺进入那不勒斯多明我修道院，成为一名正式僧侣——多明我会的会员。他不但攻读神学，也同时研究希腊、罗马和东方的哲学和文学。他学习顽强而刻苦，24 岁就被授职修士——当时的博学者。

繁重的劳动和清苦的修道院生活没能使布鲁诺屈服，反而磨炼了他坚强的意志。中世纪基督教的宗教教义却远远高于高高的修道院围墙，使僧侣们的精神受到严重的束缚和压抑。像驴和骡一般的僧侣，与热爱知识似阳光的布鲁诺是多么不调和啊！于是，布鲁诺不顾教会的戒律清规，千方百计地找一些进步的书籍来偷偷阅读。

布鲁诺被哥白尼的《天体运行论》中的革命精神强烈地感染了，哥白尼学说中那些科学而精辟的论证和严正的立场使他为之倾倒。于是宣扬日心说以至进一步宣扬宇宙无限的思想，就成了他的终身大业。

一天，布鲁诺根据《圣经》上诺亚方舟的故事，编写了下面这个反对教会的新寓言故事《诺亚方舟》，结果惹出一场大祸。

避难在诺亚方舟上的动物们开展了一场题为"世界上谁最圣洁"的辩论。有的说上帝最圣洁，因为他创造世界，造福万物。有的说圣母玛利亚最圣洁，因为她生了耶稣，拯救世人。有的说诺亚最圣洁，因为他建造方舟，拯救了大家。也有的说鸽子最圣洁，因为它美丽善良，祥和平安。在争论不已难分高低之时，一个动物却说："只有驴子最圣洁，因为它忍辱负重，粗食力大，埋头苦干，从不自夸。"布鲁诺此时感叹地写道："噢，神圣的驴子一样的愚蠢，神圣的不学无术，神圣的痴呆和虔诚啊，你使得人们的心地这样的纯良，在你面前，简直没有什么智慧与知识。"

布鲁诺的著作《举烛人》中译本封面，布鲁诺逝世400周年前一年出版

在这篇寓言中，布鲁诺不但尖锐地抨击了那些闭着眼睛重复《圣经》教条的僧侣学者们，而且连罗马教廷，连一向被人们

顶礼膜拜的古希腊权威亚里士多德也一并被讥讽或怀疑——西方视为"最蠢"的驴子都比他们圣洁！

这还了得！一个教士竟敢不守教规，反对教义。于是，罗马教廷收到布鲁诺宣传"异端邪说"等列有130条罪状的控告。接着，布鲁诺就被修道院监视起来。

1576年，布鲁诺毅然逃出了修道院，开始浪迹天涯。他在意大利各地流亡了3年，但这些地方和那不勒斯别无二致，镇压"异端"的机构——宗教裁判所遍布全国。他没有立锥之地，

布鲁诺：你们……比我更加恐惧！

不得不离开自己可爱的家乡，逃亡到举目无亲的阿尔卑斯山另一边的外国去，寻求正义和真理。从1578年离开祖国，到1591年的13年间，他的足迹几乎遍布整个欧罗巴。

在这13年的流亡岁月中，布鲁诺发展了哥白尼学说，通过思辨得到了宇宙无限的概念。所以，后人公认他是一位伟大的科学家、思想家和哲学家。他的思想对后来的莱布尼茨、荷兰著名哲学家斯宾诺莎（1632—1677），都产生过很大的影响。

哥白尼推翻了地心说，建立日心说，这已经使传统势力和教会不快。布鲁诺则走得更远——宇宙是无限的，太阳只不过是无数恒星之一，不是宇宙的中心，宇宙没有中心，宇宙中可供生物生存的星球很多。这当然更是罪不容诛。

1584年，布鲁诺出版了哲学著作《论原因、本原和太一》和《论宇宙的无限和诸世界》，都宣扬了他的上述观点。例如，后一本书中有一首诗写道："展翅高飞信心满，晶空对我非遮拦，戳破晶空入无限，穿过一天又一天，以太万里真无边，银河茫茫遗人间。"

布鲁诺的学说严重触犯了教会的教义，危及教会的利益，罗马

宗教裁判所和教会暴跳如雷，派人到处捕捉他，但却一次次扑空。对于这种危险，布鲁诺坦然面对，毫不畏惧地继续战斗，他的一首诗写道："我充满信心，向上翱翔，晶莹的天穹再也不能阻拦，我冲破天穹，飞向无限，我穿过以太，一往无前。"

喷发的维苏威火山

由于教会和宗教裁判所对在国外的布鲁诺鞭长莫及，就设下了一个罪恶的圈套，将布鲁诺抓获。

1591年2月的一天，意大利某市的一家大书店里，来了一位不速之客——威尼斯贵族乔凡尼·莫森尼格。他拿着一本布鲁诺的著作对店主说："请问贵店有这本书吗？"

对于突如其来的陌生人的提问，店主看了看书名，就慌忙否定。他知道，这种书在意大利是"异端邪说"，如果经营这类书，不但会被勒令关门，而且还会被"绳之以法"。

莫森尼格却和蔼地说："请别误会，我是说这本书写得好，我十分钦佩。"

"是的，这类著作中都有些新思想。"店主这才稍微放下心来，放松了警惕。

接着，两人经过长谈，在彼此认为相互信任的时候，莫森尼格单刀直入："我能否见到作者，我想当面向他请教！"

店主认为自己已经碰到了知音，就回答说："他此时在法兰克福，你可以到那儿去找他。""我想请他回国，住在我庄园里，以便经常向他请教。我可提供一切方便让他安心写作和研究。安全也可保证，教廷的密探是不能进入我的庄园大门的。"莫森尼格说。

店主相信了莫森尼格的话，很快向布鲁诺发出了一封热情的邀请信。

1591年8月的一天，中了圈套的布鲁诺怀着对祖国的眷恋，从威尼斯港回国。布鲁诺走下木帆船。他矮胖的"朋友"莫森尼格笑容可掬地迎了上去。突然，几个彪形大汉一拥而上……

正是："卑鄙是卑鄙者的通行证"。

次年2月，布鲁诺被押解到罗马。5月23日，他被指控为"异端"，被多次审判，蒙受了种种酷刑折磨。但他拒绝悔"罪"，拒绝向教会乞求宽宥："命运、激情、天性，慷慨地赐予我苦难、重负和死亡，酬谢了我的劳作，对于理性和心灵，胜过享受、自由和生命。"

红衣主教亲自出面拷问这个已半死不活、骨瘦如柴的"犯人"。教士把热腾腾的油一勺又一勺地浇向捆在长凳之上的布鲁诺。这些惨无人道的酷刑也没能使他屈服。他坚信："愚昧无知的法庭吓唬你，你一定得坚韧不屈。将来一定会有能辨明光明与黑暗的理性的崇高法庭，会做出公正的判决！"面对魔鬼般凶残的教士，他大气凛然地回答道："高加索山上的冰川，也不能冷却我心中的烈火！"他还公开揭露教会的黑暗、卑鄙和无耻。于是，在1599年10月21日的档案中只好这样记录："布鲁诺宣布，他不打算招供，他没有做过任何可以反悔的事情，因而也没有理由去这样做……"

教会无计可施，终于由宗教裁判所对布鲁诺判以火刑。当判决书念完后，大义凛然的布鲁诺轻蔑地高声说道："你们向我宣布判决，比我听到宣判死刑更加恐惧！"

1600年2月17日——一个乍暖还寒的日子，布鲁诺被五花大绑押往百花广场。在广场上，军警林立，人头簇簇，人们冷若冰霜地直立在广场周围。身体瘦弱、面容憔悴的布

布鲁诺当年殉难处的铜像

鲁诺，被架在广场中央的十字架上，下面堆满了干柴。教皇克里特八世和他的枢机员、红衣主教和主教们也来到这里，对布鲁诺进行最后一次"劝导"——要他放弃"可怕的思想"，以免于一死。直到疯狂火舌烧着布鲁诺的衣裳的时候，他仍然坚定地宣称："火并不能把我征服，为真理而斗争是人类最大的乐趣。未来的世纪会了解我，知道我的价值。"接着，布鲁诺慷慨就义——连同他的著作也被焚烧……

布鲁诺生前说过，英雄"死在一时，活在千古"。言为心声——在大限将到的时候，他用行动捍卫了自己的信仰，谱写了"质本洁来还洁去，不叫污淖陷渠沟"的千古动人的悲壮乐章！

历史终究会用时间书写公正和尊严。"布鲁诺真是维苏威火山和地中海地带的产儿，"一位历史学家描述说，"他自己就是一座维苏威，不断地往外喷火石，飞焰熊熊不拘形式，把全世界引入惊奇慌乱中，为他的爆发和光明所激荡，连他自己也燃烧在他自己的火焰中，结果焚骨成灰，死而无悔。"1983 年，罗马教皇也不得不宣布，当年对布鲁诺的判决是不公正的，而此前的 1889 年，罗马宗教法庭已为布鲁诺平反——这一年的 6 月 9 日，6 000 多位来自世界各地的悼念者，在百花广场上参加了布鲁诺铜像的揭幕典礼。矗立在当年殉难处的铜像台座上镂刻着诗一般的献词：

"献给乔尔丹诺·布鲁诺——他所预见到的时代的人们！"

生如夏花之灿烂，逝如秋叶之凄美——这就是布鲁诺……

这里还有一个问题：为什么哥白尼、布鲁诺的"地动说"会触犯教会的根本利益呢？罗马教皇说，如果地球不是宇宙中心，而"是众行星之一，那么《圣经》上所说的那些大事就完全不会出现在地球上了，就会无法无天了"。对此，后来德国大诗人歌德（1749—1832）写道："因为如果地球不是宇宙中心，那么无数古人相信的事物将成为一场空了。谁还会相信伊甸的乐园，赞美的诗歌，宗教的故事呢？"

地心说的毁灭，将动摇教会统治和奴役人们的根基，在"无法无天"的人们面前，统治者的末日也就到了，因此，教会必然会不惜一切代价迫害传播地动说的人。据估计，欧洲在 15—16 世纪的两百年间，类似布鲁诺这样被指为"妖言惑众"而被迫害至死的人，达 75 万以上。

由此可见，科学之路坎坷曲折——有时甚至会血雨腥风。这是我们从布鲁诺悲剧得到的第一个启示。

布鲁诺被迫害致死是人类文明史上最黑暗、最卑鄙的宗教迫害科学的事件之一。只要没有政治民主和学术自由，科学就不会发展和繁荣；科学家也必然会受到打击迫害。这是我们从布鲁诺悲剧得到的启示之二。

破除迷信、消除愚昧、解放思想和捍卫科学，是保持社会和谐稳定，发展科学的必要条件。当时意大利这些条件都不具备，所以宗教得以为所欲为，以致酿成如此悲剧。这是我们从中得到的第三个启示。

"打开一扇大门，通过它我们可以观察无限统一的天空。"让我们用布鲁诺的话来观察世界，体验从这个故事得到的各种启示吧！

生生死死都是泪
——一世悲歌的开普勒

"我欲测天高，现在量地深。上苍赐给我以灵魂，凡俗的肉体安睡地下。"

一个墓碑——约翰·开普勒的墓碑，上面这样写着他探索"高天""厚地"的豪气和对生死的坦然。

然而，开普勒的一生却悲惨无比。

开普勒在书《宇宙的奥秘》中设想的天体

"第谷的后面有国王，伽利略后面有公爵，牛顿后面有政府，而开普勒所有的只是贫困和疾病。"有人这样评价开普勒。

是的，在科学史上，很少有人像开普勒那样屡遭迫害、嫉妒、战乱，一辈子贫困、病残、婚姻及家庭不幸……用美国数学史家伊夫斯在《数学史上的里程碑》一书中的话说，是"各种各样几乎难以忍受的人间不幸伴随了他的一生。"然而，苦难却成就了天才。

1571 年 12 月 27 日，开普勒生于德国斯图加特附近的威尔小城——当时属富顿堡公国的一个穷苦之家。他的父亲在富顿堡公爵属下的新教教会中任军职。1576 年，开普勒靠富顿堡公爵的"资助"进了小学——毛尔布隆神学院，学习成绩优异。16 岁时靠奖学金成为庞大而著名的图宾根大学的学生，于 1591 年 20 岁时取得文学硕士学位。

在哥白尼学说拥护者、图宾根大学数学和天文学教授米歇尔·梅斯特林（1550—1631）的影响下，开普勒对数学、天文学产生了浓厚的兴趣，并最终成为信仰、发展哥白尼学说的著名天文学家和数学家。毕业后，他去了格拉茨大学，任讲师，非常高兴地从事他后来为之终生奋斗的天文学研究。

第谷

1596 年，开普勒发表了他拥护哥白尼学说的第一部巨著《宇宙的奥秘》——哥白尼之后第一部真正探讨哥白尼理论正确性的著作。开普勒把它寄给了丹麦天文学家第谷·布拉赫（1546—1601）——第谷是 1598 年应德皇鲁道夫二世之邀，去布拉格建立天文台并任台长的。第谷非常赞赏这本书，于是两人开始通信，并最终使第谷 1600 年邀请开普勒到布拉格当了他的助手。

1601 年 10 月 24 日第谷去世以后，在第谷积累 21 年之久的天文观测资料的基础上，加上自己的观测研究和发展，开普勒完善了哥白尼的日心说。他把哥白尼沿袭古代的、也被布鲁诺和伽利略相信的天体圆形轨道，修正为椭圆形轨道。于 1609 年和 1619 年先后发现了开普勒行星运动的三条定律，从而获得了"天空立法者"的美称。1619 年，他出版了载有这三条定律的《宇宙的和谐》一书——它是天文学和数学史上的伟大里程碑。

按照第谷的遗愿，开普勒还继续编制行星运动表。第谷生前只编了 777 颗星——目标是 1 000 颗。

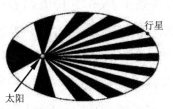
行星运动第二定律：行星的向径在相等时间内，扫过的面积相等

1627 年，开普勒在乌尔姆出版了有 1 000 颗星的《鲁道夫星表》。这样取名，是为了答谢纪念德皇鲁道夫二世对他和第谷的支持和帮助——鲁道夫二世曾在第谷死后不久，让

开普勒继任第谷的职位，还授予他"帝国数学家"的称号。

可是，与取得辉煌成就形成鲜明对比的是开普勒一生的坎坷和悲剧。

开普勒的第一个悲剧是终生贫困，为生活奔波。

开普勒出生时，家庭就是一个破落贵族的贫困之家，父亲性格暴躁，嗜酒如命。1576年举家迁往伦堡后，只好开了一家兼作旅馆的小酒店谋生。开普勒上图宾根大学期间父亲就去世了，这更使贫困之家雪上加霜。

开普勒在格拉茨大学任讲师期间的薪水也很少，不得不另靠编制占星历书而养家糊口。他继任第谷天文台长职位期间的薪俸也曾被削减或拖欠不发，以致他不得不去教书或搞占星术度日。对此，他曾自嘲地说："如果占星术女儿不挣来两份面包，那么天文学母亲就会被饿死。"1607年，他在给友人的信中曾这样诉说自己的狼狈处境："我整日饥肠辘辘，就像一条狗似地瞧着我的主人。"

开普勒的天文台台长职位，也因鲁道夫二世1611年被弟弟逼宫退位而失去——新国王对天文学不感兴趣，不会再对开普勒爱护有加。他只好于1612年去了奥地利林茨的一所大学，教数学并兼做监督勘测工作谋生。此外，出版著作、进行科研活动和营救母亲也使他的经济状况更加困难。

开普勒曾结识了神圣罗马帝国波希米亚权势炙手可热的瓦伦斯坦（1583—1634）将军，这位帝国的首脑曾举荐他到罗斯托克当天文学教授。瓦伦斯坦失势后，开普勒的处境就更困难了。

万般无奈之下，为了生存下去，开普勒于1630年10月骑着一匹与他同样瘦弱和衰老的病马，向"京城"雷根斯堡即马德堡进发。他要用当年政府的"白条"——政府欠他的薪金的文件，去讨回当年的欠薪。但憔悴的病体却经不起旅途的劳顿，加上痛苦心情带来的煎熬，使他得了热病，发烧倒在马德堡的一家客栈。无医无药无人照料的开普勒，只好将这匹老病马变卖了仅2居尔盾，但这显然是杯水车薪、无济于事。

这样，在演出了一幕德意志版的"古道西风瘦马"悲剧之后，终于"夕阳西下"——开普勒在 1630 年 11 月 15 日含恨离开人间。此时，他身边除书籍手稿和等于废纸的"白条"外，仅剩下"小钱"7 芬尼——0.07 马克！对此，后来的德国著名哲学家黑格尔（1770—1831）愤怒地说："开普勒是被德国人饿死的！"

一生经济窘迫不但伤害了开普勒的身体，使他在 59 岁就英年早逝，更使他不得不用去许多本来应该用于天文学等科研活动的时间去为衣食操劳，无法使他的科研和出版具有更好的条件。这更是整个科学的重大损失！

开普勒的第二个悲剧是家庭不幸。

父亲早逝，母亲于 1620 年被指控犯有巫术等 49 项罪名而身陷囹圄。为使母亲免受火刑之苦，开普勒只得婉拒英王访英之邀而失去了英王的庇护。经一年多的周旋和奔波，在耗尽了大量的精力和几乎所有的钱财之后，他才把老母救回家中——但此时老母已奄奄一息，近乎痴呆了。

开普勒的第一个妻子在精神失常后死去。他最钟爱的孩子死于天花，12 个孩子大都在贫困、饥饿、疾病中死去。他的第二次婚姻比第一次更加不幸——虽然他总结了第一次婚姻的经验和教训，预先分析了 11 个女子的优缺点，但最终还是弄错了。

开普勒的第三个悲剧是他的残废和疾病。他本来就是一个 7 个月的早产儿，已是先天不足；加上两岁时父亲就曾离家远征无法更好地照顾他，使其又"后天受损"，所以一直体弱多病。三四岁时天花使他几乎夭亡，以后他又患了猩红热，最终导致双眼高度近视且双手轻度残废而显得笨拙。可以想象，这些疾病和生理缺陷给他的一生带来多少困难！

开普勒的第四个悲剧是他人的嫉妒。第谷去世前，就把他坚持观测和记录达 21 年之久的全部天文资料交给了开普勒，并要开普勒

《鲁道夫星表》扉页插图

继承他续编未完的星历表。但第谷的亲戚们却嫉妒开普勒如此轻易就得到这些资料并登上天文台台长的宝座，就联合起来把第谷的底稿全部拿走，仅留下一些庞杂、零乱的记录。这无疑大大增加了编制星历表的难度，让开普勒不得不另行观测、研究、计算，直到 26 年后的 1627 年，《鲁道夫星表》才得以面世。第谷的亲戚们宁愿这些资料在他们那里成为废物，也不肯让它在开普勒那里发挥作用。这是这些嫉妒者的耻辱。而对这部其后 100 多年里几乎不用修改就能用于天文和航海，被尊为经典的巨著来说，则至少迟了 20 年以上才面世，因而也是科学的悲剧和不幸。

开普勒的第五个悲剧是信奉哥白尼学说和自由化思想给他带来的歧视和迫害。1619 年，由于他公开赞同哥白尼学说，因而在图宾根大学毕业后，就没能像别的同学那样当上神甫而在教会中任职。他只好靠梅斯特林的举荐，去奥地利斯蒂里亚的格拉茨大学新教神学院任讲师，教数学和天文学。他在 1621 年出版的《哥白尼天文学概要》，被宗教裁判所列为禁书，搜走的书被付之一炬，以致在 1626 年连找个避难之所都很困难。他受迫害甚至波及远在意大利的伽利略：他与伽利略的联系也成了 1633 年伽利略的罪行之一。伽利略是在看到开普勒的《宇宙的奥秘》后才与他通信联系的。虽然这仅仅是开普勒受迫害的缩影，但也勾勒出他这方面的悲剧和宗教的迫害无孔不入。

开普勒的第六个悲剧是宗教冲突和战乱带来的。1598 年，奥地利发生天主教与新教的宗教冲突，格拉茨市落入天主教徒之手。开普勒就被格拉茨大学开除，还受到恫吓，不得不逃到匈牙利，其后应第谷之邀才去了布拉格。1626 年，他还险遭天主教狂热分子的毒手。在 1618—1648 年德国的"三十年战争"——宗教政治交织的战争，不但使他的生活和科研不得安宁，而且死后也不得安宁：开普勒客死他乡后尸体被葬于城门之外，也被这场残酷的战争破坏得踪迹全无！

开普勒一生的悲剧是个人和家庭的悲剧，更是时代和社会的悲剧——宗教的桎梏容不得半点"异端邪说"。16—17世纪初的欧洲，还没有从中世纪科学萧条的黑暗中走出来——包括开普勒在内的绝大多数科学家不管在成名之前或之后，都不可能使悲惨的命运有根本好转。"三十年战争"使任何人都无法躲进世外桃源。

面对众多苦难的开普勒，没有向悲惨的命运低头，而是持之以恒地进行天文和数学研究，并取得重大成果。因为他坚信"失败只是新的灿烂的幻想道路上的起步"。身处逆境的他，甚至写信鼓励过受到迫害的伽利略："鼓起勇气站出来……真理的力量是无敌的。"

开普勒不但没有向命运低头，还为自己取得的成就感到乐观、自豪。他在《宇宙的和谐》的序言中狂喜地写道："我沉湎在神圣的狂喜之中……我的书已经完稿。它不是会被我的同时代人读到就是会被后人读到——这已无关紧要。它也许要等上100年才有一个读者，上帝不是等了6 000年才等到一个观测者吗？"

常言道"人穷志短""逆境生悲"，可开普勒却这样乐观进取和豪气充盈。这，就是我们常人和这些伟人的一个区别。他的科学信念、科学精神、顽强的毅力和冲天豪情，永远值得我们尊敬和学习！

正是开普勒在终身逆境下百折不回和乐观进取，并终成大器，才得到马克思的敬慕——当马克思的女儿问父亲最敬慕的人是谁时，他毫不迟疑地回答：斯巴克达斯、开普勒。马克思赞美的斯巴克达斯（约公元前120—前71），是古罗马帝国最大的一次奴隶起义的领袖。这次起义，加速了古罗马帝国的灭亡，也得到列宁的高度评价。

开普勒死后，尸体被埋葬在拉提斯本的

开普勒

圣彼得堡教堂；"三十年战争"过后，他的坟墓已荡然无存。然而，他突破性的天文学理论、不屈的灵魂与不懈探索宇宙的精神，却成了后人铭记他的最好的墓碑！

为了纪念开普勒的伟大功绩，人们为他建墓立碑；国际天文学还用他的英文名命名了第1134号小行星——让他的精神和伟大的功绩在宇宙中永生；至于用他的名字命名的太空望远镜与卫星，已经翱翔太空……

不测风云难预报
——含恨自杀的罗伯特

2000年"五一黄金周",中国旅游"火爆",但"热"中却有点"乱"。于是,在当年"十一黄金周"来临前,中央电视台的午间新闻就提供了"出行参考"。各旅行社、旅游景点、交通等部门,也对"十一旅游热"严阵以待。然而,当年国庆期间却没有如预期的"火热",而是远比"五一""冷清"。

"冷清"的原因很多——气象预告的失误,是其中重要的原因之一。

当年国庆期间,四川省气象部门根据卫星云图预告,四川地区将阴雨连绵。于是,许多人打消了用这7天长假外出旅游的念头。然而,阴雨并未如期而至;相反,平时云遮雾障的四川盆地,却连续是"九九艳阳天"。后来,气象部门解释说,降雨云气太高,而且被吹走,并致歉意。当然,这种失误是可以原谅的,因为即使在科技高度发展和建立了"统一战线"——世界气象组织(WMO)的今天,"雷公""电母""云童"和"风婆"等何时会"无常"地"喜"或"怒",我们也不能完全知晓。

日内瓦1878年成立的世界气象组织总部秘书处

然而，我们的先辈就没有这样幸运而被当时的人原谅了——罗伯特·菲茨罗伊就是因气象预报有误，被一些人谴责并酿成悲剧中的一个。说起罗伯特，可能许多人并不知道，可说他是促成达尔文提出生物进化论的著名航海旅行的"贝尔格"号船长，则会让人肃然起敬……

1805 年，罗伯特出生在一个英国富有的贵族之家，从小受到良好的教育。长大后他醉心于海上探险，曾深入麦哲伦海峡，摸清了那一带海域的情况，为英国环球航线开辟了一条新航道。随后，他又查明了一条穿越火地岛的水道。这些成就，使他成为英国最杰出的年轻船长和皇家勘察专家。

1831 年，罗伯特率探险船队再探火地岛。在长达数年的勘察航行中，他和水手们历尽千难万险，多次逢凶化吉、遇难呈祥。使人欣慰的是，他们的心血没有白费——据此绘制出的海图和几十本水文资料，大大地促进了航海事业的发展。他也得到了应有的回报：海军和天文学家们纷纷撰文予以赞扬，英国议会庄重地授予他皇家地理学会的金质奖章，1841 年被选为国会议员，并被选入皇家学会。

1851 年，英国首先通过电报，及时把各地同时观测到的气象资料传到英国的气象中心，绘制成地面天气图，并根据图上的高低压系统移动来预报天气。罗伯特加入皇家学会后，专门从事气象统计工作。1853 年，各航海大国在比利时布鲁塞尔开会，探讨航海气象问题。英国皇家学会派出了以罗伯特为首的代表团。罗伯特在会上发表了卓有见地的讲演，得到与会专家们的赞同。回国后，他着手新的研究。在分别征得一军舰舰长和一商船船长的同意后，他在他们的船上安装了有关测风速、气压、温度和湿度的仪器设备，以便在航途中详细记录相关数据。1854 年，罗伯特创立了英国气象局。

气象学家绘制气象图

经过几年不懈的努力，罗伯特终于在 1857 年绘制出了第一张可预示几周甚至几个月的风力情况的新型海图，并根据图的形状定名为"风星"——类似于现在的"风玫瑰"。这种图很快就得到船长们的认同，因为它的确能预报风情。在初步成功的基础上，罗伯特决定更上一层楼，

16 方位风玫瑰

为全球各大洋绘制这种图。他还向英国政府提交了一份正式报告，指出每艘船都应进行气象观测，因为这有助于推算风和气候的变化。这份报告实际上就是世界航海预报的起源。

就在这一时期，法国也更加重视天气预报了，而这和一次"上帝帮倒忙"的战争有关。

1854 年 9 月开始，英法联军的"无敌舰队"包围了黑海沿岸的港口城市塞瓦斯托波尔的俄国主力部队，眼看胜利在望。谁知"天有不测风云"——11 月 14 日上午，突然乌云密布，狂风大作，暴风雨疯狂地扑向停泊在巴拉克拉瓦港的"无敌舰队"。结果包括法国当时最大的主力舰"亨利四世"号在内的每一艘船和每一个人，都没留下。于是法国皇帝拿破仑三世（1808—1873）命令巴黎天文台调查风暴起因。台长勒·威烈（1811—1877）经过分析以后发现，这场风暴是由欧洲西部大西洋上运动到黑海引起的。拿破仑三世根据勒·威烈的调查报告，建议建立气象观测网。

1859 年秋，世界各大洋连续发生重大海难事件，其中最悲惨的是英国"皇家宪章"号事件。它在安格尔西岛受到飓风的猛烈袭击，结果触礁沉没，459 人葬身鱼腹。此外，德文和康沃尔的地震和海啸，马恩岛出现的海龙卷风，使 325 只船遇难，死亡逾 750 人。这些海难，把气象预报的课题加速提前摆在气象学家们的面前。

事后，罗伯特反复查对了当时的气象记录，发现在大风到达之前，英国大部分地区的气压特别低，有些地区还刮着北风。而那一年的夏天，这些地区都异常炎热和干燥。此外，在世界各地还屡现极

光和大气旋现象，比多年观察到的更为典型。
1863 年，罗伯特提出了极地气流和赤道气流的
气旋模式。上述事实证明，他通过多年研究而
提出的这一模式是合乎逻辑的。这一成功使他
信心十足，先后建立了 24 个气象站，通过这一
遍布各地的观测做出气象预报。其中 19 个分布
在英国和爱尔兰的沿海，5 个分布在哥本哈根、

罗伯特

登赫尔德、布列斯特、巴荣纳和里斯本。气象
预报最终通过官方的报纸和其他新闻途径传遍整个英国。此后，意、
德、法等国也纷纷仿效，并逐步提高了自己的气象预报能力。

从此以后，罗伯特声名大震。连英国女王维多利亚（1819—
1901）（1837—1901 在位）打算去怀特岛要"出门看天色"的时
候，也特地赶来向他询问天气趋势。他当之无愧地成为气象预报的奠
基者和英国气象局首任局长。

然而，罗伯特在气象预报中的成功却没能给他带来好运。他最大
的悲剧来自那些抨击气象预报不可信的人。他虽然竭尽全力，勤奋地
工作，但总有一些人盯住他不放。只要气象预报稍有差错，这些人就
借题发挥，兴风作浪，对他进行猛烈的抨击。

在这种较长时间的持续批评压力之下，加之缺乏海军军部上级
的支持，海军少将、英国皇家海军副舰长罗伯特的神经终于支持不住
了。1865 年 4 月 13 日，他在自己的房间内，用锋利的刀片割断喉管
自杀，年仅 60 岁。

罗伯特死后，每天的气象预报曾一度中断。这激起了英国公民的
极大愤怒，大声疾呼："还我罗伯特！"这时，英国人终于再次认识
到自己伟大儿子的价值所在。

罗伯特的另一个悲剧是他的妻子和女儿早逝。1852 年，他的爱
妻突然死去。真是祸不单行——仅两年之后，他 17 岁的长女又在
"花季"辞世。

罗伯特虽然逝去，但他的英名却万古长存。1873年，世界气象学会成立。1878年，WMO正式成立，确认了罗伯特的气象预报创始人和气象学的泰斗地位。2011年，英国气象局庆祝全球首次媒体发布天气预报150周年。这里的背景是，150年前的1861年8月1日，英国最古老的报纸之一——《泰晤士报》在"今后两天可能的天气"栏目下，刊发了看似普通的一小段文字，实际是人类预报天气的一个大胆进步，而这个预报就是罗伯特创立的英国气象局做出的。

　　从罗伯特自杀于抨击者的压力的悲剧，我们可以得到以下四个重要启示。

　　首先，我们应对科学和科学工作者的失误持宽容态度。

　　其次，探索必然会有失败和失误，这就会引出一些人的攻击而造成悲剧，而且这类悲剧屡屡重现。由此看来，科学家们选择了科技之路，就必须忍辱负重；而这就意味着在选择了赞扬与理解的同时，也选择了要接受批评与误会。

　　再次，即使在科技更加先进的今天，要"百分百"地准确预报天气也是不可能的。"气象学不是精确的科学，它更像是黑暗中的艺术。"从事气象工作40年、曾任著名英国广播公司（BBC）首席天气播报员的比尔·基尔斯（Bill Giles）勋爵，于2008年1月18日在重庆讲演时也持这个观点。而在美国国家气象局任职的查尔斯·麦吉尔也说："气象预报依然是一门不精确的科学。"要知道，美国国家气象局拥有世界上监测天空最先进的电子眼……为什么不能精确预报呢？这是因为人类至今还没有完全掌握大气运动的规律，监测能力有局限（例如监测仪器必然遗失某些微小因素而产生"蝴蝶效应"）和有关人员的素质有局限。

　　其实，罗伯特如果有奥地利作家茨韦格（1881—1942）在《英雄交响乐——罗曼·罗兰传》中所说的心态的话，他就不会

基尔斯

自杀了："命运总是喜欢让伟人的生活披上悲剧的外衣……在他们的道路上设置重重障碍，以便在征途中锻炼得更加坚强。命运戏弄着这些伟人，但这是大有补偿的戏弄，因为艰苦的考验总会带来好处。"

由此，我们得到第四个启示——在"天降大任"于"斯人"的时候，必先"劳其筋骨"，所以想担"大任"的"斯人"，就应该有"筋骨"被"劳"的准备。

读者朋友，你有这种准备了吗？

火山烟熏死大普林尼

——博物学家蒙灾罹难

　　"山泼黛，水挼蓝，翠相攒"，把这句古诗献给意大利半岛西南角离那不勒斯港约20千米的青山和秀水，是再恰当不过的了。

　　然而，这山清水秀、花红草绿和气候宜人的去处，却有一座"死城"——这是怎么回事呢？

被发掘的赫库兰尼姆古城

　　意大利的维苏威火山，是一座闻名世界的活火山。它位于意大利南部，面临那不勒斯湾，海拔1 281米。从导致本故事主人公——大普林尼遇难的公元79年那次大喷发开始，已有203、305、472、512、536、787、968、991、999、1007、1236、1270、1347 和 1631年……多次大爆发。最近的一次大喷，是在1944年。公元79年的这次大喷发，还埋葬了赫库兰尼姆和庞贝这两座当时为古罗马人休养胜地的古城。

　　1709年，维苏威火山西麓雷西纳镇一个修道院在打井的时候，挖出了一块图案美丽的大理石。对它上面的人工痕迹，人们当时百思不得其解，直到1738年，才查清它是一块修剧场座位用的材料。于是赫库兰尼姆古城初露端倪。这个城的名字是古希腊神话中的英雄海格立斯之都的意思。那次火山爆发时的火山灰、泥石流和熔岩，给赫库兰尼姆古城盖上一床严实的被子，让它沉睡千年而风采依旧。为了翻开发掘的、黏在一团的古代纸草书，连英国著名的化学家戴维（1778—1829）也在1818年被邀请去了呢！

公共浴池，在赫库兰尼姆郊外出土

39年之后的1748年，赫库兰尼姆附近的一个农民又发现了另一些古代遗物。1763年，人们在维苏威火山南侧的农田里又有一项考古发现——一块刻着"庞贝"字样的男子的大理石雕像。这时，人们才回忆起当时住在庞贝城的小普林尼的两封书信。根据他的书信也提到庞贝城的名字这一事实，人们才推测出庞贝城的存在。庞贝城也在那次火山爆发中葬身。

其后，人们又不断进行考古发掘，古城终于"千呼万唤始出来"——在20世纪发现了这两座保存得很好的古城遗迹。面对两座浪漫依然的古城，一位科学家曾风趣地说："为了把整个城市完整地保存下来，再也没有比用火山灰突然将它掩埋起来更好的方法了。"

经过200多年的断续发掘和修复，灯火辉煌的庞贝古城已经向游人开放——2002年时的每张门票是24欧元。

大普林尼于公元23年出生在意大利北部的新科莫——今天的科

从庞贝发掘出来的官邸中庭

莫。他在12岁的时候，就赴罗马深造，学习当时罗马人流行的文法、辩论术和法律等课程。23岁参军后，他曾在莱茵河畔指挥过军队，并周游了欧洲各地。他勤奋好学，连洗澡时也要别人读书给他听；他兴趣爱好广

泛、学识渊博，是一位博物学家，百
科全书式的人物。他在战争期间也不
忘学习和写作，因此积累了大量的自
然知识。

考古发掘：庞贝大街上的脚踏石

公元58年，大普林尼退役后
回到罗马，在这里从事法律工作10
年。公元69年，他的朋友韦斯巴辛（9—79）当上了皇帝。他也"发
挥余热"，被任命为西班牙行政长官，后又任罗马海军的司令官，驻
守在那不勒斯的米赛努姆舰队上。

大普林尼之所以名扬后世，是因为他编纂了世界上第一部百科
辞典——《自然史》（*Nature History*，有人认为正确的译名是《博物
志》）。这部百科辞典共37卷，是他在死前不久的77年为韦斯巴辛
的大儿子、当时的皇帝泰特（39—81）编著的。辞典参考了古代世界
近500名学者（其中希腊学者327位）的2 000多本著作，分34 707
个条目叙述了天文、地理、动物、植物和医学等方面的成就。它是对
古代自然知识百科全书式的总结，因而成为当时权威性的博物学手
册，在1 500多年以后仍被引用。例如，对作为切割工具的金刚石、
棉布印花、收割机和冶金等方面的问题，都有介绍；把船只的桅杆先
于船体出现于地平线之上，看作是"地球呈椭圆形"的明证；也描述
了镀银法和镀金法。

《自然史》的一页

这部书的特点之一是，没有对前人的观
点和参考书的记载加以一一甄别和批判，而是
几乎原封不动地转述。这样做的优点是，为后
人研究那些已经失传的参考书提供了宝贵的、
忠实的第二手资料。但缺点也显而易见——一
些内容会大大偏离科学。例如其中对鬼神和妖
魔的描述；又如，书中认为蜜蜂起源于牛的尸
体，这种谬论就与政治家、学者瓦罗（公元前

116—前 27）在《论农业》、诗人维吉尔（公元前 70—前 19）在《农事诗》中的记载完全相同。这部鸿篇巨制的基本哲学思想大部分是大普林尼的人类中心说，而这又被日益兴盛起来的基督教所认同——这无疑有助于它流传于后世。

大普林尼

可是，这样一位热衷探索大自然的博物学家，却惨死在维苏威火山的爆发之中。

公元 79 年 8 月 24 日"7 时"（当时罗马人把日出到日落这段时间分为 12 等份，所以"7 时"相当于中午），维苏威火山突然大爆发——熔岩喷到 24 千米高，附近的庞贝城和赫库兰尼姆城都被埋葬。此时，大普林尼率领的舰队正驻在附近的那不勒斯湾。为了指挥军队营救庞贝城的居民和记录火山爆发的实况，取得第一手资料，他就一人独自上岸观察。由于逗留时间太长，火山灰及二氧化硫等有毒气体呛得他喘不过气来，最终中毒当场身亡。

小普林尼（约 61—114）是大普林尼的侄儿和继子，他在给历史学家塔西佗（约 55—120）的信中，详细地记录了大普林尼死亡和火山爆发时的情景，才得以使这些史实流传下来。当时，小普林尼正在前往那不勒斯的途中，他们的马车在平坦的道路上平稳地飞驰。突然，马车不停地摇晃，接着背后升起了一股遮天蔽日的、可怕的黑烟。黑烟中心火焰在熊熊燃烧，天空划过一道道闪电般的亮光，熔岩喷向四周几十千米，火山灰好似天塌般下落……

火山爆发，遮天蔽日

大普林尼对大自然的好奇心和科学探索的精神，是值得称道的。在火山爆发有危险时并没有远离危险的现场，不但表现出一位博物学家对科学的追求胜过自己生命的献身精神，而且表现出他力求获得第一手资料的正确科学研究方法。在这些意义上，他死得其所。

当然，我们并不提倡读者机械仿效大普林尼——在今天科技发达的时代，兼顾科学考察和生命安全，一定可以找到两全其美的办法，从而最大限度地减少、避免这种悲剧性的牺牲。

庞贝城的故事，被人们津津乐道，以至于有《庞贝城的末日》——这部非常吸引人的影片问世，由英国广播公司制作。

意大利是一个多火山之国，除了维苏威火山，埃特纳火山也世界闻名。这座海拔3 290米的火山位于西西里岛上，自公元前475年开始，大规模喷发已有500多次，最近一次大喷发是在2012年4月12日。此外，毗近的希腊爱琴海上的岛屿也有许多活火山，并且这一地区多地震。其原因是，非洲大陆北移时，其尖端钻进了欧洲大陆的下面。这样，就相互摩擦并使欧洲大陆隆起，从而引得火山喷发和地震多次发生。

火山熔岩横流，庞贝城的末日到来

北极科考惨遭不幸

——葬身雪原的魏格纳

魏格纳

1931 年 4 月下旬，一支庞大的搜索队在格陵兰岛上发现了一具男尸——它已硬如石头，与茫茫冰原融为了一体。

这是谁的遗体，他到这冰天雪地来干什么？

经过从 1910 年起的几年研究，德国马尔堡物理学院的气象学和天文学讲师魏格纳（1880—1930）在 1915 年出版的《陆海的起源》一书中，阐述了他的"大陆漂移说"。

在大陆漂移说得到许多人的赞同的时候，也有不少人反对——主要是信奉"大陆固定说"的老一代学者。他们认为，魏格纳只是气象学家而不是地理学或地质学家，所以不过是一个不知天高地厚的"狂人"，大陆漂移说不过是"玩弄儿童七巧板的发明"。这样，于 1926 年在美国的大陆漂移理论讨论会上，大陆漂移说就因为 7 人反对，2 人弃权，5 人支持而遭到否定。

然而，魏格纳是个意志坚强和不会轻易改变自己主张的人，而这正是他从小受到磨炼的结果。

在认识到大陆漂移说还有一些不完善之处的情况下，魏格纳于 1929 年深秋又踏上了他第三次考察格陵兰岛的征途——前两次分别是 1906—1908 年和 1912—1913 年，以便取得支持他的理论的更多证据。接着，又在第二年第四次去了格陵兰岛。没想到，这次他却踏上了不归之路。

1930年4月1日，不折不挠的魏格纳告别了妻子，率领一支探险队登上了去格陵兰岛的船只。他此去是想重新测量格陵兰岛的经度，以便从大地测量学方面得到大陆漂移说的有力证据。他们开始还比较顺利，抵达了格陵兰海岸基地，但随后就遇到数不清的困难。在格陵兰中部的爱斯密特基地里，有两名探险队员准备在这里度过整个极夜，便于做气象学方面的考察和论证，但风暴和冰雪使给养运输受阻。

9月21日，魏格纳决定亲自把给养从西海岸基地送到爱斯密特基地去。他们一行15人乘着狗拉雪橇，在狂风暴雪中艰难地跋涉了100多千米。此时，由于气温低达 –65 ℃，所以大多数人都失去了勇气，不愿再继续前行。

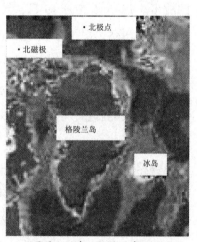

世界最大的岛屿格陵兰岛的位置

但魏格纳主意已定，于是他和两个追随者又走了近200千米，终于抵达爱斯密特基地。这时，有一个同伴双脚已严重冻伤，如果继续留在基地，给养将更加困难，甚至有可能断顿。在这种情况下，魏格纳决定冒着生命危险返回西海岸基地。11月1日，魏格纳在爱斯密特基地草草过完50岁生日后就上路了——和忠实的向导因纽特人维鲁姆森乘着两辆狗拉雪橇向西海岸基地进发。

11月2日这一天，格陵兰风雪漫天，气温低达 –40 ℃，他们在这样的恶劣环境中艰难地前进着，每走一步都要付出极大的代价。

终于，由于连续几个月的极度劳累，魏格纳心力衰竭，倒在冰天雪地之中——再也没能爬起来……

由于魏格纳和维鲁姆森迟迟未归，附近的科考基地曾派飞机前往搜索。然而，格陵兰无情的严冬使一切希望都落空了。直到1931年

4 月下旬，他的尸体才被发现……

　　格陵兰岛的英文原意，是"绿色之岛"。没想到，魏格纳就永远和这个"绿色之岛"做伴了……

　　1880 年 11 月 1 日，魏格纳出生在柏林。他的父亲是福音派新教徒的传教士——当时任一家孤儿院的院长，是当地人心目中的大好人。小时候的魏格纳并不绝顶聪明，但是他纯朴、善良、勤奋和好学，得到大家一致称赞。稍能读书识字之时，他就迷恋上了科学探险的故事。1845 年 5 月 19 日，英国探险家、海军少将约翰·富兰克林（1786—1845）爵士率领 129 名水手和"阴阳界"号和"恐怖"号两只船组成的远征队，为了在大西洋和太平洋之间开辟一条被称为"西北航道"的北极航线，不幸被冰封在北极圈内而最终遇难。这件事，给了他很大的震撼。这位探险家也成了他的偶像，立志也要成为这样的探险家。

　　魏格纳小时候体弱多病，三天两头发烧咳嗽。为了有一个探险家般的健壮身体，他自觉地进行残酷的身体训练。他一年四季都坚持用冷水洗脸、洗澡。冬天，他咬着牙穿着单衣在雪地里站上几个小时，锻炼耐寒能力。夏天，他背上几十千克的石头或沙袋在酷热中走上十几千米，以增强自己的体力和耐酷暑的能力。

　　"无论发生什么事，必须首先考虑不要让事业受到损失，这是我们神圣的职责，是它把我们结合在一起，在任何情况下都必须坚持下去，哪怕要付出最大的牺牲。"这是魏格纳在探险时的"宗教信仰"，也是他人生的写照，更是我们从魏格纳悲剧性地死于自己所钟爱的事业得到的启示。

　　我们选择了科学之路，就必须风雨兼程；而这并不只是意味着有光荣与永恒，也必然意味着有悲剧与牺牲。

约翰·富兰克林

屡败屡战发明滑翔机

——李林达尔长空喋血

"最伟大的老师"——在德国的一家博物馆里，立着一块墓碑，上面这样赫然写着。

死者为什么伟大，又是哪方面的老师呢？

嫦娥奔月

"嫦娥应悔偷灵药，碧海青天夜夜心。"从远古开始，人们就想像鸟儿一样在蓝天自由翱翔，像嫦娥那样"奔月"，去看看"天上"是什么样子。直到飞机发明出来之前，这些都是空想——"空中是人类交通的禁区"。

美国发明家奥维尔·莱特（1871—1948）和威尔伯·莱特（1867—1912）弟兄俩，从1903年12月17日10时30分开始，先后驾驶着"飞行者1"号飞机，在美国北卡罗来纳州的基蒂霍克海滩上空进入了这个"禁区"。

飞行家驾驶滑翔机试飞

那么，莱特兄弟是从何时起，因何事步入飞行殿堂的呢？

1896年8月9日，柏林万里无云，正是飞行试验的好天气。48岁的德国航空先驱奥托·李林达尔，驾驶着滑翔机再次试飞。不幸的是，这架有动力的滑翔机刚飞行不久，就突然从大约 15 米高的空中坠地，结果酿成机毁人伤的悲剧。第二天，"鸟人"李林达尔在医院中因伤势过重、抢救无效而死亡。这样，就有了写有"最伟大的老师"字样的墓碑。

李林达尔

也正是由于这场悲剧，才把莱特弟兄推到了发明飞机的历史舞台上。

原来，莱特弟兄本来是经营自行车的。当他们在 1896 年得知李林达尔因飞行出事而牺牲后，才对制造飞机和飞行发生了兴趣。

1848 年 5 月 23 日，李林达尔出生在德国安克拉姆的一个贫困之家，从小就表现出对飞行的浓厚兴趣。14 岁时，他和弟弟古斯塔夫（1849—1933）用环扣将双翅扣在胳膊上做了首次飞行试验——当然以失败告终。他早年就读于波茨坦工艺学校，然而因家境贫寒，无力继续深造，只好进入柏林一家机器厂做工。不久，他被调到该厂设计室工作。1868 年，他获得了一笔微薄的助学金后，得以进入柏林工艺学院学习。这样，他又有了重操"飞行"旧业的机会。他用"阀舌"模仿鸟翅的功能，再次进行飞行试验——当然也同样折戟沉沙。

李林达尔失败原因是，如果人类要想用鸟类飞行的方式，即所谓"扑翼"飞行的方式来实现"飞天梦"的话，那是不可能的。意大利科学家达·芬奇就设计过"扑翼"飞机。

"扑翼"飞行之所以不能成功的原因，有两个。

首先，是人的体力有限，一般人的平均功率约 400 瓦，最好的运动员在短时间内可达 1 000 瓦。按功率与体重之比计算，人不及鸽子

达·芬奇设计的"扑翼"飞机

的 1/4。鸽子飞行时每秒要扑动 4 ~ 6 次翅膀，如果人按鸽子的身体比例配上一对足以使自己升空的大翅膀，不用说没有足够的体力像鸽子那样去频频扑动它，就是把它举起来也不容易。

其次，是人的质量过大。据生物学家考证，现在地球上超过 1 千克的鸟已相当罕见。如哈萨克斯坦用于打猎的金雕为 10 千克，翼展可超过 2 米。非洲猛鹰为 6 千克，翼展也超过 2 米。英格兰北德文郡一只名叫萨普

安第斯神鹰

森的 4 岁金雕，身长 0.91 米，翼展达 2.13 米，曾与滑翔机一起做过飞行表演。非洲的飞鸟柯利鸠，翼展可达 2.5 米。喜马拉雅山的兀鹫和海鸟信天翁，翼展可达到 3 米。南美兀鹰——"安第斯神鹰"是现存最大的鸟，可达 15 千克以上，但翼展更是超过 3 米。科学家们认为，这种鸟的质量和翼展已经达到飞鸟的极限，而一般人的质量是它的 5 倍左右，照这个比例计算，应该有翼展 15 米的翅膀——人不能频频扑动的硕大翅膀。

除了以上两点，人类还有许多"飞行劣势"。鸟类骨骼平均密度小，仅为人的 1/3。胸肌发达，骨骼的质量约占全身的 1/5，远远小于人的对应比例。鸟类飞行的时候，脚可以缩在羽毛内，身体呈流线型，这些都可减少空气阻力。鸟类视力特好，目光十分敏锐。等等。这些"飞行家的气质"，人类都望尘莫及。

李林达尔在有了前述失败之后，就进一步对鸟类扑翼飞行的知识、滑翔飞行和扑翼飞行进行了系统的理论对比研究。他终于认识到人是不能像鸟类那样扑翼飞行的，就转而搞滑翔试验。这时，他已是一名机械工程师。

1880 年，李林达尔筹建了一个机器工厂，建厂的目的是源源不断地为他提供继续飞行试验所需的资金。以后，他又根据上述研究获得的一些对空气动力飞行有指导作用的航空知识，用模型飞机做了几次滑翔飞行试验。后来，他才用固

悬挂伞翼滑翔机

定翼滑翔机做试验。

经过上述理论研究和实践之后，李林达尔已经有了一些系统的航空知识了。于是他在1889年出版了有关航空事业的著作《作为飞行技巧基础的鸟类飞行》——把他的研究推向了新阶段。

时光流逝到1891年的时候，李林达尔在世界上首先制造出可操纵的飞机——自己设计制造的发动机作为传动机组的悬挂滑翔机。在当年首次完成短程滑翔飞行后，兄弟俩从1891年间开始的6年间，驾驶着这种滑翔机在柏林附近的试飞场上进行过两千多次试飞。其中他们用在1893年获得专利的那种单翼滑翔机，从一座人工堆起的小山上多次做滑翔飞行试验，曾成功地飞行了300多米。这类试验，一直进行到1896年8月9日哥哥喋血长空。

李林达尔不但积累了丰富的实践经验和科学的飞行数据，成为航空发展史上划时代的人物，而且在他的影响下，全世界于19世纪末掀起了一股飞行试验热——恰如上世纪末那股气球飞行热一样。正是这股热，才极大地促进了飞行器的研制，最终使莱特兄弟脱颖而出。

李林达尔对自己即将不幸死于飞行的悲剧，并没有过多的悲哀——他临终前对弟弟说："要想学会飞行，总是有人要做出牺牲。"表现出一个科学先驱视死如归的英雄气概。

是的，在人类"飞向蓝天"的历史上，上演过无数次屡战屡败，屡败屡战的悲剧。

11世纪，一个叫奥利弗的英国人用蜡和羽毛制成两个大翅膀，爬到当地最高的建筑物顶部去"飞行"。结果他拼命扑腾了还不到200米远，就坠落大地，跌断了双腿和双臂。不过，身负重伤的他还是打趣地说："一时疏忽，只顾装了鸟翅，忘了装鸟尾巴，所以不能像鸟那样飞翔。"

约1500年，中国明代一位叫万户的官员——一说万户是一种官名或是一个木匠的名字，叫人把47

古人设想，人有翅膀就能飞翔

枚火箭绑在椅子上，椅子两侧还安上了翅膀。他自己则手持风筝坐在椅子上，让人把他绑在椅子上后，叫人点燃这些火箭，于是"飞鸟"急剧升空。然而，火箭点完后，"飞鸟"就急剧下落，于是万户不幸坠地身亡。虽然这

万户飞天

也是一次以失败告终的悲剧，但却是人类有史以来第一次异想天开的、以火箭为动力的飞天的伟大壮举。于是国际天文学会将月球背面的一座环形山命名为"万户火山口"，以纪念这位勇士。

1507年，意大利约翰·达米恩装上用鸡毛制成的翅膀，从苏格兰斯多林城堡的高墙上纵身一跳，试图像鸟一样翱翔蓝天。然而，随着躯体像石头般坠地，他的一条腿被摔断，但他却很诙谐地说："我的错误在于用了飞不上天的鸡毛，要是用鸟毛，那是会飞起来的。"

1673年，法国锁匠贝尼埃模仿鸟类扑翼飞行的特点，造了一副"飞行十字架"。他把它卖给了马戏团的一位演员。这个演员在一次表演中，从15米的高空跃下，当场摔死。

1680年，意大利科学家约翰·鲍勒里指出，人不能像鸟那样靠翅膀飞行，然而，法国老人巴奎威尔对此却不屑一顾。1742年，他在臂上和腿上各装了一对翅膀，从一幢高楼顶"起飞"，企图飞越巴黎的塞纳河。结果落到停泊在河岸边的一条船上，摔断了双腿。

1811年，又有一位勇敢的裁缝，从一座塔顶"起飞"后，"扑通"一声栽到河里，被人救起时已奄奄一息。

1894年，奥地利D.施瓦茨在圣彼得堡设计出一种属于"硬式飞艇"的飞船，但在两艘这种飞船的首次飞行中却遇上了大风，结果飞船立即被摧毁。

1896年5月6日，美国天文学家、航空先驱塞缪尔·兰利（1834—1906）在美国颇陀马克河畔用一架约14千克的小飞机模型

作飞行表演，围观者都为模型飞机能升空飞行叫好。共进行两次飞行，虽然每次只飞行了 90 秒，距离也只有 800 米，但这却是航空史上一个划时代的事件。因为它首创了由流过固定机翼的气流形成的升力，和由动力装置产生的牵引力来使飞机升空。不过，当他造出一架更大的模型飞机试验的时候，却两次摔毁而失败。

1897 年，德国莱比锡的书商韦尔费特博士与机械师克纳贝，在一次飞船飞行试验中因失事而双双遇难。

在莱特弟兄飞行成功之后的 1908 年 9 月 17 日，弟弟驾驶的"飞行者 3"号飞机坠毁，一位乘客丧生，他的两根肋骨和一条腿被摔断。所幸的是，后来他恢复了健康。更幸运的是，这也是弟兄俩遭遇的唯一一次飞行惨剧。

由以上飞行史上酿成悲剧的例子可见，飞行器的发明和完善经历了相当漫长的岁月。人类为"飞向蓝天"的梦想，做出了不屈的努力和很大的牺牲。正是这种万劫不回的精神，人类才终于梦想成真：气球、飞艇、动力伞、滑翔机、火箭、飞船、飞机和航天飞机……

在人类实现飞天梦的征程中，没有什么可以阻挡无数前仆后继的先贤。这种精神，在李林达尔临终前对待死亡的坦然态度中得到诠释。